第一部

蜀山劍俠傳

還珠樓主——著

4

神鵰救主

蜀山劍俠傳

目錄

第一章　幾番狹路

話說青螺山八魔，自從他們的師父神手比丘魏楓娘在成都被妙一夫人殺死後，才知峨嵋派真正厲害，稍為斂跡一點。後來神手青雕徐岳回來報信，說是去年在江西尋見八魔主的仇人趙心源。八魔邱舲想起西川路上一鏢一針之仇，聽說心源居然敢在明年端午前來赴會，不由又興奮起來。彼時三魔錢青選、六魔厲吼遠遊川湘一帶未歸，便著徐岳再去送信通知他二人回來。

徐岳奉命，尋到衡陽一帶，無心中在岳麓山遇見當年在青螺山用青罡劍削去四魔伊紅櫻四指，又用振雲錘連傷六魔厲吼、七魔許人龍的採藥道人黃玄極。三、六二魔一聽，立刻派徐岳又去探視，到晚不見回信，兩人雙雙到岳麓尋仇，遇見追雲叟，將他二人用法術禁制打了一頓。仇人未找成，還破了飛劍、法術，又氣又恨。知道長沙有追雲叟在，不能立足，連店內土娼、行李俱顧不得帶走，垂頭喪氣，連夜用遁法，費了多少勁才趕回青螺。八個魔君見面，說起前事，無不咬牙切齒。因知追雲叟會出面來助黃玄極，不由想到仇人趙心源既敢前來，定有能手相助。前車之鑑，不得不早有防備。正在擬議之中，恰好俞德在成都遭慘敗，失去毒龍尊者賜的紅砂，由辟邪村漏網，想逃回滇西去向他師父哭訴，請求與他報仇，走過青螺山。八魔原是後起餘孽，雖然本領厲害，對於各派有名劍仙異人，都不大認得，當下發生誤會，動起手來。

論劍術，八魔原不是俞德對手。一則八魔人多，二則有那蠻僧布魯音加相助，俞德被困核心，脫身不得，無心中打出他師父旗號。八魔久震於滇西毒龍尊者的盛名，又知他們師父魏楓娘與毒龍尊者的淵源，立刻停手賠罪，請至魔宮，就便婉言請俞德引見。一面正苦能淺力弱，一面又與正派結有深仇，當下一拍便合，情如水乳。

俞德住了一天，第二日便回滇西，向師父哭訴前情。他本是毒龍尊者的寵徒，加之毒龍尊者近來法術精進，又煉了幾宗法寶，早想在中土多收一點門人，光大門戶，增厚勢力。八魔人多勢眾，在青螺盤踞，難得他等自甘入門，正好助他等一臂之力，收將過來，為異日奪取布達拉宮的根據地。立刻答應了八魔的請求，將魏楓娘一層淵源撇開，直接收為徒弟。

八魔先後拜在毒龍尊者門下，不由長了威勢，愈加無惡不作起來。大魔黃驌又下令給番嘴子紅廟中的梵拿伽音二、喀音沙布兩個蠻僧，叫他們日夜提防，遇有本領高強，形跡可疑之人，速來報知。因為神手青雕徐岳失了蹤跡，別人沒有他腿快伶俐，硬將梵拿伽音二兩個得力徒弟要來代替徐岳，每次出門連盤川都不給，卻命他們自己設法劫盜。兩個蠻僧恨如切骨，卻奈何他不得。

八魔剛在布置，俞德又從旁處得了信，說是趙心源端陽拜山，約有峨嵋派許多能人相助。八魔一聽，雖然恃有毒龍尊者作他護符，到底有些恐慌。俞德是驚弓之鳥，再加記恨前仇，便同去求告毒龍尊者。毒龍尊者一聽大怒，說道：「峨嵋派實在欺人太甚！起初為了優曇老尼，不願與他們傷了和氣，白讓我徒弟吃了許多虧，還傷了鎮山之寶。如今索性欺到我頭上來了。我和嵩山二老、東海三仙，連那掌教齊漱溟，都為三次峨嵋鬥劍，各用心血在洞中煉寶。這次來的定是他們門下無知小輩，怕他何來？」

俞德道：「話雖是如此說，上次成都慈雲寺，東海三仙只來了一個苦行頭陀，連嵩山二老才只三人，餘下俱是些無名之輩，同齊漱溟的兒女。綠袍老祖、曉月禪師何等厲害，還有五台、華山門下許多有名劍仙，竟會遭那樣慘敗，死的死，傷的傷，逃的逃，沒有一個佔著絲毫便宜，損折了無數飛劍法寶。峨嵋教下前一輩的固然厲害，他們這些後起的乳臭孩子都是個個厲害無比，我們倒不可大意呢。」

毒龍尊者道：「你哪裡知道。起初成都請我不去，一來因為優曇老尼厲害，二來為師法寶未成，說不得暫時忍氣吞聲。如今我法寶不但煉成，還參悟出一種魔陣，慢說是這些乳臭小兒，連他們掌教齊漱溟來，也叫他不是我的敵手，來得去不得。」

俞德聽師父道法神妙，所說必非虛言，才放了心。同八魔回去青螺山，又商議了幾天。想起昔日捨死忘生去幫五台派的忙，兩下結了好感，何不在這須人之際，去到黃山五雲步，請許飛娘也來幫一個忙？就便在路上再約幾個能人，來壯壯聲威。又去和毒龍尊者商議。

毒龍尊者原自恃道法高強，又知許飛娘不見得暫時就能出面，其餘又無人能以勝任。一則因俞德等苦求，二則好久不見飛娘的面，心中想念，便答應下來。對俞德說：「除許飛娘與烈火祖師外，如遇真有本領的，只管約來。其餘不三不四，估量不是峨嵋對手的，不要亂約，省得到時一戰即輸，丟了自己的臉，還害了別人。」俞德領命後，便去找八魔與蠻僧布魯音加又商議了一陣。

俞德久知師父毒龍尊者不久化解，自己常以承繼他師父道統自命。收了八魔以後，俞德覺勢力增長，自己入門最久，又是師兄，除師父外，當然他是首領。無奈他因失去紅砂，同八魔初見時，好漢打不過人多，差點被擒，誠恐師父化解以後，自己掌教鎮壓他們不住。正好藉這一次端陽拜山的機會，把他認識的異派劍仙，只要能尋著的，便拉了來參與。對內既可表示自己勢重人多，劍術高強；對外還可借八魔來壯門面。所以聽了毒龍尊者叫他不要多約人的話，不甚滿意。

他對八魔等並未吐實，只說師父業已答應下來，命大家分頭去請。由俞德寫好書信，分派二魔薛萍、四魔伊紅櫻、五魔公孫武、七魔許人龍，分向各異派中友好前去約請，到端陽在魔宮中相聚。自己又親身趕到黃山去請許飛娘。

這本是三月中旬的事。俞德快到黃山，又遇見戴家場敗退下來的三眼紅蜺薛蟒同九尾天狐柳燕娘狼狼狽狽坐在路側樹林之內。二人遇見俞德，怕他吃醋，俱各大驚。倒是俞德知柳燕娘淫蕩非凡，閱人甚多，既同薛蟒在一處，必有苟且，現在用人之際，報仇要緊，倒不甚放在心中，反用好言問他二人何以至此。

原來薛蟒冤了苦孩兒司徒平同王森下去救人，他同柳燕娘怕王森少時回來吃醋，連忙趁空逃走。先去偷盜了些銀錢，在路上淫樂了好幾天。薛蟒相貌不濟，又瞎了一隻眼，柳燕娘願意嫁他，全為的是無處安身；又知他師父本領高強，想投到萬妙仙姑門下。誰知薛蟒因圖她的歡心，答應下來，推說師父洞中不便私會，按下劍光步行，到晚來便尋鎮店淫樂，一天才走個百十里地。

柳燕娘急於拜見萬妙仙姑，日日催促。薛蟒明知師父見自己不奉師命，娶了這麼一個女子為妻，必定怪罪，又捨不得丟下。好容易挨近黃山，逼得無法，才婉言對燕娘說，師父家規甚嚴，不敢同去拜師，請燕娘等他一年半載，容他見了師父，遇機進言說明經過，無論如何決不負她等語。

一席話說完，氣得柳燕娘若不是自問不是對手，早用飛劍將他殺死，當下痛罵了他一頓。罵完正要同他絕裂分手，薛蟒也生了氣，收起憐香惜玉之念，將飛劍放出，非要燕娘答應等他不可。燕娘鬥他不過，被逼無奈，心中起了惡意，表面上屈服下來，百依百順，打算趁薛蟒冷不防時，再暗下毒手。薛蟒見燕娘答應等他，登時轉怒為喜，反倒不捨起來。

薛蟒正同燕娘商量用什麼法子去求師父允許，恰巧俞德從空中飛來，遠望下面有人比劍，按下劍光尋蹤跟至。柳燕娘見來了舊相知，他的本領又勝似薛蟒，正要用巧言鼓動他二人拚命。誰知俞德早看出她的行徑，自己辦理正事要緊，見面只敷衍了兩句，便反殷勤向薛蟒答話。薛蟒知道俞德是燕娘舊好，自己同燕娘背人私逃，又不是俞德敵手，正在心虛，想用言語支吾。見俞德那樣暴的脾氣，反倒同他親熱，不禁心頭詫異，當下問明來意，才知有求於他。

薛蟒也是不好回山交代，難得俞德湊趣，二人各有利用。商量一陣，決定帶燕娘同去黃山五雲步見萬妙仙姑，假說燕娘是隨俞德同來，自己等師父見容，再幫她求說收歸門下。計議已定，三人便駕起劍光，同往黃山進發。

飛到文筆峰後，俞德要表示恭敬，落下劍光，三人步行上去。忽聽路旁松林內有兩個女子說笑的聲音。三人側耳一聽，一個道：「這樣好的天氣，可惜文妹不在此地，只剩我兩人同賞。」另一個道：「你還說呢。師父說文妹根基本厚，又服了肉芝，拜了嵩山二老中的矮叟朱師伯為師，如今又同峨嵋掌教真人的女兒齊靈雲姊姊在峨嵋凝碧崖修煉，前程正未可量，我們拿什麼去比她？」

起初發言的女子說道：「你好不羞，枉自做了個姊姊。看文妹好，你還嫉妒她嗎？」另一個女子答道：「哪個去嫉妒她？我是替她喜歡。各人的遇合，也真是前定。就拿先在凝碧崖住的那個李英瓊說，起初還是個小女孩子，不過根基厚些罷了。先是無意得了白眉和尚座下的仙禽金眼神鵰，後來又得了師祖長眉真人的紫郢劍，末後又在無意中吃了許多仙果仙藥，抵去百十年苦修，哪一位仙家得道也沒有她這般快法。如今小小年紀，入門日子不多，業已名馳天下，同門先輩劍仙提起來就嘖嘖稱讚，說是為峨嵋爭光。我聽師父說她得道得寶那樣容易，才真叫人羨慕呢。」

這兩個女子一問一答，聽去漸漸是往林外走來。這時正是孟夏天氣，文筆峰前鶯飛草長，雜花盛開，全山如同繡了一樣。俞德久居滇西，不常見到這樣好景；又聽這兩個女子說話如同出谷春鶯，婉妙娛耳。先還疑是地近五雲步，定是萬妙仙姑門下，後來越聽越不對。薛蟒已聽出這兩個女魔王的聲音來，自己吃過苦頭，便想拉了俞、柳二人快走。俞德還不明白，想再聽下去。

三人正在行止不決，林內聲音忽止。一會工夫，耳旁忽聽一聲嬌叱道：「慈雲餘孽，敢來送死！」言還未了，現出兩個女子，劈搖處，兩道劍光同時往三人頂上飛來。三人定睛一看，這兩個女子原來俱是熟人，從前在成都領教過的周輕雲與吳文琪。俞德大怒，罵道：「大膽賤婢！前番夜鬧慈雲寺，倚仗你們峨嵋人多，吃苦行頭陀將你們救走。今天我們不曾招惹你，又來太歲頭上動土。」口中一面亂罵，已將劍光發出。

輕雲、文琪隨了玉清大師數月，這次從成都回山省師，餐霞大師因為成道不久，知她二人根骨已厚，不會再入旁門，不惜盡心相授，二人道行越發精進，大非昔比。薛蟒、柳燕娘吃過兩次苦頭，知道厲害，見俞德業已上前，二人又無法逃避，只得咬牙迎敵。雖然是三個打兩個，除俞德還可支持外，薛、柳兩人都是心虛膽怯，漸漸不支。

各人飛劍正在空中糾結不開，忽聽空中高聲叫道：「休要傷吾師弟！」說罷，便有一道劍光飛來。及至來人落到面前，正是苦孩兒司徒平。輕雲、文琪先還準備迎敵，及見來人是司徒平，輕雲對文琪使了個眼色，倏地收回劍光，破空便起。司徒平近來努力精進，飛劍原也不弱。俞德等不知箇中隱微，以為敵人見自己添了生力軍，畏懼逃走，本要追去。還是薛蟒知道厲害，攔阻道：「適才兩個女子，一個叫周輕雲，一個叫吳文琪。還有一個姓朱的女子與矮叟朱梅同名，俱是黃山餐霞大師門徒，非常可惡。過去兩座峰頭便是她們師父洞府，那餐霞大師連我師父都讓她三分，我們不要打草驚蛇吧。」

司徒平原是奉了萬妙仙姑之命前來接應，輕雲、文琪退去後，近前和薛、俞二人相見。見了柳燕娘那種妖媚淫蕩的神氣，好生不悅，迫於師命，表面上也不敢得罪。將二人陪往五雲步進洞以後，才告知薛蟒，師父業已在他們鬥劍的一會起身往雲南去了。

原來萬妙仙姑許飛娘在黃山五雲步煉了好幾件驚人法寶、飛劍，準備第三次峨嵋鬥劍機會一到，才和峨嵋派正式翻臉，一舉而重新光大五台，雄長各派之上。可是她自己盡自臥薪嘗膽，忍辱負重，她的舊日先後同門因恨峨嵋派不過，卻不容她暗自潛修，屢次拉她出去和峨嵋派作對。

飛娘不合一時感情衝動，用飛劍傳書，到處替慈雲寺約人不算，還命徒弟三眼紅蜺薛蟒親到成都參與，白害了曉月禪師和許多的異派中人送命受傷，分毫便宜也未佔到。還接連幾次遇見餐霞大師，冷嘲熱諷地下了好些警告。飛娘為人深沉多智，極有心計，情知這多年的苦功，不見得就不是餐霞大師敵手，但到底自己沒有把握，不願涉險。雖然心中痛恨生氣，絲毫不形於顏色，直辯白她不曾用飛劍傳書，代法元等約人；薛蟒雖是她的門徒，並未叫他到成都去，也許是背師行事，等他回來，再責問他等語。

餐霞大師豈不知她說的是假話，一則因為長眉真人遺言，正派昌明，全要等許飛娘、法元等人號召了許多異派來和峨嵋作對，引起三次峨嵋鬥劍，應完劫數以後；二則她本領高強，氣運未盡，暫時至多將她逼出黃山，也不能將她怎樣，倒不如容她住在臨近，還可由她們人口中知道一些虛實。那司徒平早已心歸正教，曾瞞著他師父，露過許多重要消息與餐霞大師。所以輕雲、文琪奉過大師之命，見了司徒平就讓。

飛娘也算出司徒平有心叛她，她存心歹毒，不但不說破將他處死，反待他比平日好些。除自己的機密不讓他知道，樂得借他之口，把許多假事假話當真的往外宣揚，好讓敵人不加防備，她卻在要害處下手。準備正式出面與峨嵋派為難時，再取司徒平的性命。他們兩方勾心鬥智，司徒平哪裡知道，還靜候飛娘與峨嵋派正式破臉，他便可棄邪歸正呢。

這次飛娘在黃山頂上閒立，忽見薛蟒的劍光在空中與另一劍光對打，打了一會又同落下去，好生奇怪。她最溺愛薛蟒不過，飛身到了林中，暗中觀察。見薛蟒同柳燕娘那種情況，不但沒有怪他，反覺得他瞎了一隻眼睛，弄了個妻子還怕師父怪罪，覺他可憐，正要現身出去與他們喊破。忽見俞德飛來，一聽他們的談話，知道俞德又來向她麻煩。在自己法寶未成之際，本想不去參加。

後來又想，一則三仙二老幾個厲害人物現都忙於煉寶，不會到青螺山去，餘下這些小輩雖然入門不久，聞得他們個個根基甚厚，將來保不定是異派一患，何不偷偷趕去，在暗中除掉幾個，也可出一點這些年胸中怨氣；再則好久與毒龍尊者闊別，也想前去敘敘舊情。不過明去總嫌不妥。

想了一想，急忙回到洞府，背著司徒平寫一封密柬，準備少時走後，再用飛劍傳書寄與薛蟒。故意對司徒平道：「為師年來已看破世情，一意參修，不想和別派爭長較短了。只當初悔不該叫你師弟前去參加成都鬥劍，我不過想他歷練一番，誰知反害他瞎了一隻眼睛，又遭餐霞大師許多疑忌。好在我只要閉門修道，不管閒事，他們也不能奈何於我，年月一多，自然就明白我已不想再和峨嵋為仇了。偏是舊日許多同門友好不知我的苦心，仍是屢次來約我和峨嵋作對。去罷，仇人是越結越多；不去，他們又說我忘恩背義，懼怕峨嵋。真是為難。我現在只有不見他們的面，以免麻煩。

「適才我又算出你師弟薛蟒引了一個滇西毒龍尊者的大弟子瘟神廟方丈俞德，還有你師弟的妻子柳燕娘，前來見我，恐怕又有什事叫我相助，我想還是不見他們為是。恰好我正要到雲南去訪看紅髮老祖，我此刻動身，你見了他們，將他們接進洞來，再對他們說為師並不知他們前來，適才已起身到雲南去了。俞德走後，可將你師弟夫妻二人安置在後洞居住，等我回來再說。」

司徒平領命，便送飛娘出洞。一眼看見文筆峰下有幾道劍光相持，萬妙仙姑已知就裡，自己不便上前相助，看見司徒平在旁，知道文琪、輕雲不會傷他，便命司徒平前去接應。司徒平領命去後，飛娘親眼看見圍解，才動身往滇西而去。因見文琪、輕雲與司徒平飛劍才一接觸，立刻退走，愈疑司徒平是身旁奸細，更加咬牙切齒。不提。

俞德見飛娘不在洞中，聽說往雲南去會紅髮老祖，雲南也有自己幾個好友，莫如追上前去，追著飛娘更好，追不著，到了雲南還可再約幾個苗疆能手也好。當下不耐煩和司徒平等多說，道得一聲請，便自破空追去。

柳燕娘原不是真心嫁與薛蟒，見萬妙仙姑不在洞中，本打算隨了俞德同去，不曾想到俞德報仇心切，又不願得罪飛娘門下，話都未同她多說。燕娘白鬧了個無趣，正在心中不快，忽聽司徒平對薛蟒說：「師父走時留話，叫你夫妻在後洞居住，不要亂走，等她回來再說。」薛蟒心中自然快活。

燕娘聞言，也改了主意。心想：「自己到處奔走，閱人雖多，大半是夕合朝分，並無情義可言。薛蟒雖然相貌粗醜，人卻精壯，難得他師父允許，莫如就此暫時跟他，異日從萬妙仙姑學點道法，省得常受人欺負。尤其是萬妙仙姑那一種駐顏還少之法，於自己更是有益，倘能學到，豈不稱了心願？」又見司徒平生得骨秀神清，道行似乎比薛蟒還強，不由又起了一種邪念。幾方面一湊合，便默認和薛蟒是夫妻。

她卻沒料到萬妙仙姑何等厲害，適才在樹林暗中查看她的言談舉動，已知此女淫蕩非常，薛蟒要她，將來定無好果。一則溺愛不明；二則想起留著這個淫女，將來正可拿來當自己替身，用處甚大。五台派本不禁女色，莫如暫時先成全了愛徒心意，靜等用她之時再說。（後來三次峨嵋鬥劍，萬妙仙姑果然傳了柳燕娘內視之法，去迷紅髮老祖，盜取萬蠶金缽，與峨嵋作對，此是後話。）

薛、柳二人哪裡知道，雙雙興高采烈。跑到後洞一看，設備甚全，愈加稱心。司徒平冷眼看這一雙狗男女摟進抱出，神態不堪，雖不順眼，卻也無法，只得躲在一旁嘆氣。薛蟒見司徒平避過，知他心中不服，仗著已得師父同意，也不放在心上，仍攜了飛娘出洞閒眺，並頭攏肩，指說歡笑。

正在得趣，忽見眼前一道光華一閃，燕娘正吃驚，薛蟒司空見慣，已將那道光華接在手裡。一轉瞬間，那道光華依然飛去不見。燕娘見薛蟒手中卻拿著一封書信，便問何故。薛蟒且不還言，用目四顧，無人在側。急忙拉了燕娘轉到五雲步崖後叢樹之內，尋了一塊大石，與燕娘一同坐下，說道：「這是我師父的飛劍傳書，不論相隔千里，只消將書信穿在飛劍上面，想叫它送給何地何人，從無錯誤，也不會被別人攔路劫去。適才瘦鬼說，師父在我們到前一刻起身往雲南訪友，又准你嫁我，同在洞中居住，我就猜她必已知道我們的事同俞德請她的詳情。這會又給我寄飛劍傳書，必又背著瘦鬼有機密訓示。

「按說不能給第二人看，不過你是我的妻子，我師父寄書情形，又好似不必背你。不過少時遇見瘦鬼司徒平，你千萬不可露出真情。他雖是我師兄，同我如同仇人一樣，我又害他受過師父重罰。雖然都是師父徒弟，師父卻不喜歡他。偏他機靈，肯下苦功，又比我來得日久，從前常向餐霞老尼討教，學得劍術比我還強。我師父恨他，也因為他向外人求教的緣故，老疑心他背叛我們，重要機密常不給他知道，省他露給外人。他外面還裝作一臉的假道學，更是討厭。你對他留神一點。」說罷，一面將書信拆開，與燕娘同看。

二人只見上面寫道：「汝與柳女背師成親，本應重責。姑念此行受傷吃苦，暫予免罰，以觀後效。適才在林中，見柳女人頗聰明，劍術亦有根柢，惜心志浮動，是其大疵。今既嫁汝為妻，應轉諭勉其努力向道，勿生二心，待為師歸來，再傳道法。倘中途背教叛汝，無論相隔萬里，飛劍無情，不輕恕也。

「俞德來意已知。汝師兄有叛教通敵之心，惟尚有用彼處，未便遽予顯戮。汝對其處處留意監防，惟勿形於顏色，使彼知而預防。凡有動靜，俟為師回山，再行相機處置。彼已得峨嵋真傳，近來劍術大進，汝二人非其敵，不可不慎。現為師已應毒龍尊者之請，赴滇轉青螺山，暗助八魔一臂。不願使汝師兄知真相，故謂雲南訪友，以避近鄰猜疑。因汝不知，特用飛劍傳諭。」

薛蟒看完，對燕娘道：「我說的話如何？師父說你心性不定，叫我警戒勉勵你，好好同我恩愛學道，不可背叛又生二心。不然，不怕你逃到哪裡，我師父都會用飛劍取你的命呢。」

燕娘無非想借薛蟒暫時安身，從萬妙仙姑學駐顏之法同飛劍奧妙，誰知竟被萬妙仙姑看中，不但非嫁薛蟒不可，日後還不能背叛再嫁他人。萬妙仙姑的本領久已聞名，這一來，倒是自己上套，豈非弄巧成拙？連適才想勾搭司徒平的心思都得打消。好不懊悔，卻也無法，只得先過下去，再相機行事。

薛蟒見燕娘垂頭不語，笑道：「你莫非見我師父警戒你，不願意聽嗎？你真呆。我師父向來不容易看上一個徒弟，女徒弟只收了一個廉紅藥。當初原說過個三年五載，等她學成一點道法，將她嫁我為妻。我見她生得美貌，正自暗地喜歡，誰知她無福。平日不大愛理人，又是和師父在一屋住，不能常和她親近，過了不多日子，她對我總是冷冷的。我奉命到成都去的頭一個月，忽然來了一位白髮老太婆，拄著一支枴杖，還同了一個小女孩子，硬說廉紅藥是被我師父用計害了她全家，硬搶來做徒弟的，我師父說是她救了來的，爭辯不休。那一老一少，不容分說，硬要將廉紅藥帶走，先是那小女孩搶過來，將廉紅藥抱起便飛。

「此時師父坐在當中，臉上神氣好似非常氣忿，又極力忍住似的。我同瘦鬼侍立在旁，瘦鬼見別人欺負到門上來，若無其事一般。我卻氣忿不過，正趕上小東西將人抱走，老東西剛朝師父揚手之際，我縱在師父面前，打算放劍出去將人搶回。我也未見那老東西放出什麼法寶、飛劍，只微微覺著一絲冷氣撲臉。我還未及把劍放出，只聽那老東西說道：『便宜你多活幾十年。』說罷，那老少二人同廉紅藥都不知去向，追出洞去也未看見一絲影跡。回來再看師父，神氣非常難過，只說了一句：『今天虧你。』本來師父就喜歡我，從這天起，待我越發好起來，對瘦鬼卻一天比一天壞了。

「我背人問師父幾次，只知那老少二人俱是別派中厲害劍仙。那女孩看去年輕，實在的年歲並不在小。她們二人無意中救了廉紅藥的父親，不服氣我師父收好徒弟，特意前來將她搶走。師父本領原和她們不相上下，偏偏那日不曾防備，法寶又不曾帶在身旁，她們又是兩對一，不但人被她們搶走，差點還吃大虧。幸而我無意中攔在師父面前，那老東西人甚古怪，從來不傷不知她來歷的人，便將她放出來的無形五金精氣收了回去，我師父才沒有受傷。

「師父因此說我天性甚厚，另眼相待。只不告訴我這一老一少的名姓，說道未學成時，不知她們來歷最好，以免遇上吃虧。我也就不再問了。事後我師父因為女子容易受騙，那廉紅藥當時如果不信那一老一少編的假話，只要說願隨師父，不和她們同去，她們縱有本領，卻從來不勉強人，哪會讓師父丟這大臉，師父一賭氣，便說從此收徒只收男的，不收女的了。今天破格收你，豈非天賜的造化，你怎麼倒不痛快起來？」

燕娘哪肯對他說出自己後悔，不該跟他苟合，以假成真。事已至此，又見薛蟒雖醜，對她卻極為忠誠，別的也都還合適，便含笑敷衍了他幾句。薛蟒起初原怕她情意不長，如今見師父作主，不怕她再變心。哪經得起她再眉花眼笑，軟語溫存，不由心花怒放，先抱過來在粉臉上輕輕咬了一口。末後越調笑越動情，逕自雙雙摟抱，轉回後洞去了。

他二人走後，那塊大石後面現出個少年，望著二人的背影，長長地嘆了口氣，仍還坐在二人坐過的那塊石頭上面，雙手抱著頭苦苦愁思。這少年正是萬妙仙姑門下不走時運的大弟子苦孩兒司徒平。原來他自師父走後，見不慣薛、柳二人那種不要臉的舉動，一個人避了出來，走到崖後樹林之內，想去摘兩個桃子吃。剛縱身上了桃樹，遠遠望見薛、柳二人也走出洞來，在那裡指手畫腳，勾背摟腰，種種不堪神氣。方喊得一聲：「晦氣！走到哪裡，眼睛都不得乾淨。」正要回過頭去，忽見一道光華從西南飛來，直落到薛蟒手中，略一停留便即飛去。

他心想：「師父才走不多時，如何又用飛劍傳書回來？雖想知道究竟，因與薛蟒素來不睦，未便向他探問。自己孤苦伶仃，入山訪師學道，受盡千辛萬苦，才誤投到異派門下。起初尚蒙師父看重。自從師父收了薛蟒，日子一多，因見正派中人人既光明，行為正大，道法、劍術又比異派都高深，不由起了嚮往之心。誠中形外，漸漸被師父看出，師徒感情一天壞似一天。再加師父寵愛薛蟒，聽他蠱惑，不但不肯傳授道法，反而什麼事都不讓自己知道。其實自己只不過在戴家場回來時，中途路上遇見餐霞大師，承她憐念，傳了一些峨嵋劍訣，談過幾句不相干的話，未洩漏過師父什麼機密。平時聽師父談話，對自己頗為注意，多知他們機密反有妨害，還不如裝作不知為是。」

想到這裡，摘了兩個桃子，翻身下樹。忽見薛、柳二人正往自己面前走來，身後並無退路，如駕劍光繞道飛走，又怕被二人看見，只得將身藏在石後。一會工夫，薛、柳二人竟走到他面前大石上坐下，打開書信同看。司徒平在石後聽二人說完了那番話，果然自己所料不差，不由嚇了一身冷汗。心想：「師父既然疑心叛她，再在這裡凶多吉少。如果此時就背師逃走，慢說師父不容，就連別派前輩也難原諒。何況師父飛劍厲害，隨時可要自己性命，就躲得現在，也躲不過將來。」越想越害怕，越傷心。

正在無計可施，猛一抬頭，看見文筆峰那邊倏地衝起匹練似的一道劍光，緊跟著衝起一道劍光和先前那一道劍光鬥了起來，如同神龍夭矯，滿空飛舞。末後又起來一道金光，將先前兩道劍光隔斷。那兩道劍光好似不服排解，仍想衝上去鬥，被那後起金光隔住，飛到哪裡，無論如何巧妙，兩道劍光總到不了一塊。相持了有半盞茶時，三道劍光倏地絞在一起，縱橫擊刺，蜿蜒上下，如電光亂閃，金蛇亂竄。

司徒平立在高處往下面一望，文筆峰下面站著一個中年道姑和兩個青年女子，正往空中凝視。知是餐霞大師又在那裡教吳文琪、周輕雲練劍，越看心中越羨慕，連適才的煩惱苦悶都一齊忘卻了。這三道劍光又在空中舞了個把時辰，眼望下面三人用手往空中一招，金光在前，青白光在後，流星趕月一般，直往三人身旁飛去，轉瞬不見。

第二章　峰前驚鳥

話說司徒平眼望三人走過文筆峰後，不禁勾起了心事，想來想去，還是打不出主意。只得暫時謹慎避嫌，一個人也不會，一句話也不亂說，但希冀熬過三次峨嵋鬥劍，便不怕師父多疑了。司徒平情知薛、柳二人正在後洞淫樂，不願進去，獨個兒氣悶，走到洞前尋了一塊石頭坐下，望著遠山雲嵐出神。

正在無聊之際，忽見崖下樹林中深草叢裡沙沙作響，一會工夫跑出一對白兔，渾身似玉一般，通體更無一根雜毛，一對眼睛紅如朱砂，在崖下淺草中相撲為戲。司徒平怕少時薛蟒走來看見，又要將牠們捉去燒烤來吃，一時動了惻隱之心，縱身下崖，想將這一對兔兒轟走。那一對白兔見司徒平跑來趕牠們，全沒一些懼意，反都人立起來，口中呼呼，張牙舞爪，大有螳螂當車之勢。

司徒平見這一對白兔竟比平常兔子大好幾倍，又那樣不怕人，覺著奇怪，打算要伸手去捉。內中一隻早蓄勢以待，等司徒平才低下身去，倏地縱起五六尺，朝司徒平臉上抓了一個正著。司徒平萬沒料到這一種馴善的畜生會這般厲害，到底居心仁慈，不肯戕害生命，只想捉到手中打幾下趕走。不曾想到這兩隻兔子竟非常敏捷伶俐，也不逃跑，雙雙圍著司徒平身前身後跑跳個不停。

司徒平兔子未捉到手，手臂上反被兔爪抓了幾下，又麻又癢。不由逗上火來，一狠心便將飛劍放出，打算將牠們圍住好捉。誰知這一對白兔竟是知道飛劍厲害，未等司徒平出手，回頭就跑。司徒平一時動了童心，定要將這一對白兔捉住，用手指著飛劍，拔步便追。按說飛劍何等迅速，竟會圈攔不住。司徒平又居心不肯傷牠們，眼看追上，又被沒入叢草之中。

等到司徒平低頭尋找，這一對白兔又不知從什麼洞穴穿出，在前面發現，一遞一聲叫喚。等司徒平去追，又回頭飛跑，老是出沒無常，好似存心和司徒平嘔氣一樣。追過兩三個峰頭，引得司徒平興起，倏地收回劍光，身劍合一，朝前追去。那一對白兔回頭見司徒平追來，也是四腳一蹬，比箭還快，朝前飛去。司徒平暗罵：「無知畜生！我存心捉你，任你跑得再快，有何用處？」一轉瞬間，便追離不遠，只須加緊速度往前一撲，便可捉到手中，心中大喜。眼看手到擒來。

那一對白兔忽地橫著一個騰撲，雙雙往路側懸崖縱將下去。司徒平立定往下面一望，只見這裡碧峰刺天，峭崖壁立，崖下一片雲霧遮滿，也不知有多少丈深。再尋白兔，竟然不見蹤跡。起初還以為又和方才一樣，躲入什麼洞穴之中，少時還要出現。及至仔細一看，這崖壁下面光滑滑地寸草不生，崖頂突出，崖身凹進，無論什麼禽獸都難立足。那白兔想是情急無奈，墜了下去，似這樣無底深溝，怕不粉身碎骨。豈非因一時兒戲，誤傷了兩條生命？好不後悔。望著下面看了一會，見崖腰雲層甚厚，看不見底，不知深淺虛實，不便下去。

正要回身，忽聽空中一聲怪叫，比鶴鳴還要響亮。舉目一望，只見一片黑影，隱隱現出兩點金光，風馳電掣直往自己立處飛來。只這一轉瞬間，已離頭頂不遠，因為來勢太疾，也未看出是什麼東西。知道不好，來不及躲避，忙將飛劍放出，護住頭頂。說時遲，那時快，一陣大風過去，忽覺眼前一黑，隱隱看見一大團黑影裡露出一隻鋼爪，抓了自己飛劍在頭上飛過。那東西帶起來風勢甚大，若非司徒平年來道力精進，差點沒被這一陣大風颳落崖下。

司徒平連忙凝神定睛，往崖下一看，只見一片光華，連那一團黑影俱都投入崖下雲層之中。彷彿看見一些五色繽紛的毛羽，那東西想是個什麼奇怪大鳥，這般厲害。雖然僥倖沒有死在牠鋼爪之下，只是飛劍業已失去，多年心血付於流水，將來不好去見師父。何況師父本來就疑忌自己，小心謹慎尚不知能否免卻危險，如今又將飛劍遺失，豈不準是個死數？越想越痛悔交集。

正在無計可施，猛想起餐霞大師近在黃山，何不求她相助，除去怪鳥，奪回飛劍，豈不是好，正要舉步回頭，忽然又覺不妥：「自己出來好多一會，薛、柳二人想必業已醒轉，見自己不在洞中，必然跟蹤監視。現在師父就疑心自己與餐霞大師暗通聲氣，如果被薛蟒知道自己往求餐霞大師，豈非弄假成真，倒坐實了自己通敵罪名？」想來想去，依舊是沒有活路。明知那怪鳥非常厲害，這會竟忘了處境的危險，將身靠著崖側短樹，想到傷心之際，不禁流下淚來。正在無計可施，忽聽身後有人說話道：「你這娃娃年歲也不小了，太陽都快落西山了，還不回去，在這裡哭什麼？難為你長這麼大個子。」

司徒平聞言，回頭一看，原來是一個穿著破爛的窮老頭兒。司徒平雖然性情和善，平素最能忍氣，在這氣恨冤苦忿不欲生的當兒，見這老頭子倚老賣老，言語奚落，不由也有些生氣。後來一轉念，自己將死的人，何必和這種鄉下老兒生氣？勉強答道：「老人家，你不要挖苦我。這裡不是好地方，危險得很。下面有妖怪，招呼吃了你，你快些走吧。」

老頭答道：「你說什麼？這裡是雪浪峰紫玲谷，我常是一天來好幾次，也沒遇見什麼妖怪。我不信單你在這裡哭了一場，就哭出一個妖怪來？莫不是你看中秦家姊妹，被她們用雲霧將谷口封鎖，你想將她姊妹哭將出來吧？」

司徒平見那老頭說話瘋瘋癲癲，似真似假，猛想起這裡雖是黃山支脈，因為非常高險，記得適才追那對白兔時經過那幾處險峻之處，若不是會劍術飛行，平常休想飛渡。這老頭卻說他日常總來幾次，莫非無意中遇見一位異人？正在沉思，不禁抬頭去看那老頭一眼，恰好老頭也正注視他。二人目光相對，司徒平才覺出那老者雖然貌不驚人，那一雙寒光炯炯的眸子，仍然掩不了他的真相，愈知自己猜想不差。靈機一動，便近前跪了下來，說道：「弟子司徒平，因追一對白兔到此，被遠處飛來一隻大怪鳥將弟子飛劍抓去，無法回見師父。望乞老前輩大發慈悲，助弟子除了怪鳥，奪回飛劍，感恩不盡！」

那老頭聞言，好似並未聽懂司徒平所求的話，只顧自言自語道：「我早說大家都是年輕人，哪有見了不愛的道理？連我老頭子還想念我那死去的黃臉婆子呢。我也是愛多管閒事，又惹你嫌我麻煩不是？」

司徒平見所答非所問，也未聽出那老頭說些什麼，仍是一味苦求。那老頭好似吃他糾纏不過，頓足說道：「你這娃娃，真呆！牠會下去，你不會也跟著下去嗎？朝我老頭子囉唣一陣，我又不能替人家嫁你做老婆，有什麼用？」

司徒平雖聽不懂他後幾句話的用意，卻聽出老頭意思是叫他縱下崖去。便答道：「弟子微末道行，全憑飛劍防身。如今飛劍已被崖下怪鳥搶去，下面雲霧遮滿，看不見底，不知虛實，如何下去？」

老頭道：「你說那秦家姊妹使的障眼法嗎？人家不過是逗你玩的，那有什麼打緊？只管放大膽跳下去，包你還有好處。」說罷，拖了司徒平往崖邊就走。

司徒平平日憂讒畏譏，老是心中苦悶，無端失去飛劍，更難邀萬妙仙姑見諒，又無處可以投奔，已把死生置之度外。將信將疑，隨在老頭身後走向崖邊，往下一看，崖下雲層愈厚，用盡目力，也看不出下面一絲影跡。正要說話，只見那老頭將手往下面一指，隨手發出一道金光，直往雲層穿去。

金光到處，那雲層便開了一個丈許方圓大洞，現出下面景物。司徒平探頭定睛往下面一看，原來是一片長條平地，離上面有百十丈高。東面是一泓清水，承著半山崖垂下來瀑布。靠西面盡頭處，兩邊山崖往一處合攏，當中恰似一個人字洞口，石上隱隱現出三個大字，半被藤蘿野花遮蔽，只看出一個半邊「谷」字。近谷口處疏疏落落地長了許多不知名的花樹，豐草綠茵，佳木繁蔭，雜花盛開，落紅片片。先前那隻怪鳥已不知去向，只看見適才所追的那一對白兔，各豎著一雙欺霜賽雪的銀耳，在一株大樹旁邊自在安詳地啃青草吃，越加顯得幽靜。

司徒平正要問那老頭是否一同下去，回顧那老頭已不知去向，急忙縱到高處往四面一望，哪裡有個人影。再回到崖邊一看，那雲洞逐漸往小處收攏。知道再待一會，又要被密雲遮滿，無法下去。老頭已走，自己又無撥雲推霧本領。情知下面不是仙靈窟宅，便是妖物盤踞之所。自己微末道行，怎敢班門弄斧，螳螂當車？要不下去，又不能回去交代。暗怪那老頭為德不終。

正在盤算之際，那雲洞已縮小得只剩二尺方圓，眼看就要遮滿，和先前一樣。萬般無奈，只好硬著頭皮，把心一橫，決定死中求活，跳下去相機設法盜回飛劍。不計成敗利鈍，使用輕身飛躍之法，從百十丈高崖，對準雲洞縱將下去。腳才著地，那一對白兔看見司徒平縱身下來，並不驚走，搶著跳躍過來，挨近司徒平腳前，跟家貓見了主人取媚一般，宛不似適才神氣。司徒平福至心靈，已覺出這一對白兔必有來歷。自己身在虎穴，吉凶難定，不但不敢侮弄捉打，反蹲下地來，用手去撫摸牠們的柔毛。那一對白兔一任他撫弄，非常馴善。

司徒平回望上面雲層，又復遮滿。知道天色已晚，今晚若不能得回飛劍，決難穿雲上去。便對那一對白兔道：「我司徒平蒙二位白仙接引到此。適才那位飛仙回來，是我不知，放出飛劍防身護體，並無敵視之心，被飛仙將我飛劍抓去，回山見不得師尊，性命難保。白仙既住此間，必與飛仙一家，如有靈異，望乞帶我去見飛仙，求牠將飛劍發還，感恩不盡，異日道成，必報大恩。不知白仙能垂憐援手不？」

那白兔各豎雙耳，等司徒平說完，便用前爪抓了司徒平衣角一下，雙雙往谷內便跑。司徒平也顧不得有何凶險，跟在白兔身後。那一對白兔在前，一路走，不時回頭來看。司徒平也無心賞玩下面景致，提心吊膽跟著進了谷口時已近黃昏，谷外林花都成了暗紅顏色，誰知谷內竟是一片光明。抬頭往上面一看，原來谷內層崖四合，恰似一個百丈高的洞府，洞頂上面嵌著十餘個明星，都有茶杯大小，清光四照，將洞內景物一覽無遺。

司徒平越走越深，走到西北角近崖壁處，有一座高大石門半開半閉。無心中覺得手上亮晶晶的有兩點藍光，抬頭往上面一看，有兩顆相聚不遠的明星，發出來的亮光竟是藍色的，位置也比其餘的明星低下好多，那光非常之強，射眼難開。只看見發光之處，黑茸茸一團，看不出是何景象，不似頂上星光照得清晰。再定睛一看，黑暗中隱隱現出像鸞鳳一般的長尾，那兩點星光也不時閃動，神情竟和剛才所見怪鳥相似。不由嚇了一大跳，才揣出那兩點藍光定是怪鳥的一雙眼睛無疑，知道到了怪物棲息之所。

事已至此，正打算上前施禮，通白一番，忽覺有東西抓他的衣角。低頭一看，正是那兩個白兔，那意思似要司徒平往石門走去。司徒平已看出那一對白兔是個靈物，見拉他衣服往裡走，知道必有原因。反正自己既已豁出去，也就不能再顧前途的危險，見了眼前景物，反動了好奇之心，不由倒膽壯起來。朝那怪鳥棲息之處躬身施了一禮，隨著那一對白兔往門內走去。

才進門內，便覺到處通明，霞光灩灩，照眼生纈。迎面是三大間石室，那白兔領了他往左手一間走進。石壁細白如玉，四角垂著四掛珠球，發出來的光明照得全室淨無纖塵。玉床玉几，錦褥繡墩，陳設華麗到了極處。司徒平幼經憂患，早入山林，萬妙仙姑雖不似其他劍仙苦修，也未斷用塵世衣物，幾曾見過像貝闕珠宮一般的境界？不由驚疑交集。

那白兔拉了司徒平在一個錦墩上坐下後，其中一個便叫了兩聲，跳縱出去。司徒平猜那白兔定是去喚本洞主人。身入異地，不知來者是人是怪，心情迷惘，也打不出什麼好主意，便把留在室中的白兔抱在身上撫摩。幾次想走到外間石室探看，都被那白兔扯住衣角，只得聽天由命，靜候最後吉凶。

等了有半盞茶時，忽聽有兩個女子說話的聲音。一個道：「可恨玉兒、雪兒，前天聽了白老前輩說的那一番話，牠們便記在心裡，竟去把人家引來。現在該怎麼辦呢？」另一個說話較低，聽不大清楚。司徒平正在驚疑，先出去的那隻白兔已從外面連跳帶縱跑了進來。接著眼前一亮，進來兩個雲裳霧鬢，容華絕代的少女來。年長的一個約有十八九歲，小的才只十六七歲光景，俱都生得穠纖合度，容光照人。

司徒平知是本洞主人，不敢怠慢，急忙起立，躬身施禮，說道：「弟子司徒平，乃黃山五雲步萬妙仙姑門下。今日偶在山崖閒坐，看見兩位白仙在草中遊戲，肉眼不識淺深，恐被師弟薛蟒看見殺害，想將牠們趕走。追到此間，正遇本洞一位飛仙從空中飛來。彼時只見一片烏雲遮天蓋地，勢甚凶猛，弟子保命情急，不合放出飛劍護體，並無為敵之心。想是那位飛仙誤會，將弟子飛劍收去。回去見了家師，必受重罰，情急無奈。蒙一位仙人指引，撥開雲霧，擅入仙府，意欲懇求那位飛仙賜回飛劍，又蒙兩位白仙接引到此。望乞二位仙姑垂憐弟子道力淺薄，從師修煉不易，代向那位飛仙緩頰，將弟子飛劍賜還，感恩不盡！」說罷，便要跪將下去。

那年輕的女子聽司徒平說話時，不住朝那年長的笑。及至司徒平把話說完，沒等他跪下，便上前用手相攙。司徒平猛覺入手柔滑細膩，一股溫香直沁心脾，不由心旌搖搖起來。暗道：「不好！」急忙把心神收住，低頭不敢仰視。

那年長的女子說道：「我們姊妹二人，一名秦紫玲，一名秦寒萼，乃寶相夫人之女。先母隱居此地已有一百多年。初生我時，就在這紫玲谷，便將谷名做了我的名字。六年前，先母兵解飛升，留下一隻千年神鷲同一對白兔與我們作伴，一面閉門修道。遇有需用之物，不論相隔萬里，俱由神鷲去辦。

「愚姊妹性俱好靜，又加紫玲谷內風景奇秀，除偶爾山頭閒立外，只每年一次騎著神鷲，到東海先母墓上哭拜一番，順便拜謁先母在世好友、東海三仙中的玄真子，領一些教益回來修煉。一則懶得出門，二則愚姊妹道力淺薄，雖有神鷲相助，終恐引起別人覬覦這座洞府，一年到頭俱用雲霧將谷上封住。還恐被人識破，在雲霧之下又施了一點小法。除非像玄真子和幾位老前輩知道根底的人，即使雲霧撥開，也無法下來。愚姊妹從不和外人來往，所以無人知道。

「前日愚姊妹帶了兩個白兔，正在崖上閒立，偶遇見一位姓白的老前輩。他說愚姊妹世緣未了，並且因為先母當年錯入旁門，種的惡因甚多，雖為東海三仙助她兵解，倖免暫時大劫，在她元神煉就的嬰兒行將凝固飛升以前，仍要遭遇一次雷劫，把前後千百年苦功，一旦付於流水。他老人家不忍見她改邪歸善後又遭此慘報，知道只有道友異日可以相助一臂之力。不過其中尚有一段因果，愚姊妹尚在為難，今早已命神鷲到東海去請示。適才帶來一封書信，說玄真子老前輩無暇前來，已用飛劍傳書，轉請優曇大師到此面諭。

「愚姊妹原想等優曇大師到來再行定奪，不想被白兔聽去，牠們恐故主遭厄，背著愚姊妹將道友引來。神鷲自來不有愚姊妹吩咐，從不傷人，只是喜歡惡作劇。牠帶回書信時，抓來一支飛劍，同時白兔也來報信，已將道友引到此地，才知冒犯了道友。愚姊妹因與道友從未見面，不便上去當面交還飛劍，仍想待優曇大師駕到再作計議。不想道友已跟蹤來此。聽道友說下谷之時曾蒙一位仙人撥雲開洞。我想知道愚姊妹根底的仙人甚少，但不知是哪位仙人有此本領？道友是專為尋劍而來，還是已知先母異日遭劫之事？請道其詳。」

司徒平聽那女子吐屬從容，聲音婉妙。神尼優曇與東海三仙雖未見過，久已聞名，知是正派中最有名的先輩，既肯與二女來往，決非邪魔外道。適才疑懼之念，不由渙然冰釋。遂躬身答道：「弟子實是無意誤入仙府，並無其他用意。那撥開雲洞的一位仙人素昧平生，因是在忙迫憂驚之際，也未及請問姓名。他雖說了幾句什麼紫玲谷秦家姊妹等語，並未說出詳情。弟子愚昧，也不知話中用意，未聽清楚。無端驚動二位仙姑，只求恕弟子冒昧之徑，賞還飛劍，於願足矣。」

那年幼的女子名喚寒萼的，聞言抿嘴一笑，悄對她姊姊紫玲道：「原來這個人是個呆子，口口聲聲向我們要還飛劍。誰還希罕他那一根頑鐵不成？」紫玲怕司徒平聽見，微微瞪了她一眼。又對司徒平道：「尊劍我們留它無用，當然奉還。引道友來此的那位仙人既與道友素昧平生，他的相貌可曾留意？」

司徒平本是著意矜持，不敢仰視。因為秦寒萼向她姊姊竊竊私語，聽不太真，不由抬頭望了她二人一眼。正趕上紫玲面帶輕嗔，用目對寒萼示意，知是在議論他。再加上紫玲姊妹淺笑輕顰，星眼流波，皓齒排玉，朱唇款啟，越顯得明豔綽約，儀態萬方，又是內愧，又是心醉，不禁臉紅起來。正在心神把握不住，忽聽紫玲發問，心頭一震，想起自己處境，把心神一正，如一盆涼水當頭澆下，立刻清醒過來，正容答話，應對自如，反不似先前低頭忸怩。

紫玲姊妹聽司徒平說到那窮老頭形象，彼此相對一看，低頭沉思起來。司徒平適才急於得回飛劍，原未聽清那老頭說的言語，只把老頭形象打扮說出。忽見她姊妹二人玉頰飛紅，有點帶羞神氣，也不知就裡。便問道：「弟子多蒙那位仙人指引，才得到此。二位仙姑想必知道他的姓名，可能見告麼？」

紫玲道：「這位前輩便是嵩山二老中的追雲叟。他的妻子凌雪鴻曾同先母二次鬥法，後來又成為莫逆之友。他既對道友說了愚姊妹的姓名，難道就未把引道友到此用意明說麼？」

司徒平一聽那老頭是鼎鼎大名的追雲叟，暗恨自己眼力不濟，只顧急於尋求飛劍，沒有把自己心事對追雲叟說出，好不後悔。再將紫玲姊妹與追雲叟所說的話前後一對照，好似雙方話裡有因，究竟都未明說，不敢將追雲叟所說的瘋話說出。只得謹慎答道：「原來那位老前輩便是天下聞名的追雲叟。他只不過命弟子跟蹤下來尋劍，並未說出他有什麼用意。如今天已不早，恐回去晚了，師弟薛蟒又要搬弄是非，請將飛劍發還，容弟子告辭吧。」

紫玲聞言，將信將疑，答道：「愚姊妹與道友並無統屬，休得如此稱呼。本想留道友在此作長談，一則優曇大師未來，相煩道友異日助先母脫難之事不便冒昧干求；二則道友歸意甚堅，難於強留。飛劍在此，並無損傷，謹以奉還。只不過道友在萬妙仙姑門下，不但誤入旁門，並且心志決難沆瀣一氣。如今道友晦氣已透華蓋，雖然中藏彩光，主於逢凶化吉，難保不遇一次大險。

「這裡有一樣兒時遊戲之物，名為『彌塵旛』。此旛頗有神妙，能納須彌於微塵芥子。一經愚姊妹親手相贈，得旛的人無論遭遇何等危險，只須將旛取出，也無須掐訣念咒，心念一動，便即回到此間。此番遇合定有前緣，請道友留在身旁，以防不測吧。」

說罷，右手往上一抬，袖口內先飛出司徒平失的劍光。司徒平連忙收了。再接過那彌塵旛一看，原來是一個方寸小旛，中間繪著一個人心，隱隱放出五色光華，不時變幻。聽紫玲說得那般神妙，知是奇寶，躬身謝道：「司徒平有何德能，蒙二位仙姑不咎冒昧之愆，反以奇寶相贈，真是感恩不盡！適才二位仙姑說太夫人不久要遭雷劫，異日有用司徒平之處，自問道行淺薄，原不敢遽然奉命。既蒙二位仙姑如此恩遇優禮，如有需用，誠恐愚蒙不識玄機，但祈先期賜示，赴湯蹈火，在所不辭。」

紫玲姊妹聞言，喜動顏色，下拜道：「道友如此高義，死生戴德！至於道友自謙道淺，這與異日救援先母無關，只須道友肯援手便能解免。優曇大師不久必至，愚姊妹與大師商量後，再命神鷲到五雲步奉請便了。只是以後不免時常相聚，有如一家，須要免去什麼仙姑、弟子的稱呼才是。在大師未來以前，彼此各用道友稱呼如何？」

司徒平見紫玲說了兩次，非常誠懇，便點頭應允，當下向紫玲姊妹起身告辭。寒萼笑對紫玲道：「姊姊叫靈兒送他上去吧，省得他錯了門戶，又倒跌下來。」

紫玲微瞪了寒萼一眼道：「偏你愛多嘴！路又不甚遠，靈兒又愛淘氣，反代道友惹麻煩。你到後洞去將陣式撤了吧。」

寒萼聞言，便與司徒平作別，往後洞走去。司徒平隨了紫玲出了石室，指著頂上明星，問是什麼妙法，能用這十數顆明星照得合洞光明如畫？

紫玲笑道：「我哪裡有這麼大法力。這是先母當初在旁門中修道時，性喜華美，在深山大澤中採來巨蟒大蚌腹內藏的明珠，經多年修煉而成。自從先母歸正成道，一則顧念先母手澤，二則紫玲谷內不透天光，樂得借此點綴光明，一向也未曾將它撤去。」

司徒平再望神鷲棲伏之處，只剩乾乾淨淨一片突出的岩石，已不知去向。計算天時不早，谷內奇景甚多，恐耽延了時刻，不及一一細問，便隨著紫玲出了紫玲谷口。外面雖沒有明星照耀，仍還是起初夕陽啣山時的景致。問起紫玲，才知是此間的一種靈草，名銀河草，黑夜生光的緣故。正當談笑之際，忽聽隱隱轟雷之聲。抬頭往上一看，白雲如奔馬一般四散開去，正當中現出一個丈許方圓的大洞，星月的光輝直透下來。

紫玲道：「舍妹已撤去小術，撥開雲霧，待我陪引道友上去吧。」說罷，翠袖輕揚，轉瞬間，還未容司徒平駕劍沖霄，耳旁一陣風生，業已隨了紫玲雙雙飛身上崖。寒萼已在上面含笑等候。

這時空山寂寂，星月爭輝。司徒平在這清光如晝之下，面對著兩個神通廣大、絕代娉婷的天上仙人，軟語叮嚀，珍重惜別，不知為何竟會有些戀戀不捨起來。又同二女談了幾句欽佩的話，猛想起出來時晏，薛蟒必要多疑，忽然心頭機伶伶打了個冷戰，不敢再為留戀。

第三章　喜締仙姻

話說司徒平辭別二女，駕起劍光，便往五雲步飛回。離洞不遠，收了劍光落下地來，低頭沉思，見了薛蟒問起自己蹤跡，如何應付？正在一步懶似一步往洞前走去，忽地對面跑來一人說道：「師兄你到哪裡去了？害我們找得你好苦！」

司徒平一看來人，正是三眼紅蜺薛蟒，心中微微一震，含笑答道：「我因一人在洞前閒坐了一會，忽見有兩隻白兔，長得又肥又大，因你夫妻遠來，想捉來給你夫妻接風下酒，追了幾個峰頭，也未捉到，並沒到別處去。」

話言未了，薛蟒冷笑道：「你哄誰呢？憑你的本領，連兩隻兔子都捉不到手，還追了幾個峰頭？你不是向來不願我殺生嗎？今天又會有這樣好心，捉兩個兔子與我夫妻下酒？我夫妻進洞出來時，天還不過酉初，現在都什麼時候啦？我勸你在真人面前，少說瞎話吧。」

司徒平平素正直，不善強辯。他雖瞞過紫玲谷得見二女一段未說，追趕白兔一切也是實言，但因情實話虛，又不會措辭，被薛蟒問了個張口結舌。只得正色答道：「愚兄一生不會說假話，師父不在洞府，我隨便往洞外閒遊，難道還有什麼弊病麼？」

薛蟒冷笑道：「我管你呢，你愛走哪裡走哪裡。你不是在餐霞老尼那裡學會了峨嵋劍法嗎？你本事大，師父多，誰還管得了？我不過因為有人在洞中等你回來談天，好意同了燕娘滿山去尋你回來，偏會尋不見。後來想起你也許趁師父不在家，又到餐霞老尼那裡去討教。明知人家和我們師徒不對，但因來人要等你回來說幾句話就要走，無可奈何，只得到文筆峰去打聽。不知你是真未去，也不知是不見我，人未尋著，反吃周輕雲那個賊丫頭排揎了我一頓，只得忍氣吞聲回來。正要進洞去對那等你的人說，你倒知機，竟得信趕回來了。」

司徒平聽薛蟒話中隱含譏刺，又氣又急。又聽薛蟒說洞內還有人等他說話，暗想：「自己雖在萬妙仙姑門下，並無本門朋友。正派中雖有幾個知好，因恐師父多疑，從未來往。」怎麼想，也想不出那人是誰。只得強忍怒氣，對薛蟒道：「師弟休要多心，以為我到餐霞大師那裡討教，適才所說的話並無虛言。只顧你和我開玩笑不要緊，若被師父回來知道，當了真，愚兄吃罪不起。再者，我除賢弟同師父外，並未交過朋友。你說現在洞府內有人等我，但不知是什麼來歷，何妨告知愚兄，也好作一準備。」

薛蟒獰笑道：「你問洞中等你的人麼？那是你的多年老友，他正等著你呢。快隨我去一見，自會明白，你問我則甚？」說罷，回身就走。司徒平已看出薛蟒錯疑了他，有些不懷好意。估量他和柳燕娘二人自己還能對付，就是他們接了師父飛劍傳書，也不過奉命監視，師父不在家，暫時怕他何來？且到洞中看看來人是誰，再作計較。

當下也不再和薛蟒多言，跟在他後面往洞內走去。才一進洞，便聽薛蟒在前大聲道：「稟恩師，反叛司徒平帶到！」一言未了，司徒平已看見裡面石室當中，萬妙仙姑滿臉怒容坐在那裡。司徒平聽薛蟒進門那般說法，大是不妙，嚇得心驚膽戰，上前跪下說道：「弟子司徒平不知師父駕到，擅離洞府，罪該萬死！」說罷，叩頭不止。

萬妙仙姑冷笑道：「司徒平，你這業障！為師哪樣錯待了你，竟敢背師通敵？今日馬腳露出，你還有何話講？」

司徒平叩頭叫屈道：「弟子因在坡前小立，無心追趕白兔為戲，雖然擅離洞府，並未他去。背師通敵之言，實在屈殺弟子。」

萬妙仙姑還未答言，薛蟒在旁湊上前，密稟了幾句。萬妙仙姑勃然大怒道：「你還說沒有背師通敵，你以為為師遠去雲南，必定耽誤多時才回，便去和敵人私通消息。薛蟒親見你從文筆峰回來，還敢用謊言搪塞？你若真是追趕白兔，為何薛蟒尋了你幾個時辰並未尋著？快快招出真情，免遭重戮！」

司徒平見萬妙仙姑信了薛蟒讒言，冤苦氣忿到了極處。知道師父厲害，若不設法證明虛實，性命難保。便又叩頭哭訴道：「弟子一向憂讒畏譏，天膽也不敢和外人來往。如果師父不信，盡可用卦象查看弟子自師父走後，可曾到文筆峰去過？如盡信師弟一面之詞，弟子死在九泉也難瞑目。」

萬妙仙姑冷笑一聲，便命薛蟒將先天卦交取來。排開卦象一看，司徒平雖然未到餐霞大師那裡，可是紅鸞星動，其中生出一種新結合，於自己將來大為不利。便怒目對司徒平道：「大膽業障，還敢強辯！你雖未到文筆峰勾結敵人，卦象上明明顯出有陰人和你一黨，與我為難。好好命你說出實話，量你不肯。」說罷，長袖往上一提，飛出一根彩索，將司徒平綑個結實。命薛蟒將司徒平倒吊起來，用蛟筋鞭痛打。

司徒平知道萬妙仙姑秉性，又加薛蟒在旁撥弄，此時已動了無明真氣，就是將遇秦氏二女真情說出，也不會見信。何況秦氏二女行時，既囑自己不要洩漏她們的來歷住址，想必也有點畏懼萬妙仙姑的厲害。自己反正脫不了一死，何苦又去連累別人？想到這裡，把心一橫，一任薛蟒毒打，只是一味叫屈，不發一言。

那蛟筋鞭非常厲害，司徒平如何經受得起，不消幾十下，已打了個皮肉紛飛。司徒平身子懸空，倒吊在那裡，被薛蟒打得東西亂擺，痛徹心肺。萬妙仙姑見司徒平一味倔強叫屈，不肯說出實話，越發怒上加怒，便命薛蟒活活將他打死。薛蟒巴不得去了這個眼中之釘，聽了萬妙仙姑吩咐，便沒頭沒臉地朝司徒平致命之處打去。司徒平已疼得昏昏沉沉，一息奄奄，連氣都透不過來了。忽然薛蟒一鞭梢掃在司徒平身帶的彌塵旛上。

司徒平起初以為萬妙仙姑到滇西去，至早也得過端陽，萬沒料到半途折回。乍一見面，平時積威之下，本就嚇昏，再加被薛蟒告發了一套讒言，又冤苦，又忿恨，氣糊塗了，只顧叫屈申辯，竟把秦氏二女所贈的彌塵旛忘卻。這時在疼痛迷惘之中，被薛蟒一鞭打在旛上，猛覺胸前一陣震動，才想起秦氏二女贈寶時所說的那一番話。剛被綑時，滿拚必死；一經發現生機，便起了死中求活之想。怎奈手腳四馬攢蹄倒吊在那裡，無法取出應用。

就在這凝思的當兒，又被薛蟒風狂雨驟打了好幾十下。若非司徒平近年道力精進，就這一頓打，怕不筋斷骨折，死於非命。司徒平疼得力竭聲嘶，好容易才迸出：「師父息怒，弟子知罪，願將真情說出，請師父停打，放下來緩一緩氣吧！」才一說完，頭上又中了一鞭，痛暈過去。

這時柳燕娘侍立在側，見司徒平挨這一頓毒打，才知萬妙仙姑如此心毒。她慣做淫惡不法之事，到底沒有見人這般死去，雖然動了惻隱之心，懼怕萬妙仙姑厲害，哪敢婉言勸解。及至見司徒平知悔求饒，又被薛蟒打暈過去，便向萬妙仙姑道：「大師兄肯說實話哩。」

萬妙仙姑本未計及司徒平死活，無非自己多年心血，受盡辛苦煉了幾件厲害法寶，算計第三次峨嵋鬥劍遭受空前大劫，自己有勝無敗。無端從今日卦象上看出司徒平所勾結的兩個陰人，竟是將來最厲害的剋星，較比平日時時擔心的惡鄰餐霞大師還要厲害。不由又氣又急又恨，打算將司徒平拷問明白，再行處死，不然司徒平早死在萬妙仙姑飛劍之下了。因為氣恨司徒平到了極處，只一味喝打，並沒留神聽他說些什麼。聽柳燕娘在旁一說，才得提醒。心想：「打死這個業障算得什麼，還是問明他所勾結的人是誰，好早作準備要緊。」連忙吩咐薛蟒住手，放他下來。薛蟒還怕司徒平駕飛劍逃跑，請萬妙仙姑先將他飛劍收去，才將司徒平放下地來。司徒平業已渾身痛得失了知覺，軟癱在地動轉不得。萬妙仙姑還一味喝他快講。薛蟒又嫌他裝死，照脊樑又是一鞭。疼得司徒平在地下打了一溜滾。

知道危險萬分，不管彌塵旛是否如秦氏二女所說那樣神妙，顫巍巍搖著左手，裝出怕打神情，有氣無力地說道：「弟子就說，請師父、師弟免打。」暗中提氣凝神，猛地將右手伸入懷內，摸著彌塵旛，咬牙負痛取將出來，捏著旛柄一晃，心往紫玲谷一動念，極力高呼道：「師父休得怨恨，弟子告辭了！」言還未了，滿洞俱是光華，司徒平蹤跡不見。

萬妙仙姑萬沒料到司徒平會行法逃走，一面放出飛劍，急忙縱身出洞一看，只見一團彩雲比電閃還疾，飛向西南方，眨眼不見。忙將身劍合一，跟蹤尋找，哪裡有一絲跡兆。情知是異日的禍害，好生悶悶不樂，只得收劍光回轉洞府。

原來萬妙仙姑許飛娘到滇西去，走不多遠，放出飛劍傳書與薛蟒，叫他留神監視司徒平，等到飛劍飛回再走。遇見俞德追來，便把自己聲東擊西，暫不露面的主意說出。正要起身，忽然心中一動，恰好飛劍回來。猛想起：「自己原為機密，才用飛劍傳書。雖然定能傳與薛蟒本人，但是他和司徒平常在一起，難保不被他看出。薛蟒不令洩漏，司徒平焉能不尋根探底？豈非又是一時大意？」

後來又想：「司徒平隨自己多年，雖不及薛蟒對自己忠誠，尚無大錯。起初他向敵人求教，也出於向道心切，又加不知我的用意。近來形跡可疑，並無實據。好在去端陽還早，司徒平如果甘心叛逆，趁自己不在洞中，必然不大顧忌。自己一向急於煉寶，無暇認真考察，只聽薛蟒一面之詞，對他待遇不佳，究難叫人心服。何不趁他不知，中途折回，一則問薛蟒看信時他是否在側，二則暗中考察一番。如果通敵是實，及早將他除去。自己處治徒弟，外人也干涉不了。何必借他虛報消息，多此一舉，徒留後患則甚？」便對俞德說明，日內準去赴約，只不要向人前說起，以免敵人防備。這次如果能在暗中出力，不出面更好。如果不得已和敵人破了臉，索性連黃山都不住了。

二人分別以後，萬妙仙姑趕回洞府，正遇薛蟒同柳燕娘在洞前並肩說話。她先隱閃在薛蟒身後，命薛蟒到僻靜處說話。薛蟒聽出是師父聲音，嚇了一跳，便對柳燕娘說：「師父命我監視大師兄，他不知何往。你在這裡等他，待我去查探他的動靜，立刻回來。」萬妙仙姑一聽，司徒平果然不在洞中，越發動了疑心。

薛、柳二人無庸避忌，便現身出來。慌得薛蟒帶了柳燕娘一同跪叩。萬妙仙姑勉勵了他二人幾句，便問司徒平蹤跡。薛蟒便說：「接師父飛劍傳書時，曾見他在崖旁一閃。以後便不知去向，找了他半天，也未找著，看他神氣舉動，都非常可疑。」

薛蟒原是同柳燕娘進洞淫樂了一陣，出來不見司徒平。適才又看出是故意躲他，分明氣不服他夫妻二人，暗暗咬牙痛恨。難得師父中道折回，司徒平又未在側，樂得添枝造葉，讒言陷害。

萬妙仙姑聞言，勃然大怒，走進洞去。薛蟒還怕司徒平就在左近閒坐，故意討命去尋他回來，好哄司徒平上當。誰知出來尋了兩三個時辰，也未尋見，猜他又到文筆峰餐霞大師的別府中去討好。鬼頭鬼腦跑去一問，吃周輕雲將他辱罵一頓，若非見機，差點送了小命，越疑心司徒平是在輕雲洞中。心想：「你怕我對師父說，不敢出來。我只守定來路，抓你一個真贓實犯。」便在文筆峰左近等候。

正等得無聊，柳燕娘跑來說，萬妙仙姑喚他回去。他便叫柳燕娘對師父去說，司徒平藏在文筆峰洞中，自己等他一同回去。柳燕娘才走，忽聽破空聲音，司徒平駕劍飛回。薛蟒猜他是故意從別處鬧玄虛，才用言語譏刺，也未對他說明師父回來。

萬妙仙姑本已多疑，聽了柳燕娘回報，若非暫時還有一些顧忌，幾乎氣得去尋餐霞大師講理。正在氣惱，恰好司徒平回來，又從卦象上看出有陰人為害，才決定將司徒平打死。司徒平借彌塵旛逃走時，萬妙仙姑看見他手中搖著一個小旛，立刻便有光華彩雲將他擁走，覺得這法寶來路雖不是峨嵋派中人所用，似乎聽人說過，怎麼想也想不起來。知道司徒平走不打緊，他勾結兩個陰人卻是非同小可，關係前途甚大。忿恨了一陣，想暫時不赴滇西，先查訪出司徒平和兩個陰人的來歷再說。連用卦象查看了好幾次，這兩個陰人俱是近在咫尺，連方向都算出來，只尋不見蹤跡。

轉瞬便隔端陽不遠，不能再耽延。好在卦象上算出暫時還沒有妨害，並且自己就尋著了，也不過是多一層防備，奈何別人不得。想起將來，嘆了一口氣，想不出什麼好主意來。只得先赴滇西之約，到時再說。走時，薛蟒要司徒平那口飛劍。

萬妙仙姑道：「此劍原名聚奎，本是司徒平祖父、大名總鎮司徒定傳家之寶。自從他祖父在任上殉難，全家遇害。當時有他家一個丫頭，帶了這業障的父親從襁褓之中逃走。逃到晉南滎河縣，遇見追雲叟白谷逸的妻子凌雪鴻，將他二人收下，帶回嵩山，給那小孩取名司徒興明。那老丫頭便是五十年前江湖上有名的呆姑娘尤於冰，被我們五台派混元祖師門下弟子女梟神蔣三姑娘殺死。司徒興明迷戀蔣三姑美色，不給尤於冰報仇，反娶了蔣三姑為妻。

「凌雪鴻一怒之下，將司徒興明逐出門牆。他二人就成了夫婦。司徒興明自知所行不對，又不願回五台，更怕遭峨嵋派同二老、三仙的痛恨，雙雙逃到新疆天山博克大坂頂上寒谷之內，隱居修煉。蔣三姑明知背了混元祖師便會孤立，無奈同司徒興明恩愛，只得委曲相從。

「過了數十年，才生下司徒平，不滿三歲，便被尤於冰的好友、衡山白鹿洞金姥姥羅紫煙尋來報仇，將蔣三姑殺死。司徒興明拚命救護，也中了一劍，他的飛劍又被羅紫煙收去。氣忿不過，帶了這口聚奎劍同司徒平，從新疆到五台，才知你祖師業已圓寂多年。寃家路窄，又遇見你師伯金身羅漢法元。法元未出家時原名何章，當初因想娶蔣三姑，費盡千辛萬苦不曾到手。好容易得到祖師垂憐，替他作主，不久便命蔣三姑嫁他。不想蔣三姑卻嫁了司徒興明，背師隱避。你師伯氣忿出家，從此不近女人，卻把司徒興明恨入骨髓。怎奈蔣三姑本領厲害，又查訪不出住址。懷恨多年，一旦遇見，如何能放他過去？

「司徒興明雖然失了飛劍，別的道法還在。他本想見了祖師哭訴經過，自認以前錯失，求祖師給蔣三姑報仇，再尋一安身之處，煉那口聚奎劍。蔣三姑生前曾對他說過，祖師駕前有一何章，因為求婚結了深仇，異日見面須要留神。沒料到師伯出家改名，不但沒有防備，反對他訴說真情，求他念在亡妻同門之誼，助他報仇。

「你師伯聽他說完，仇人見面，分外眼紅，當時用劍光將他圈住，先不殺他，慢慢將經過說明。正要下手，司徒興明猝不及防，情知必死，因想給司徒門中留一點香煙，急中生智，竟裝出不能抵禦，一任你師伯嘲笑。他本從凌雪鴻學會先天五遁，拚著一條臂膀不要，趁你師伯說得高興，以為仇人並無本領，可以隨意擺佈，一個疏神，被司徒興明就借他飛劍的金遁，帶了小兒逃走。你師伯見只斷下他一條臂膀，急忙跟蹤追趕，並未追上。

「那司徒興明雖然帶幼子得逃活命，因為你師伯飛劍不比凡金，傷勢太重，自知性命活不了幾天，望著懷中幼子，正在求生不得，求死不得。偏遇見一位王善人，將他父子接到家中調養。他將事情經過對王善人說了，又用絹寫下一封血書，留給幼子司徒平。托王善人等司徒平成人後，帶了那封血書同聚奎劍，到嵩山去求追雲叟，收留學劍。不久他就身死。

「王善人頗愛司徒平，撫養了不到一年，無端禍從天降，他的側室與人通姦，設計將他毒死。姦夫淫婦正商量要害王善人的兒子同司徒平的性命，被你師叔岳琴濱路見不平，擒了姦夫淫婦，拷問口供。無心中問出司徒平的來歷，並搜出那封血書同一口聚奎劍。當時將姦夫淫婦殺死，放火把王家燒了。

「因為司徒平是你法元師伯將來仇人，本來想當時殺死。仔細一看，他這兩個小孩的資質都不差，便帶回華山，想煉神嬰劍。煉劍時原打算頭一壇先拿王善人的小孩祭劍，第二天再用司徒平。剛剛上壇請好了神，忽然一道劍光飛來，一個不過十二三歲的小姑娘，看去年紀甚小，劍術卻非常厲害，一下來先震穿了岳師叔的攝魂瓶，把鎮壇神都趕退。岳師叔看看不敵，恰好我從滇西回來，順路前去看望，無心中卻解了他的危急。就我們二人合力迎敵，還損壞我兩件法寶，才將那女孩子趕走。王善人之子被那小姑娘救去。

「岳師叔忽然意懶心灰，說他煉這神嬰劍，功敗垂成已經三次，從此不再去煉了。因我彼時無有門徒，便將司徒平這業障託付了我，再三囑咐我不要對法元說，以免壞了司徒平的性命。我因有事在身，時常出遊，怕無人照管，不肯要。岳師叔只得把他寄養在一個鄉農家內，他本人要離了華山到衡山去隱居，等司徒平長大再來接他。過了八年，去看司徒平時，竟連那家農民都已死絕，探問不出下落，只得罷休。好在救他時他正年幼，人事不知，血書業已燒毀，決不知以前這些因果，也就未放在心上。

「又過了三年，我已將各種仙藥以及祭煉法寶、飛劍之物俱都採辦齊全，幾位要緊的前輩好友也聯絡好了。有時不得已出外，無人照應門戶，漸漸覺得不便，想物色一兩個質地好的門徒，老遇不見。有一天到後山去，看見這業障睡在前坡樹蔭之下，神氣非常狼狽，看他根骨卻不甚壞。我將他喚醒，一問名字，才知是十二年前岳琴濱從王善人家救出的司徒平。我為有你法元師伯這一段因果，仔細盤問。他並不知前事，只知他幼遭孤零，被一位姓岳的道人將他寄養在一個農民家內，過了四五年，那農家遭了瘟疫，全家死絕，他便帶了那口劍到處飄流，去到安徽為一個富家放牛。

「他到底是修道之後，從小就愛讀書學道。不知怎的，被他打聽出黃山、九華時有仙人來往，積蓄了點款，受盡千辛萬苦，備好乾糧，到九華訪師不遇。又由九華到黃山，滿山走遍，並未遇見一個異人。他見我形跡不似常人，便跪請收錄，我將他帶回五雲步一試，竟是聰明異常。我當時很喜歡，不惜盡心傳授。

「過了三年，又收了你為徒。無心中卜你兩人將來的造就，他果然不似平常。不知怎的，卦象顯出他同我非常犯克，連卜幾次俱是如此。我是相信人定勝天的，從此雖不大喜歡他，但是他無甚過錯，也不能無故傷他。也是我一時大意，將他帶到餐霞老尼那裡，因她誇獎這業障，隨便說了幾句請她指點的話。這業障竟信以為真，背著我去請教幾次，得了峨嵋煉劍祕訣。

「後幾年我雖不肯再傳授他道法，他自己苦心用功，居然將這一口聚奎劍煉得非常神妙。雖然他逃走之時被我將此劍收來，我帶在身邊還不要緊，你如要去，須要特別加意，用我傳你的劍法再煉四十九天，使它能與你合一。今後再遇這業障時，千萬不可顯露，以免被他將劍收去，還遭不測。再者我此去滇西，至少須有一月多耽擱。我算出同業障勾結的這兩個陰人非常厲害，你決非他們敵手。為師走後，你夫婦二人務要緊閉洞門，趁這數十天光陰煉那口劍，不能出去一步，防他前來奪劍報仇。只要你二人不出去，洞口有我法術封鎖，外人休想進來。」

當下又傳了柳燕娘一些道法。薛、柳二人跪謝之後，萬妙仙姑吩咐二人無須送出洞外，長袖展處，滿洞光華，破空而去。薛蟒便照萬妙仙姑傳的口訣，去煉那口聚奎劍，早晚下功夫。不提。

話說司徒平在疼痛迷惘中，觸動一線生機，急中生智，也不暇計及彌塵旛是否神效，取將出來，心念紫玲谷，才一招展，便覺眼前金光彩雲，眼花撩亂，身子如騰雲駕霧般懸起空中。瞬息之間落下地來，耳旁似聞人語，未及聽清，身上鞭傷被天風一吹，遍體如裂了口一般，痛暈過去。等到醒來一看，忽覺臥處溫軟舒適，一陣陣甜香襲人。他自出娘胎便遭孤零，從小到投師，也不知經了多少三災八難，顛連辛苦，幾曾享受過這種舒服境地？知道是在夢中，打算把在人世上吃的苦，去拿睡夢中的安慰來補償，多挨一刻是一刻，兀自捨不得睜開眼睛，靜靜領略那甜適安柔滋味。

忽聽身旁有女子說話的聲音。一個道：「他服了我娘留下的靈丹，早該醒了，怎麼還不見動靜？」又有一個道：「他臉上氣色已轉紅潤，你先別驚動他，由他多睡一會，自會醒的。幸而他見機得早，根基也厚，再遲一刻，縱有靈丹，也成殘廢了。」底下的話，好似兩個女子在竊竊私語，聽不很清，聲音非常婉妙耳熟。

司徒平正在閉目靜聽那兩個女子說話，猛想起適才所受的冤苦毒打，立覺渾身疼痛，氣堵咽喉，透不轉來，不由大叫一聲，睜開兩眼一看，已換了一個境界。自己睡在一個軟墩上，身上蓋著一幅錦衾。石室如玉，到處通明，一陣陣芬芳襲人欲醉，室中陳設又華貴，又清幽。秦紫玲、秦寒萼姊妹雙雙含笑，站離身前不遠。再摸身上創傷，竟不知到哪裡去了。回憶前情，宛如作了一場噩夢。這才想起是彌塵旛的作用。

他便要下床叩謝秦氏二女救命之德。剛一欠身，才覺出自己赤身睡在衾內，未穿衣服。只得在墩沿伏叩道：「弟子司徒平蒙二位仙姑賜彌塵旛，出死入生，恩同再造。望乞將衣服賜還，容弟子下床叩謝大恩吧。」

寒萼笑對紫玲道：「你看他還捨不得穿的那一身化子衣服呢。」紫玲妙目含瞋，瞪了她一眼。正容對司徒平道：「你昨夜從紫玲谷回去後，優曇大師同霞姑駕到，說你正在危急。我同妹子還怪你既在危難之中，為何忘了行時之言，用彌塵旛脫身？想去救了你來，大師說你災難應完，不消多時，自會前來，暫時最好不要許飛娘知道我姊妹二人詳情為妙。又怕你回谷後，許飛娘跟蹤前來，我們使的那兩樣障眼法兒瞞不了她，命霞姑將她煉的紫雲障借給我們，又吩咐了一番話，才同霞姑回山去了。

「我到底不放心，正要命神鷲去救你，你已用彌塵旛脫身到此。打你的鞭子非常厲害，你受傷太重，經天風一吹，立刻暈死過去。你穿的衣服已經打得成了糟粉碎絲，你又周身血流紫腫，怕沒有幾百處傷痕，非內用先母靈丹，外敷玉螭膏，不能即時生效。

「你彼時已人事不知，我姊妹二人因為優曇大師與三仙、二老再三囑咐，急於救人，只得從權，將你抱進後洞池中，用靈泉沖洗之後，服了靈丹，敷了玉膏，抬到房中，守候你傷癒醒轉。你頭上中了好幾鞭，震傷頭腦，最為厲害。若非你道行根基尚厚，即使救轉，也難復原。現在雖然傷勢平服，但真氣已散，仍須靜養數日，才能運氣轉動。

「我姊妹二人與你淵源甚深，此後已成一家，感恩戴德的話休再提起。如蒙錯愛，即以姊妹相稱便了。墩側有先父遺留的全套衣冠，留你暫時穿用。這裡有優曇大師留下的手示，你拿去一觀，便知前因後果。我姊妹尚須到前面谷口，去將紫雲障放起，以防許飛娘進來。你先靜養，少時我們再來陪你談話。」

說罷，取出一封書信遞與司徒平，也不俟司徒平答言，雙雙往外走去。司徒平平時人極端正，向來不曾愛過女色。自從見了秦氏姊妹，不知不覺間起了一種說不出來的情緒，也並不是想到什麼燕婉之私，總覺有些戀戀的。不過自忖道行淺薄，自視太低，不敢造次想同人家高攀，結一忘形之友。昨晚走時，便想異日不知還容他再見不能，不料回洞挨了一頓毒打，倒作成他到這種洞天福地來，與素心人常共晨夕。聽紫玲前後所說的語氣，不禁心中怦怦直跳。

司徒平屏氣凝神，慢慢將優曇大師的手示拆開看了一遍，不由心旌搖搖，眼花撩亂起來，是真是夢，自己竟不敢斷定。急忙定了一定神，從頭一字一字仔細觀看，自己頭一遍竟未看錯，喜歡得心花怒放。出世以來，也從未做過這樣一個好夢，慢說是真！

原來秦氏姊妹的母親寶相夫人，本是一個天狐，歲久通靈，神通廣大，平日專以採補修煉，也不知迷了多少厚根子弟。她同桂花山福仙潭的紅花姥姥最為友好，聽說紅花姥姥得了一部天書，改邪歸正，機緣一到，即可脫劫飛升。自知所行雖然暫時安樂，終久難逃天譴，立意也學她改邪歸正。彼時正迷著一個姓秦的少年，因為愛那少年不過，樂極情濃，連失兩次真陰，生了紫玲姊妹。

那姓秦的少年單名一個漁字，是前文所說斬綠袍老祖的雲南雄獅嶺長春岩無憂洞，當年青城派曾祖極樂真人，現在稱為極樂童子，已成真仙的李靜虛門下末代弟子，因來黃山採藥，被天狐看中，引進洞去。極樂真人李靜虛教律極嚴，只怪門下弟子道行不堅，自找苦吃，不來援救。秦漁本領也煞是了得，在紫玲谷竟然一住多年。那時他次女寒萼也有了兩歲。天狐自從得了秦漁，一向陪他享溫柔之福，從未離開一步。她只知秦漁是個有根行的修道之士，還沒料到是極樂真人的弟子。這日因想起到紅花姥姥那裡求借天書，僥倖借來，便可同秦漁一同修煉正果。她才走不多兩天，秦漁原是被她法術所迷，竟忘了採藥之事，天狐走後，覺得無聊，想起自己好久未曾入定，便去打坐。起初心神很難收攝，及至收好入定，神志一清，猛想起自己奉命採藥，如何會在此地住了多年？知道失了真陽，不能脫劫飛升，又急又悔，不由痛哭起來。

恰好天狐在紅花姥姥處趕回，一見他哭，便知事已洩漏；並且來時紅花姥姥已告訴她秦漁的來歷，知道闖了大禍，極樂真人知道一定不容。二人仔細商量了一陣，決定自行投到，向極樂真人面前去負荊領罪，請真人從輕發落。

才把主意打定，真人已在紫玲谷內現身，對秦漁道：「我輕易不收弟子，凡我門下人，大都根行深厚，與別的劍仙不同，內外功行圓滿，不能上升仙闕，也都成為散仙。自從錯收了兩個弟子，清理門戶之後，因為人才難得，決意不再收徒。滿想你根基異於常人，雖不能傳我道統，也可得成正果。不想你遇見天狐，迷了本性，固然你二人前世孽緣，也是你道心不能堅定，咎由自取，沒有克欲功夫。

「你們一動念間，我已盡知。一則念你雖然有罪，平昔尚有功無過；你妻天狐雖然一向採補陰陽，但是從未傷生，又能煉就靈藥，補還人家虧損，使被採補的人仍能終其天年。如今她的大劫將臨，居然因同你一段孽緣，同時迷途知返，又未始非她為惡不彰所致，因此特來指點你二人生路。

「你妻天狐去借紅花姥姥天書，慢說各有仙緣，豈能妄借？即使借來，為期已促，也來不及修煉。所幸她尚有十年光陰。她昔日迷戀諸葛警我，因問出是玄真子得意弟子，未敢妄動，並且還助他脫了三災，採到千年紫河草，與玄真子師徒結了一點香火因緣，成為方外之交。到十年期滿，可拿我書信去求玄真子助她兵解，避去第二次雷劫。

「你犯了條規，萬不能再容你回去，可仍在紫玲谷修煉。你夫妻各本所學，盡心傳授兩個幼女，異日我好友長眉真人門下大有用她之處。到十年期滿，你再回到雲南，在我岩前自行兵解，那時為師再度你出世。但是你妻子雖借兵解脫二次雷劫，等到嬰兒煉成，第三次雷劫又到，只有壬寅年壬寅月壬寅日壬寅時生的一個根行深厚的人，才能救她脫難，我與玄真子書上業已說明，到時玄真子自會設法物色這人前來解劫。為師所言，務要緊記，稍一怠惰疏忽，萬劫不復，各把以前功行付於流水。」

說罷，滿洞金光，留下一封書信，極樂真人飛了回去。秦漁同了天狐連忙朝天跪叩，謝了真人點化之恩。從此夫妻各洗凡心，盡心教育紫玲姊妹。

天狐昔日因救諸葛警我，收了一個千年靈鷲，厲害非凡。等到十年期滿，夫妻二人就要各奔前程，去應劫數。此時紫玲姊妹已盡得秦漁、天狐之能。天狐還不放心，把所有法寶盡數留下，一樣也不帶走；又將谷口用雲霧封鎖。叮嚀二女不許出外。又請那千年靈鷲緊隨二女，異日自己道成，便來度牠一同飛升。那千年靈鷲自知將來非天狐完劫回來相助，不能脫胎換骨，自是點頭惜別。谷內有神鷲保護，谷口又有法術雲霧封鎖，除非真知根底前輩中數一數二的劍仙，休想擅入一步。

天狐將後事分派已定，雖然近年精進，淡了兒女之情，終究有些惜別。秦漁更不消說。夫妻二人各灑了許多離別之淚，一同分手，往前途進發。天狐兵解以後，玄真子將她形體火葬，給她元神尋了一座小石洞，由她在裡面修煉，外用風雷封鎖，以防邪魔侵害。過了多年，玄真子已知唯一能夠救她的是司徒平，與二女有緣，現在許飛娘門下，正可先作準備。知道追雲叟因避怪叫化窮神凌渾，移居九華，便用飛劍傳書，託他相機接引。又趁二女來謁，將前因後果告知。

寒萼雖然道術通神，到底年幼，有些憨態，還不怎麼。紫玲因父母俱是失了真元，難成正果，自己生下來就是人，不似母親還要轉劫；又加父母俱是仙人，生具仙根仙骨，還學了許多道法。一聽要命她嫁人，一陣傷心，便向玄真子跪下哭求，想一個兩全之法。

玄真子笑道：「你癡了。學道飛升，全仗自己努力修為。慢說劉樊、葛鮑，以及許多仙人，都是雙修合籍，同駐長生。就是你知道的，如峨嵋教祖乾坤正氣妙一真人夫婦，嵩山二老中的追雲叟夫婦，以及已成散仙的怪叫化窮神凌渾夫婦，都是夫婦一同修煉。凡事在人，並未聽說於學道有什麼妨礙。

「那司徒平雖是異派門下，因他心行端正，根基甚厚，又經有名劍仙指點，朝夕用功，不久就要棄邪歸正。他正是四寅正命，與你母親相生相剋，解這三次雷劫非他不可。再加上你姊妹二人同他姻緣締結，何止三生。只要爾等向正勤修，異日同參正果，便知前因注定。你母親二千年修煉苦功頗非容易，成敗全繫在你夫婦三人身上，千萬不要大意，錯過這千載難逢的機遇。急速回去，依言行事吧。」

紫玲姊妹最信服玄真子，聞言知道前緣注定，無可挽回，又加救母事大，只得跪謝起來，說道：「弟子除真人同白真人幾位先母的至交前輩外，一向隱居紫玲谷內參修，從未見過生人。那司徒平從未見過，又不便前去相會，遭人輕賤，還以為弟子等不知羞恥。還望真人作主。」

玄真子道：「這卻不難。司徒平近遭許飛娘嫉視猜疑，日在憂驚苦悶之中。上年你們要去我那一對白免，雖是畜類，業已通靈。你們只須回去對牠們說了，自會去引他前來就你們。追雲叟近在九華，與你們相隔甚近，我已用飛劍傳書，託他從旁指引。至於你們不便向生人提起婚姻之事，我托優曇大師到紫玲谷走一遭便了。我同你們母親多年忘形之交，一向以朋友相待。你姊妹不久便歸入峨嵋門下，我視你們如姪輩，只須稱我世伯足矣，無須再稱真人了。」

紫玲姊妹聞言，重又口稱「世伯」跪謝，拜辭回去。二人回到谷內，過了兩日，老是遲疑，未對白兔說明，命牠前去接引，心神兀自總覺不大寧貼，便去崖上閒眺。那一對白兔本是玄真子所贈，靈巧善知人意，二女在家總是跟前跟後，也隨了上去。忽然追雲叟走到，他已早知前因後果同二女將來的用處，等紫玲姊妹參見後，便問玄真子怎麼說法。二女含羞將前言說了一遍。

追雲叟哈哈笑道：「你們年輕人總怕害羞。你們既不好意思尋上門去，我想法叫他來尋你們如何？」說罷便在那兩個白兔身上腳上畫了一道符，又囑咐二女一番言語，作別回去。

等到白兔去將司徒平初次引來，二女還是難於啟齒。因玄真子說優曇大師不久便到，便商量等她駕到作主。司徒平才走不多時，優曇大師果然降臨，二女連忙參拜。優曇大師道：「我接了玄真子的飛劍傳書，因為我弟子齊霞兒在雁蕩與三條惡蛟惡鬥，相持不下，本打算助她斬了惡蛟，再來與你姊妹主持婚事。後來一算，司徒平現遭大難，頃刻之間，便要用你所贈的彌塵旛回到此地。他已身受重傷，全仗你姊妹二人用靈丹仙藥調治敷用，難免不赤身露體，恐你們不便，特意先趕來囑咐幾句。此後既為夫婦，又在患難之中，無須再顧忌行跡了。」

正說之間，那齊霞兒在雁蕩因斬毒蛟不能得手，想到黃山向餐霞大師借煉魔神針。見面之後，餐霞大師說道：「我那煉魔針雖然刺殺得毒蛟，卻傷不得雁湖底下紅壑中潛伏的惡鯨。你持針刺殺毒蛟之後，驚動惡鯨，必然出來和你為難。牠雖不能傷你，勢必發動洪水將附近數百里沖沒，豈不造孽？方才我見令師落在紫玲谷內，想是度化天狐寶相夫人二女秦紫玲姊妹。何不就便前去，請她同你將惡鯨除掉，免卻遲早生靈遭受沉湮之災？」

齊霞兒一聽，急忙拜別餐霞大師出洞，趕到紫玲谷內，見了優曇大師與紫玲姊妹。大師便命齊霞兒將紫雲障借與紫玲姊妹應用。問起雁蕩鬥蛟時，聽說地底有殷殷雷響，恐惡鯨已發動，走遲了非同小可，不及等司徒平到來，留下一封書信，同齊霞兒飛往雁蕩而去。

紫玲姊妹跪送大師走後，展開紫雲障一看，彷彿似一片極薄的彩紗，五色絢爛，隨心變幻，輕煙淡霧一般，捏去空若無物，知是異寶。姊妹二人正在觀賞，司徒平業已用彌塵旛逃了回來。

第四章　情深比翼

說也奇怪，紫玲姊妹生具仙根仙骨，自幼就得父母真傳，在谷中潛修，從未起過一絲絲塵念。自從玄真子說出前因，回谷巧遇司徒平，看出他額前暗晦氣色，主於日內即有災難，不知不覺間竟會關心起來。及至贈予彌塵旛送他走後，老放心不下，彷彿掉了什麼東西似的。這時一見他遍體創傷，渾身紫腫，面色灰白，雙眸緊閉，宛不似初見面時那一種儀容挺秀，丰采照人的樣兒，不禁又起了憐惜之念，不暇再有顧忌。兩人將他攙進後洞，將他身上破爛衣服輕輕揭下，先用靈泉沖洗，抬進紫玲臥室，內服仙丹，外敷靈藥。直等司徒平救醒回生，才想起有些害羞。

姊妹二人雙雙託故避出，把紫雲障放起。只見一縷五色彩煙脫手上升，知有妙用，也不去管它，重入後洞。走到司徒平臥室外面，姊妹二人不約而同躊躇起來，誰也不願意先進去。此時正值司徒平二次看完優曇大師手示，喜極忘形，急忙先取過錦墩側紫玲姊妹留下的冠袍帶履試一穿著，竟非常合身。

正要出去尋見紫玲姊妹道謝救命之恩，恰好寒萼在外面，因見紫玲停步不前，反叫自己先進去，暗使促狹，裝著往前邁步，猛一轉身，從紫玲背後用力一推。紫玲一個冷不防，被寒萼推進室來，一著急回手一拉，將寒萼也同時拉了進來。紫玲正要回首呵責，一眼看見司徒平業已衣冠楚楚，朝她二人躬身下拜，急忙斂容還禮。寒萼見她二人有些裝模作樣，再也忍不住，不禁笑得花枝亂顫。

司徒平見這一雙姊妹，一個是儀容淑靜，容光照人；一個是體態嬌麗，宜喜宜嗔。不禁心神為之一蕩。再一想到雖然前緣注定，又有三仙、二老作主作伐，自己究是修道之人，二女又有活命之恩，對方沒有表示，不敢心存遐想。忙把心神攝住，莊容恭對道：「司徒平蒙二位姊姊救命之恩，生死人而肉白骨，德同二天。此後無家可歸，如蒙憐念，情願托依仙宇，當作沒齒不二之臣了。」

紫玲便請司徒平就座，答道：「愚姊妹幼居此谷，自從父母相繼兵解後，除了每年拜墓，順便展謁諸位老前輩外，從未輕與外人來往。適才優曇大師留示，想已閱過。因優曇大師急於斬蛟，不能挽留。平哥到此雖是前緣注定，此谷只愚姊妹二人，終嫌草率。再加先父雖已蒙極樂真人度化，先母劫難未完，可憐她千年苦修，危機繫於一旦，千斤重擔，他年全在平哥身上。每一念及，心傷如割。倘蒙憐愛，谷中不少靜室，我們三人雖然朝夕聚首，情如夫妻骨肉，卻不同室同裳，免去燕婉之私，以期將來同參正果。不知平哥以為如何？」

司徒平聞言，肅然起敬道：「我司徒平蒙二位姊姊憐愛垂救，又承三仙、二老、優曇大師指示前因，但能在此長居，永為臣僕，已覺非分。何況姊姊以夫妻骨肉之情相待，愈令人萬分感激，肝腦塗地，無以報恩，怎敢再存妄念，壞了師姊道行，自甘沉淪？望乞姊姊放心，母親的事，到時力若不濟，願以身殉。此後倘司徒平口不應心，甘遭天譴！」

司徒平自進谷後，總是將紫玲姊妹一起稱呼。忽然一時口急，最後起誓時竟沒有提到寒萼，當時司徒平倒是出於無心。紫玲道行比寒萼精進，遇事已能感觸心靈，預測前因，聞言心中一動。一面向司徒平代寶相夫人答謝。回首見寒萼笑容未斂，仍是憨憨的和沒事人一般，坐在錦墩上面，不禁暗暗對她嘆了口氣！

寒萼見他二人說完，便跑過來，向司徒平問長問短，絮聒不休。司徒平把自己幼年遭難，以及尋師學道受苦經過，直到現在連父母的蹤跡、自己的根源都不知道等情由，細細說了一遍。

紫玲聽到傷心處，竟流下淚來，寒萼又問起餐霞大師門下還有幾個女弟子，聽說都非常美麗，劍術高強，便要司徒平過些日子，同她前去拜望結交。又聽司徒平說，他的劍術雖是萬妙仙姑傳授，劍卻是司徒平從小祖遺之物，被萬妙仙姑收去，越覺氣忿不平，定要紫玲同她前去盜來。

紫玲道：「你是癡了？你沒聽優曇大師說，我們三人暫時不能露面嗎？那飛劍既被許飛娘收去，定然藏在身旁，她又不似常人，可以隨便去盜。久聞她本領高強，我們敵得過敵不過很難說，不如緩些時再說。」

寒萼見紫玲不允她去盜回飛劍，氣得鼓著腮幫，一言不發。司徒平見她輕顰淺笑，薄怒微嗔，天真爛漫，非常有趣，不禁又憐又笑。便轉個話頭，把在戴家場和成都比劍的事，就知道的說了一些出來。連紫玲都聽出了神。寒萼也轉怒為喜。當下又說，昨日司徒平沒有見到神鷲，要領司徒平去看。

紫玲道：「你先歇歇，讓平哥養養神吧，他心腦都受了重傷，且待養息幾天呢。」當下取出兩粒丹藥，囑咐司徒平：「服藥之後，只可閉目寧神靜養，不可打坐練氣，反而誤事。過了七日，便不妨事。我姊妹去做完功課就來陪你。」說罷，同了寒萼走去。

司徒平等她二人走後，想起自己這次居然因禍得福，難得她兩人俱是道行高深，天真純潔，慢說異日還可借她們的力，得成正果；即使不然，能守著這兩個如花仙眷，長住這種洞天福地，也不知是幾生修到，心中得意已極。只是自己道行有限，寶相夫人那麼大本領，又有三仙、二老相助，竟不能為力，反將這脫劫的事，著落在自己身上，未免覺得負重膽怯。但是自己受了二女這般救命之恩，又締婚姻之誼，女婿當服半子之勞，縱使為救她們母親而死，也是應該，何況還未必呢，便也放下心來。又想：「二女如此孝心，不惜壞卻道根，以身許人，去救她母親，免去雷劫。自己慢說父母之恩無從去報，連死生下落，都不知道，豈能算人？」想到這裡，不由出了一身冷汗。

又想：「記得當初投師以前，萬妙仙姑曾問自己來蹤去跡，聽她語氣，好像知道那留養自己的道人神氣。彼時還未失寵，曾問過萬妙仙姑幾次，總是一味用言語支吾，好似她已知自己根底，內中藏有什麼機密，不願洩漏似的。後來問得勤了，有一次居然言語恫嚇，不准再向人打聽，不然就要逐出門牆，追去飛劍。雖然被她嚇住，不敢再問，可是越加起了疑心。

「世上無有不忠不孝的神仙，師父豈有教人忘本的道理？也曾借奉命出門之便，到原生處去打聽，終無下落。知道只有師父知道詳情，滿想道成以後，仍向她遇機哭求，指示前因。不想漸漸被她疑忌，積威之下，愈發不敢動問，隱忍至今。現在師徒之誼已絕，再去問她，決不肯說。紫玲姊妹神通廣大，又認得三仙、二老，莫如和她們商量，托她們轉求，示出前因，好去尋訪生身父母蹤跡。再不，仍用彌塵旛，到那出生處附近各廟宇中打聽，只要尋著那個留養自己的道人，便不愁不知下落。」

主意一定，見兩粒丹藥仍在手中，忘記了服，便起身將桌上玉壺貯的靈泉喝了兩口，把丹藥服下，躺在錦墩上靜養。過了好幾個時辰，忽然覺著一股溫香撲鼻，兩眼被人蒙住。用手摸上去，竟是溫軟纖柔，入握如棉，耳旁笑聲哧哧不已，微覺心旌一蕩。連忙分開一看，原來是寒萼，一個人悄悄走進來，和自己鬧著玩呢。司徒平見她憨憨地一味嬌笑，百媚橫生，情不自禁，順著握的手一拉，將她拉坐在一起。便問道：「大姊姊呢？」

寒萼笑道：「你總忘不了她。我從小就愛頑皮，在她手裡長大，又有父母遺命，不能不聽她的話。可是她把我管得嚴極了，從不許我一個人出門，她又一天到晚打坐用功，不常出去，真把我悶壞了。難得你來了，又是長和我們住在一起不走，又比她有趣，正好陪我談談外面的景致同各派的劍仙，再給我們引進幾個道友，也省了許多寂寞。偏我們正談得高興，她又叫我和她去做功課。

「我姊妹俱是一般傳授，不過她年紀大些，又比我肯用功，道行深些罷了。往常我用功時，尚能練氣化神，歸元入竅。今兒不知怎的，一坐定，就想往你這房裡跑，再也歸納不住。若不是姊姊說你吃藥後要靜養些時，早就來了。坐了這半天，也不能入定，估量已經過了好幾個時辰，再也坐不住，一賭氣，就跑來了。我見你正睡著呢，輕腳輕手進來，本不想叫醒。後來看出你並未睡著，我才跟你鬧著玩。你不是想看神鷲嗎，趁姊姊不在，我去把牠喚來。」說罷，掙落了司徒平雙手，跑了出去。

司徒平第一次同寒萼對面，天仙絕豔，溫香入握，兩眼覷定寒萼一張宜喜宜嗔的嬌面，看出了神，心頭不住怦怦跳動，只把雙手緊握，未聽清她說什麼。及至見她掙脫了手出去，才得驚醒轉來，暗喊一聲：「不好！自己以後鎮日都守著這兩個天仙姊妹，要照今日這樣不定，一旦失足，不但毀了道基，而且背了剛才盟誓，怎對得起紫玲一番恩義？」

他卻不知寒萼從來除姊姊外，未同外人交結，雖然道術高深，天真未脫，童心猶在，只是任性，一味嬌憨，不知避嫌。人非太上，孰能忘情？終久司徒平把握不住，與她成了永好，直到後來紫玲道成飛升，兩人後悔，已是不及。這也是前緣注定，後文自見分曉。

且說司徒平正在懸想善自持心之道，寒萼也一路說笑進來，人未入室，先喊道：「嘉客到了，室主人快出來接呀。」司徒平知那神鷲得道多年，曾經抓去自己的飛劍，本領不小，不敢怠慢，急忙立起身來，寒萼已領了神鷲進室。司徒平連忙躬身施了一禮，說了幾句欽仰，同道謝昨日無知冒犯，承牠不加傷害的話。那神鷲也長鳴示意，其聲清越，又與昨日在崖上所聽的聲音不同。

司徒平細看神鷲站在當地，與鵰大略相似，從頭到腳，有丈許高下，頭連頸長約四尺。嘴如鷹喙而圓。頭頂上有一叢細長箭毛，剛勁如針。兩翼緊束，看上去，平展開來怕有三四丈寬。尾有五色彩羽似孔雀，卻沒有孔雀尾長，尾當中兩根紅紫色形如繡帶的長尾，長有兩三丈。腿長只五尺，粗細不到一尺。鋼爪四歧，三前一後，爪大如盆，爪尖長約一尺。周身毛羽，俱是五色斑斕，絢麗奪目。惟獨嘴蓋上，同腿脛到腳爪，其黑如漆，亮晶晶發出烏光，看上去比鋼鐵還要堅硬。真是顧盼威猛，神駿非凡，不由暗暗驚異！

寒萼道：「平哥，你看好麼？你還不知牠本領更大得緊哩。從這裡到東海，怕沒有好幾千里，我同姊姊去母親墓前看望，還到玄真子世伯那裡坐上一會，連去帶回，都是當天，從來沒有失過事。有一次走到半途，下去遊玩，遇見一個鬼道人，想將牠收去做坐騎。我當時本想不答應他。我姊姊倒有點耐性，對那鬼道士說道：『你要我們將坐騎送你不難，你只要制服得了牠。』那鬼道人真不自量，一面口中念誦咒語，從身上取出一個網來，想將牠的頭網住。

「沒想到我們這神鷲，除了我母親和姊姊，誰也制服不了牠。那鬼道人的一點小妖法，如何能行？被牠飛入道人五色煙霧之中只一抓，便將網抓碎。那道人羞惱成怒，連用飛劍和幾樣妖術法寶，都被牠收去。我們還只站在旁邊，沒有動手。那道人見不是路，正想逃走。這神鷲牠沒有我們的話，從不傷人。我恨那道人無理取鬧，想倚強凌弱，失口說了一句：『這鬼道人太可惡，將他抓死。』牠巴不得有這句話，果然將他抓了過來。幸虧我姊姊連聲喚住，才只抓傷了他的左肩，沒有喪命。

「那鬼道人知道我們厲害，逃走不了，便朝我姊妹跪下，苦苦求饒。我姊妹心軟，便放了他，還將收來的法寶歸還，又給了一粒丹藥，叫他下次不可如此為惡欺人。我姊姊說那鬼道人本領並不算壞，天下能人甚多，最好還是不招事的好。從此我們便不在半途下來玩了。」

司徒平聞言，忽然心中一動，便問可曾知那道人姓名？寒萼道：「大概是姓岳。我姊姊許記得清楚，你等她做完功課，來了問吧。」

司徒平想起留養自己的道人也姓岳，急於要知詳細，便要去請問紫玲。寒萼道：「問她麼？她今天好似比往常特別，竟用起一年難得一次的九五玄功起來，這一入定，至少也得十天半月。去擾鬧了她，防她不痛快。可惜姊姊說你暫時不能出門，不然我們從崖上上去採野果子吃多好。」

司徒平便將自己心事說了出來。寒萼聞言，低頭想了一想道：「這種大事，當然得去辦，我姊妹也一定肯幫你。留養你的道人既然與鬼道人同姓，許飛娘又知情不吐，我姊姊早說那鬼道人的飛劍，不是峨嵋同正派中人所用，兩下一印證，已有蛛絲馬跡可尋。那道人又不是我們對手，正好前去尋他。不過你人未復元，姊姊打坐還得些日，你也不必忙在一時。等姊姊做完功課，你也復了元，我先同你背著姊姊去取回飛劍，再商量去尋那道人追問。你意如何？」

司徒平聞言，連忙起身道謝。寒萼道：「平哥，你哪樣都好，我只見不得你這些個做作。我們三人，以後情同骨肉，將來你還得去救我母親，那該我們謝你才對。要說現在，我們救了你的命，你謝得完嗎？」

司徒平見她語言率直，憨態中卻有至理，一時紅了臉，無言可答。寒萼見他不好意思，便湊上來，拉著他的手說道：「我姊姊向來說我說話沒遮攔，你還好意思怪我嗎？」

司徒平忙說：「沒有。我不過覺得你這人一片天真，太可愛了。」說到這裡，猛覺話又有些不妥，連忙縮住。寒萼倒沒有怎麼在意。那神鷲好似看出他二人親暱情形，朝二人點了點頭，長鳴一聲，回身便走。司徒平連忙起身去送時，不知怎的，竟會沒了影兒？

二人仍舊攜手回來坐定。司徒平蒹葭倚玉，絕代仙娃如小鳥依人，香溫在抱，雖然談不到燕婉私情，卻也其樂融融，甚於畫眉。寒萼又取來幾樣異果佳釀，與司徒平猜枚擊掌，賭勝言歡。洞天無晝夜，兩人只顧情言娓娓，也不知過了多少時間。還是寒萼想起該做夜課，方才依依別去。

寒萼走後，司徒平便遵紫玲之言靜養。寒萼做完功課回來，重又握手言笑，至夜方散。似這樣過了六七天，司徒平服了仙丹，又經靜養，日覺身子輕快，頭腦清靈。姑試練氣打坐，竟與往日無異。寒萼也看他業已復元，非常高興，便引了他滿谷中去遊玩，把這靈谷仙府，洞天福地，都遊玩了個夠。不時也引逗那一對白兔為樂。

紫玲還是入定未醒。司徒平知道追雲叟住的地方相隔不遠，問寒萼可曾去過。寒萼道：「我只聽姊姊說，他從衡山移居九華，借了乾坤正氣妙一真人的別府居住。自從那日在崖上相遇，說過幾句話，此後並不曾去過。姊姊曾說，日內還要前去拜望，謝他接引之德。你要想見，等我姊姊醒來，再一同去就是。」

兩人談了一陣，因谷中仙境連日觀賞已盡，寒萼便要同司徒平去崖上閒眺。司徒平怕紫玲知道見怪，勸寒萼等紫玲醒來同去。寒萼道：「知她還有多少日工夫才得做完，誰耐煩去等她？好在我們又不到旁處去。那紫雲障說是至寶，那日放上去時，我們在下面只看見一抹輕煙，不知它神妙到什麼地步。又聽說谷中的人可以出去，外人卻無法進來。我們何不上去看個究竟？」司徒平一來愛她，不肯拂她的高興，二來自己也想開開眼界，便同了寒萼，去到日前進來的谷口。

往上一看，只見上面如同五色冰紈做的彩幕一般，非常好看。那一對白兔，也緊傍二人腳旁，不肯離開。寒萼笑道：「你們也要上去麼？」說完，一手拉著司徒平。那一對白兔便跑上來，咬著主人的衣帶。寒萼手掐劍訣，喊一聲「起」，連人帶兔，衝過五色雲層，到了崖上落下。

司徒平見寒萼小小年紀，本領竟如此神妙，不住口地稱讚。寒萼嬌笑道：「不借煙雲，拔地飛升，是馭氣排雲的初步。都是師祖傳給先父，先父傳給我姊姊的。她今已練得隨意出入青冥，比我強得多了。」

二人隨談隨笑，走上了崖頂。那一對白兔忽往東方跑去，司徒平猛想起那是來路，驚對寒萼道：「那邊繞過去便是五雲步，白兔們跑去，招呼遇見薛蟒遭了毒手，快叫牠們回來吧。」言還未了，忽聽寒萼失色驚呼了一聲：「不好了！」

司徒平本是驚弓之鳥，大吃一驚，忙問何故。

寒萼道：「你看我們只顧想上來，竟難回去了。」

司徒平忙往下面看去，煙雲變態，哪還似本來面目。只見上來處已變成一泓清溪，淺水激流，溪中碎石白沙，游魚往來，清可見底。便安慰寒萼道：「這定是紫雲障幻景作用，外人不知，以為是溪水，下去也沒什麼景致。我們知道內情，只消算準上來走的步數，硬往溪中一跳，不就回去了嗎？」

寒萼道：「你倒說得容易。」說罷，隨手拔起了一株小樹，默憶來時步數，看準一個地方，朝溪中扔去，眼看那株小樹還沒落到溪底，下面冒起一縷紫煙，那株小樹忽然起火，瞬息之間不見蹤跡。紫煙散盡，再往下面一看，哪裡有什麼清溪游魚，又變成了一條不毛的乾溝。寒萼知道厲害，急得頓足道：「你看如何？想不到紫雲障這般厲害！姊姊不知何時才醒，她偏在這時入什麼瘟定，害我們都不得回去！」

司徒平也是因為萬妙仙姑所居近在咫尺，怕遇見沒有活命，雖然著急，仍只得安慰寒萼道：「姊姊入定想必不久就醒。她醒來不見我們，自會收了法術，出谷尋找，有什麼要緊？」寒萼原是有些小孩子心性，聞言果然安慰了許多，便同司徒平仍上高崖坐下閒眺。

這時正值端陽節近，草木叢茂，野花怒開。二人坐在崖頂一株大樹下面說說笑笑，不覺日色偏西。遙望紫石、紫雲、天都、蓮花、文筆、信始諸峰，指點煙嵐，倏忽變化，天風冷冷，心神清爽，較諸靈谷洞天另是一番況味。

寒蕚忽然笑道：「看這神氣，我們是要在這裡過夜的了。幸而我們都學過幾天道法，不怕這兒強烈的天風，不然才糟呢。我記得日前上來時，崖旁有一種果子，姊姊說它是杜松實，味很清香，常人食得多了可以輕身益氣。還有許多種果子都很好吃。早知如此，帶罈酒上來，就著山果，迎那新月兒上來，多有趣。」說罷，便要拉了司徒平去崖旁摘採。

忽見那兩隻白兔如飛一般縱跳回來。寒蕚道：「我們只顧說話，倒把牠們忘了。你看牠們跑得那般急，定是受了別人欺侮哩。」話音未了，兩隻白兔業已跑近二人身前，叫喚了兩聲，咬著二人的衣角往來路上拉。寒蕚便指問司徒平：「那是什麼所在？」

司徒平道：「那裡便是五雲步，剛才我不是說過麼？」

寒蕚道：「看牠們意思，定是在那裡遇見什麼。閒著無事，我們同去看看如何？」

司徒平聞言變色道：「萬妙仙姑非常厲害，她又正在尋我為仇，姊姊曾說我們暫時最好不要露面，如何還尋上門去？」

寒蕚道：「你看你嚇得這個樣子。我雖年紀小，自問還不怕她。我不早對你說，要替你取回飛劍嗎？樂得趁姊姊不在，要來了再說。你不敢去，在此等我，由我一人去如何？」

司徒平知道寒蕚性情，攔她不住。又見那白兔還是盡自往前拉，猛想起今日已離端陽不遠，也許萬妙仙姑已經到滇西赴約去了。知那白兔通靈，便將一個抱在膝上問道：「你到五雲步，如果那時只有一男一女，並沒有一個戴七星冠的道姑，你就連叫兩聲；如果不是，你就叫三聲。」那白兔聞言，果然連叫兩聲。

寒萼道：「我沒見你這人也太膽小。別的我不敢說，保你去，保你回來，我還做得到。你就這樣怕法？」說罷，嬌嗔滿面。司徒平強她不過，只得答應同去。寒萼這才轉怒為喜。

那一對白兔聞得主人肯去，雙雙歡蹦，如弩箭脫弦一般，直往五雲步那方飛走。寒萼拉著司徒平，喊一聲「起」，跟在白兔後面御風而行。快到五雲步不遠，那白兔忽然改了方向，折往正東，轉到一個崖口，停步不前。二人也一同降落下來，隨著白兔往崖側一探頭，見有兩男一女，各用飛劍正在苦苦支持，當中有一口飛劍正是司徒平被萬妙仙姑收去之物。

寒萼悄問這三人是誰。司徒平輕輕說道：「我們來得真巧。那瞎了一隻左眼的，正是我師弟薛蟒。那女的便是柳燕娘。還有一個大漢，看去非常面熟，好似我在戴家場遇見的那個王森。他同薛、柳二人本是朋友，我認得他，還是薛、柳二人引見，怎麼會在此處爭殺？看這神氣，萬妙仙姑一定不在，想必走時將收去我的飛劍給了薛蟒。只要萬妙仙姑不在，趁這時候將劍收回，易如反掌。」言還未了，薛蟒又將自己的飛劍放起，三劍夾攻。王森寡不敵眾，眼看難以支持。

寒萼對司徒平道：「你還不運氣收回你的飛劍，待會我法寶出去，連你的劍一起受傷。」司徒平聞言，不敢怠慢，連忙按照平日的口訣運動元氣，用手將劍招回時，覺著非常費力。知道萬妙仙姑必定傳了薛蟒什麼口訣，故爾薛蟒能運用真元將劍吸住。正打算用什麼法子向薛蟒要回寶劍時，寒萼已等不及了，手揚處，一團紅光發出爆音，直向那劍光叢中打去。

王森見勢不佳，正要收劍改用法寶取勝，忽見敵人的一道劍光飛向斜刺裡去。往前一看，原來那邊崖口站定一男一女，男的正是苦孩兒司徒平，女的雖不認得，估量也非平常之輩。他只知司徒平是薛蟒師兄，比薛蟒來得厲害，如今必幫薛蟒，更覺眾寡不敵；又見那女子一揚手打出一團紅光，不知是什麼來歷。所以不敢再行戀戰，未等紅光打到，急忙收回飛劍破空逃走。

那裡薛蟒見王森不支，正在高興，忽然覺著元氣一散，自己承師父所賜，得自司徒平手中的那口飛劍，忽然飛向斜刺裡。一眼看見司徒平同著一個幼女站在那裡，大吃一驚。一面招呼柳燕娘，一面忙把飛劍收回，想逃回洞去。那女的已放出一團紅光打來，他的劍收得快，還差點沒有受傷。柳燕娘的飛劍來不及收，挨著一團紅光，一聲雷響，震得光焰四散，跌到地下，變成頑鐵。

薛、柳二人見勢不佳，正要逃走。寒萼哪裡肯容，收回紅光，脫手又飛起彩虹一般的五色匹練，將薛、柳二人雙雙束住，動轉不得。寒萼笑對司徒平道：「想不到你師父門下有這等膿包！你平日吃了他們許多苦頭，還不快去報仇？」說罷，拉了司徒平走向前去。那團紅光，原是寶相夫人九轉真元所煉的金丹。那匹練般的彩虹，也是紫玲谷鎮洞之寶，名彩霓練，能發烈火燃燒，非常厲害。薛、柳二人如何禁受得住。薛蟒被火燒得非常疼痛，不住喊師兄饒命。

司徒平到底是個厚道的人，見薛、柳二人宛轉哀號，動了惻隱之心，先向薛蟒要回了劍囊，請寒萼將寶收起，放他們逃生。

寒萼道：「依我性子，恨不能催動真火，將這兩個畜生燒死呢！你現在一時憐憫，放了他們，少不得他們又去向許飛娘搬弄是非。萬一落在他們手中，他們才不能饒你呢！」

司徒平道：「他雖不好，總算是多年同門之誼。至於他將來再害我時，那也是命該如此。不然的話，我如該死，豈不早死在他們手中了，又何至於遇見兩位姊姊之後，有了救星，他們才想打死我呢？」又再三苦勸。

寒萼對薛、柳二人道：「若不是平哥再三講情，定要將你二人活活燒死！下次你們再欺負他，犯在我的手內，不將你們燒成飛灰，我不算人。」說罷，收回彩霓練。薛、柳二人周身疼痛，爬伏在地，還想探問司徒平近日蹤跡。

寒萼不俟司徒平答言，搶先說道：「你想打聽出我們住的地方，好蠱惑你的師父前去尋我們嗎？告訴你說，慢說我們暫時不告訴你，告訴你，許飛娘她也奈何我們不得。但等你們末日一到，我們自會尋上門來，用不著你找。你休要做夢吧。再不滾了回去，我又要動手了。」薛、柳二人怎敢答言，含羞帶恨，相互扶著，轉過崖角回洞去了。

原來王森自從柳燕娘偷偷隨了薛蟒丟下他逃走，久已懷恨在心。偏巧這日隨著師父獨角靈官樂三官到川西訪友，駕劍飛行，路遇萬妙仙姑，本是熟人，便約樂三官到青螺山去。樂三官本與峨嵋派有仇，當下應允。王森從二人談話中知道柳燕娘已嫁薛蟒，在五雲步居住，不由怒火中燒，偷偷背了樂三官，想趕到黃山五雲步尋薛、柳二人算帳。到了黃山，遍尋五雲步不著，好生納悶，在山麓一個廟內住了幾日，每日上山尋找。

這日走過文筆峰，忽聽山石後面有兩個女子說話，連忙將身隱住偷聽。一個道：「師父教我們見了秦家姊妹，就順西路走回成都，中途路上還有多少事要辦。我們等了幾天也不見來，真叫人等得心焦。」

那一個道：「你著急什麼？這黃山多好，樂得在此享幾天清福，還可以向師父面前領些教益呢？」

先說話的女子又道：「姊姊，我倒不是急於要離開這裡，我總想回四川，尋到峨嵋去見見那個李英瓊罷了。」

後說話的女子答道：「都是同行，早晚還愁見不著麼？我昨日聽師父說，苦孩兒今日要到五雲步尋薛蟒要還飛劍，少時便有熱鬧好看呢。」

先說話的女子又道：「那天我們若不看苦孩兒面上，薛蟒和姓柳的賤人怕不死在我們兩人劍下。苦孩兒尋他要劍，恐怕破不了萬妙仙姑的法術，進不了洞府吧？」

後說的女子又道：「師父說應在申末酉初。現在午時還早，我們且先回洞下局棋再說。」說罷聲音漸遠，想是進入文筆峰洞內去了。

王森知道餐霞大師也在黃山，聽口氣，這兩個女子來歷不小，自己既尋薛、柳二人的晦氣，犯不著多樹敵。又聽出五雲步被萬妙仙姑用法術封鎖，難怪自己連日尋訪不著。「苦孩兒」這三個字聽去耳熟，那兩個女人既說此人要尋薛蟒要還飛劍，想必也是薛、柳二人對頭。何不尋一個便於瞭望之處等候，只要薛、柳二人出現，那苦孩兒如果能將薛、柳二人殺死，豈不是替自己出了怨氣？還省得得罪萬妙仙姑。如果那人不行，自己再行出面尋薛、柳二人算帳，也還不晚。主意打定，信步走上一座高峰，見對面孤崖峭拔，中隔無底深壑，形勢十分險峻。便駕劍光飛了過去，尋了一塊山石坐下，隨意眺望山景。他卻沒料到坐的地方就是萬妙仙姑的洞府旁邊。

王森坐了一會，眼看已是申正，還不見動靜。正在悶氣，忽見崖底躥上兩個肥大白兔，長得十分雄壯可愛，在離王森坐處不遠的淺草上打跌翻滾，一絲也不怕，看去非常有趣。

猛聽一個媚氣的女子聲音說道：「多少天不讓人出洞一步，悶死我了。這可活該，那不是送上門來的野味，快去捉呀。」

又一粗暴的男子聲音說道：「不是我膽小，實在師父走時再三囑咐，所以不敢大意，好在我們坐在洞門前看得見外面，外面的人看不見我們。像這樣送上門來的野味，倒是樂得享受的。」

那女子道：「我還輕易不曾看見過這麼肥大雪白的兔兒呢。我們掩出去，先把牠們活捉進來玩幾天，玩膩了再殺來下酒吃。」

王森已聽出是薛、柳二人聲音，不想在無意中竟走到仇敵的所在。知道如被他二人看見，一逃回去，有萬妙仙姑法術，再尋就不易了。忙將身子躲過一旁，打算等薛、柳二人出來，自己先搶上前攔住他們去路，再行動手。

偏那一對白兔非常湊趣，沒等薛、柳二人說完，忽然撥轉頭往崖下就跑。王森心中巴不得那兔子越跑得遠，自己越省事。果然聽見柳燕娘著急的聲音道：「跑了！跑了！還不快追！」言還未了，薛、柳二人雙雙在洞內現身穿了出來，只顧追那兔子，並沒留神旁邊有人。那兔子還好似有了覺察似的，撒開四條腿比箭還疾，直跑出二三里地。

王森緊跟薛、柳二人身後，薛、柳二人一絲也沒有覺察。王森估計薛、柳二人離洞已遠，先相看了來去的路徑，大喝一聲道：「好一對無恥的狗男女！日前戴家場敢戲弄我，私奔逃走，今天還你的公道！」

薛、柳二人見白兔行走甚疾，追趕不上，正要飛出劍去，忽聽身後有人叫罵。回頭一看，見是王森業已將劍放起，朝柳燕娘當頭落下。柳燕娘知道王森脾氣翻臉不認人，自己本來理虧，無從分辯，連忙飛劍迎敵。

薛蟒也將飛劍放起，雙戰王森。戰了個把時辰，不分勝負。薛蟒自持有了司徒平那口飛劍，連日用師父所傳口訣加緊用功，已能指揮如意。這時見不能取勝，便將司徒平的劍放出。萬想不到冤家路窄，司徒平會在斜刺裡出現，所得的寶劍失去，白費了多日的苦功，臨了鬧個空歡喜，還帶了一身的火傷，又失了柳燕娘的飛劍。明知那女子便是師父卦象上所說的陰人，原想乘機打聽口風，又被那女子威喝道破了他的心思。再耽延下去，更得要討苦吃，只得暗暗咬牙痛恨而去。

司徒平得回了飛劍，又見寒萼如此本領高強，越加得意，不住口地誇獎讚美。寒萼只抿了嘴笑。二人見夕陽已薄崎峪，輕柔的陽光從千紅萬紫的樹隙中穿出，射在褐色的山石上，都變了緋色。天空依然還是青的，不過顏色深點。歸巢的晚鴉，有時結成一個圓陣，有時三五為群，在天空中自在遨翔，從頭上飛過去，一會兒沒入暝色之中，依稀只聽得幾聲鳴叫。

二人愛這名山暮景，都捨不得駕劍光回去，並肩並頭，緩緩往歸路行走。剛轉過一個高峰，忽聽一聲嬌叱道：「大膽司徒平！竟敢乘為師不在洞府，暗害你師弟薛蟒，今日叫你來得去不得！」言還未了，山崖上飛下一條黑影。

第五章　獨殲惡道

司徒平嚇了一大跳。寒萼便搶在司徒平前面，正要上前動手時，司徒平已看出來的女子是個熟人，忙用手拉著寒萼，一面說道：「周師姊，你只顧惡作劇，卻把小弟嚇了一跳。」

那女子聞言哈哈大笑，便問道：「久聞紫玲谷秦家二位姊姊大名，但不知道這位大姊是伯是仲？能過荒山洞一談麼？」

寒萼這時已看出來的這個女子年紀比自己也大不了兩歲，卻生得英儀俊朗，體態輕盈。又見司徒平那般對答，早猜出一些來歷。不等司徒平介紹，搶先說道：「妹子正是紫玲谷秦寒萼。家姊紫玲，現在谷中入定。姊姊想是餐霞大師門下周輕雲姊姊了。」

輕雲見寒萼談吐爽朗，越發高興，答道：「妹子正是周輕雲。前面不遠，就是文筆峰，請至小洞一談如何？」

寒萼道：「日前聽平哥說起諸位姊姊大名，久欲登門拜訪，難得在此幸會。不但現在就要前去領教，只要諸位姊姊不嫌棄，日後我們還要常來常往呢。」

話言未了，山頭上又飛下一條白影。司徒平定睛一看，見是女空空吳文琪，忙向寒萼介紹。大家見禮之後，文琪笑對輕雲道：「你只顧談天，和秦姊姊親熱，卻把我丟在峰上不管。這幾日月兒不亮，嘉客到了，莫非就在這黑暗中待客麼？」

輕雲道：「你自己不肯同我先來，我正延請嘉客入洞作長談，你卻跑來打岔，反埋怨我，真是當姊姊的都會欺負妹子。」

文琪笑道：「誰還敢欺負你？算我不對，我們回去吧。」說罷，周、吳二人便陪了司徒平、寒萼，回入文筆峰洞內落座。

寒萼見洞中石室也是一片光明，佈置雖沒有紫玲谷那般富麗，卻是一塵不染，清幽絕俗，真像個修道人參修之所。最奇怪的是洞中戶室井然，不似天然生就，心中暗暗驚異。

文琪道：「秦姊姊覺得小洞有些異樣麼？當初文筆峰原是一座矗立的孤石，自從家師收了周師妹，特開闢出一個小洞，幾間石室，作我姊妹三人習靜的所在。家師早年曾餵養一條大蜈蚣，後被白雲大師借去除一條妖蛇，妖蛇雖除，蜈蚣也力竭而死。家師將牠超度火化，從蜈蚣背脊上取下三十六顆天蜈珠。被我姊妹三人要了十二粒來，分裝在石室壁縫之中，才能有這般光明。家師曾教我們自擬一個洞名，我們本想叫它作天蜈洞，紀念那條為道而死的蜈蚣，又嫌不大雅馴，像左道旁門所居的洞府一樣，直到現在還沒想好洞名呢。」

寒萼道：「現在只有二位姊姊，如何剛才姊姊說是三位？那一位姊姊尊姓大名？可否請來一見?」

輕雲搶著答道:「那一位麼,可比我們二位強得多了。她原姓朱名梅,因為犯了嵩山二老之一矮叟朱師伯的諱,改名朱文。年紀倒並不大,可是她的遇合太奇了。」說罷,掐指算了一算日期,說道:「她現在還在四川峨嵋山凝碧崖,與乾坤正氣妙一真人的子女齊靈雲姊弟,還有兩個奇女子名叫李英瓊、申若蘭,在一處參修。一二日內,便要到川邊青螺山,幫著一個姓趙的與那八魔比劍鬥法了。」

寒萼聞言,驚喜道:「那申若蘭我曾聽姊姊說過,她不是桂花山福仙潭紅花姥姥最得意的門徒麼?怎會同峨嵋門下在一起?她師父呢?」

輕雲道:「提起話長呢。前半截我正在場,後半截都是從家師同玉清大師那裡聽來的。」說罷,便將眾劍仙在成都辟邪村外魏家場與慈雲寺一干異派妖邪比劍,頑石大師與朱文中了妖法;破了慈雲寺後,接著乾坤正氣妙一真人飛劍傳書,命眾弟子分頭到各處積修外功;頑石大師不堪妖法痛苦,打算自行兵解,朱文也是非常危殆;矮叟朱梅看出朱文與金蟬俱是多世童身,金蟬雙眼受過芝仙舐洗,能明察秋毫,透視九幽,又想起紅花姥姥當初的誓言,一面勸頑石大師隨追雲叟到衡山養病,一面命齊靈雲、金蟬護送朱文去桂花山福仙潭取烏風草;到了桂花山,便遇著墨鳳凰申若蘭,先結為異姓姊妹,取了烏風草後,紅花姥姥火化飛升,遺命申若蘭隨靈雲等三人投歸峨嵋門下;他們正往回路走,忽然碰見乾坤正氣妙一夫人新收的得意女弟子、異日要光大峨嵋門戶的李英瓊，才一同回轉峨嵋，開闢洞天福地凝碧崖，作異日峨嵋門下聚會參修之所等語，說了一遍。

末了，又單獨將李英瓊根基如何好，遇合仙緣如何巧，還有白眉和尚贈了她一隻金眼神鵰，又得了長眉真人留下的紫郢劍，共總學道不滿一年，連遇仙緣，已練得本領高強，勝過儕輩，自己不日便要同吳文琪入山尋她等語，也說了一遍。

這一席話，聽得寒萼又欲羨，又痛快，恨不能早同這些姊妹們相見。因輕雲說不久便要入川，驚問道：「妹子好容易見兩位姊姊，怎麼日內就要分別？無論如何，總要請二位姊姊到寒谷盤桓幾天的。」

輕雲道：「家師原說二位姊姊同司徒平師兄將來都是一家人，命我二人見了面再動身。今天還沒見令姊，明日自當專誠前去拜訪的。不過聽家師說，谷上本有令慈用雲霧法寶封鎖，如今又加上齊霞兒姊姊的鎮山之寶蓋在上面，沒有二位姊姊接引，恐怕我二人下不去吧？」說到這裡，吳文琪猛聽見餐霞大師千里傳音喚她前去，便和寒萼、司徒平告便走出。

寒萼聽完輕雲的話，猛想起：「當初齊霞兒傳紫雲障用法時，只傳了紫玲一人，後來忙著救司徒平，沒有請紫玲再傳給自己。一時大意，冒冒失失同司徒平飛升谷頂，出來了便無法回去，紫玲又入定未完，自己還無家可歸，如何能夠延客？聽輕雲說話，大有想寒萼開口，今晚就要到谷中去與紫玲相見的意思。自己是主人，沒有拒絕之理，如果同去，自己都被封鎖在外，叫客人如何進去？豈非笑話？」想到這裡，不由急得粉面通紅，自己又素來愛面子，不好意思說出實話。正在著急，拿眼一看司徒平，想是已明白她的意思，正對她笑呢。寒萼越發氣惱，當著人不好意思發作，瞪了司徒平一眼，只顧低頭想辦法。

輕雲頗愛寒萼天真，正說得高興，忽見她沉吟不語，好生奇怪。正要發言相問，文琪飛身入洞，笑說道：「適才師父喚我說，是接了峨嵋掌教飛劍傳書，李英瓊、申若蘭未奉法旨，私自趕往青螺山。英瓊雖有長眉真人留賜的紫郢劍與神鵰佛奴，怎奈道行尚淺，青螺山能人甚多，恐怕要遭磨難，請家師設法前去援救。家師知道秦家姊姊在此，命我二人到紫玲谷向二位姊姊借彌塵旛，急速趕往青螺山救英瓊、若蘭二位姊姊脫難。

「並說許飛娘在滇西會見毒龍尊者，已談及司徒平道兄被人救去之事。毒龍尊者從水晶球上本可察出一些跡兆。又有一個厲害蠻僧在座，他知道秦姊姊令慈寶相夫人來歷，及紫玲谷住居之所。許飛娘因從卦象上算出二位姊姊是她將來的剋星，青螺山事完之後，預料她定約請了毒龍尊者，還有幾個厲害妖人，尋到紫玲谷，想除去她異日的隱患。這些人的本領妖法非比尋常，紫雲障雖然厲害，不知根底的人自然難以察覺，如果來人知根知底，只要推算出實在方向，再用上極厲害的妖法，二位姊姊便難在谷內存身。要憑二位姊姊本領，並非無力應付，不過在寶相夫人未脫劫成道以前，總覺難以必勝。

「當初優曇大師同玄真子也是恐許飛娘知道詳情有了準備，才囑咐二位姊姊暫時隱祕。如今機密既已洩漏，紫玲谷本非真正修道人參修之所，叫我對二位姊姊說，不妨移居峨嵋凝碧崖。一則教祖乾坤正氣妙一真人不久便回峨嵋，聚會本派劍仙門人指示玄機，正可趁這時候歸入峨嵋門下，將來也好尋求正果。二則凝碧崖是洞天福地，不但景物幽奇靈秀，與世隔絕，還有長眉真人遺留下的金符異寶，一經封鎖，無論多大道行的異派，也不能擅越雷池一步，決不慮人尋上門來。三則那裡是後輩劍仙發祥光大之所，同門師兄弟姊妹甚多，不但朝夕盤桓盡多樂趣，而且彼此互相切磋，於修道上也多助益。不知秦姊姊以為然否？」

寒萼聞言大喜道：「我同姊姊生長在紫玲谷內，除了幾位老前輩，從沒有遇見外人，真是天不知多高，地不知多厚。如今連聽平哥同二位姊姊說起峨嵋門下這麼許多有厚根有本領的姊姊，心中羨慕得了不得。難得大師指示明路，感恩不盡。從此不但能歸正果，還可交結下多少位好姊姊，正是求之不得，豈有不願之理？我回去便對姊姊說，現在就隨二位姊姊動身如何？」

文琪道：「妹子來時曾請示家師，原說二位姊姊如願同去青螺山一行，也無不可。因為這次青螺山之戰，我們這面有一個本領絕大的異人相助，許飛娘和毒龍尊者縱然厲害，俱敵那異人不過。英瓊、若蘭兩位姊姊因為輕敵，又不同靈雲姊姊做一路，所以陷入危機。我們去時，只要小心謹慎行事，便不妨事了。」寒萼聞言，益發興高采烈，笑逐顏開。

輕雲便問文琪：「你來時，師父對我可還有什麼話說？要不要前去叩別請訓？」

文琪道：「師父自接了齊師伯飛劍傳書，把起先命我二人步行入川之意完全打消。路上要辦的事，已另託人去辦，或者師父自己去也說不定。說一會還有一個老朋友來訪她，命你無須叩別，即時隨我動身。破完青螺山之後，先送秦家姊姊到了峨嵋，小輩同門相聚之後，再出外積修外功。事不宜遲，我們準備動身吧。」

當下二人各帶了些應用東西，同飛紫玲谷口。寒萼這時方想說無法下去，忽見一道五彩光華一閃，正疑紫雲障又起了什麼變化，猛見紫玲飛身上來。姊妹兩人剛要彼此埋怨，紫玲一眼看見文琪、輕雲含笑站在那裡，未及開口，輕雲首先說道：「這位是秦家大姊姊麼？」說罷，同文琪向前施了一禮。紫玲忙還禮不迭。寒萼也顧不得再問紫玲，先給雙方引見。互道傾慕之後，同下谷去，進入石室內落座。

紫玲當著外客，不便埋怨寒萼，只顧殷勤向文琪、輕雲領教。還是寒萼先說道：「姊姊一年難得入定神遊，偏這幾天平哥來了，倒去用功，害得我們有家難回還在其次，你再不醒來將紫雲障收去，連請來的嘉客都不得其門而入，多笑話。」

紫玲道：「你真不曉事。我因平哥此來關係我們事小，關係母親成敗事大，想來想去拿不定主意，才決計神遊東海，向母親真靈前請示。誰知你連幾日光陰都難耐守，私自同了平哥出外。仇敵近在咫尺，玄真子世伯再三囑咐不要外出，你偏不信，萬一惹出事來，豈不耽誤了母親的大事?還來埋怨我呢!」

寒萼拍手笑道:「你這會怪人,我要說出我這一次出外的好處,你恐怕還歡喜不盡呢。」紫玲聞言不解,寒萼又故意裝喬不肯明說。文琪怕耽誤了程途,正要開口,司徒平怕紫玲著惱,便從白兔引路收回飛劍說起,直說到遇見文琪、輕雲,餐霞大師命文琪借彌塵旛去救英瓊、若蘭,並勸紫玲姊妹移居峨嵋等情詳細說出。

紫玲聞言大喜,對文琪、輕雲道:「妹子神遊東海,向先母真靈請訓,曾說妹子等要成正果,須急速求玄真子世伯引歸峨嵋門下。妹子便去尋玄真子世伯未遇,因舍妹年輕不曉事,平哥又是新來,只得趕回。二位姊姊,久已聞風欽慕,適才光降寒谷,還以為得辱先施,偶然寵顧,已覺喜幸非常,不想卻承大師垂憐,指示明路。自應追附驥尾,即時隨往青螺山,遵大師法旨行事便了。」說罷,望空遙向餐霞大師拜謝不迭。

寒萼道:「這會知道了,該不怪我了吧?不是我,你哪兒去遇見這兩位姊姊接引我們到洞天福地去住呢?」紫玲對寒萼微瞪了一眼,正要開口,輕雲道:「難得二位姊姊如此仗義,明識大體。既承贊助,我們即刻就動身吧。」

紫玲道:「請問二位姊姊來時,大師可曾說起李、申二位姊姊被困的地方,是否就在青螺山內?請說出來,大家好早作準備。」

文琪道:「不是姊姊提起,我還忘了說。照齊師伯適才飛劍傳書說,李、申二位姊姊明早就要動身，她們一入青螺山口，勢必輕敵，不與靈雲姊姊等做一路，因此在路上必遇見八魔約請來的一個能手。這人名字叫師文恭，乃是雲南孔雀河畔藏靈子的得意門徒，又是毒龍尊者最交好的朋友。此人劍術另成一家，還會許多法術。平日倒還不見有什麼惡行，只是善惡不分，一意孤行，專以感情用事。李、申二位姊姊恐非敵手。雖相隔還有這一夜，但此去川邊青螺山相隔數千里，若等她二位業已被陷，再行趕到，那就晚了。」

紫玲道：「我以為李、申二位姊姊業已失事了呢。既然還差一夜，她二位由峨嵋趕到青螺，算她們明日天一亮就動身，飛劍雖快，也得幾個時辰。此谷經先父母苦心經營，先人遺愛，不願就此拋荒。此行暫時既不作歸計，意欲略事佈置，再隨二位姊姊動身。至於道途遙遠一節，妹子早已慮到，少不得要在二位姊姊面前賣弄一點淺薄小技，準定在李、申二位姊姊以前趕到便了。」

文琪、輕雲俱都聞言大喜。文琪道：「妹子雖然遵奉家師之命行事，但是自問道行淺薄，奉命之後，就恐兩地相隔過遠，妹子等御劍飛行萬難趕到，所以一再催二位姊姊與司徒平道兄快行。沒想到姊姊有此驚人道法，不但李、申兩位姊姊可以脫險無憂，妹子等也可藉此一開眼界了。」紫玲謙遜了幾句，便同寒萼到後面去了有好一會，只寒萼一人回來。輕雲便問：「令姊可曾佈置完竣？」

寒萼道：「她還早呢。她說此時她先出谷，到九華去拜別追雲叟白老世伯，就便請示先機及將來的因果。回來之後，還要將這紫玲谷完全封鎖得與世隔絕，以免先父母許多遺物被外人取去。然後再隨二位姊姊同行呢。」說罷，又回向司徒平說道：「平日姊姊總說我大意，這次李、申兩位姊姊的事，餐霞大師一再催促快走，她偏要慢騰騰地挨到明早，用千里戶庭囊中縮影之法。萬一誤了事，如何對得住餐霞大師與二位姊姊？我們如果早到半日，不但李、申二位姊姊少受虛驚，我們還可和齊姊姊早些見面，豈不是好？我實在是因為吳、周二位姊姊在此無人陪伴，不然，我就一人騎著神鷲先去了。」

輕雲坐得較遠，見寒萼與司徒平絮絮不休，猛想起久聞紫玲谷內有一隻千年神鷲厲害非凡，反正離走還有些時，何不開開眼界？正要開口去問寒萼，忽然滿室金光，紫玲同了追雲叟一同現身出來。文琪、輕雲慌忙上前拜見，寒萼、司徒平也趕過來行禮。追雲叟哈哈笑道：「正派昌明，正該你們小弟兄姊妹各顯身手的時候，又找我老頭子做甚？」

紫玲正要開口，追雲叟道：「你的來意，我已盡知，不必再說出了。你們三人正好隨文琪、輕雲同去，替峨嵋建立一點功勞，不但於你二人有益，於令堂也有益的，你還顧忌些什麼？餐霞大師接了峨嵋掌教飛劍傳書，便依言行事。早知你為人持重，事情又在緊急，此時偏有個討厭的人去尋她，好生不便，特意偷偷給了我一封信，叫我前來開導你姊妹，你不去尋找我也要來的。至於你另外的一件心事，明早你救的那人，她將來自會成全你一番苦心，助你成功正果。至於你妹子寒萼，她願自投羅網，前因注定，就隨她去吧。

「李、申二女準在明早動身到青螺，你不要太托大，以為你行法快，她二人劍光慢。白眉和尚的神鵰兩翼風雲，頃刻千里，也正不亞於你的獨角神鷲呢。不過現在還早，也注定李、申二女該受一次磨難，你們只須在明早丑時動身，就不至於誤事了。不久峨嵋凝碧崖齊道友召集本門及各派劍仙，為小一輩同行謁祖團拜禮，我定前去參與盛會，到時再與你們相見吧。」

說罷，滿室金光，眾人慌忙跪送時，已沒了蹤影。原來紫玲因寶相夫人遺命，凡事均須秉玄真子意旨而行。起初玄真子只命她暫時閉戶潛修，靜候機緣到來，再行出面。及至司徒平到了紫玲谷，紫玲雖然救母心切，勉遵玄真子、優曇大師、追雲叟諸位前輩之命，了此一段前因，總覺多年苦修同自己一向心願，不甘就此捨棄。後來體察司徒平固是心地純厚光明，又經立下重誓，仍恐一個把握不住，墮入情網，萬分焦急。只好冒險神遊東海，去見母親真靈。

難為紫玲，居然能將未成熟的嬰兒邀翔青冥，神遊萬里，在寶相夫人藏蛻修真的山洞內闖過子午風雷，母女相見。

這時寶相夫人的真靈業已煉得形神堅定，時候一到，避開最後一次天雷之劫，便可飛升。見女兒到來，又驚又喜。問起近年情形，得知二女承玄真子、優曇大師、追雲叟之助，已與司徒平成了名義的夫婦，益發喜出望外。她在靜中參悟，早算出二女異日俱當歸入峨嵋門下，便對紫玲說了。紫玲又說明了來意。寶相夫人再三勸勉，如果前緣注定，倒也無須固執，能為地仙，何嘗不是正果，天仙豈盡人皆能，應當退一步想等語。紫玲無法，那裡不能久待，只得悶悶不樂，叩別回來。

她嬰兒成形以後，雖然當時試作神遊，卻從沒走過這般遠路，返神以後，練氣調元了好一會，才到後面尋寒萼。誰知連司徒平俱已不在，大吃一驚。還疑是在崖上閒立，剛飛身上崖，便遇文琪、輕雲隨寒萼、司徒平回來。及至聽完了二人來意，知道母親之意已應，雖然心中高興，總覺棄了這休養生息之地而去，有些戀戀難捨。也知餐霞大師與三仙、二老均稱莫逆，不過叫她姊妹如此遽然出面，也不免與玄真子之言前後不符。還有司徒平這段姻緣，經了寶相夫人勸慰之後，仍是於心不死，急切間又無暇趕到東海去向玄真子請示。猛想起追雲叟近在九華，何不去求他指示一切？

當下先同寒萼把谷中略微佈置，應用實物帶在身邊，飛往九華，才行不遠，便遇追雲叟。正要說話，追雲叟好似已知來意，說道：「到你谷中再說吧。」到了谷中，追雲叟不俟發問，將紫玲要問的話完全指示出來。

紫玲聽出話中微意，這才大放寬心，一塊石頭落地。起初以為自己有許多寶物，還有母親在日傳授的千里戶庭囊中縮影之法，既然李、申二人要明早才行動身，何必這麼早趕去空等？正好藉此餘閒辦理一些私事。現在聽了追雲叟一番話，不敢怠慢，立刻跑到後面，重將未完各事料理。

雖然出去時間不久，寒萼已等得心煩，便問文琪、輕雲與司徒平道：「我姊姊還是這般慢法，我想騎了神鷲先行一步。這時起程，算計趕到青螺山口，也不過天才黎明，省得為她誤事。哪位願隨我先走，請說一聲。」說罷，用目望著司徒平。文琪、輕雲會意，同聲說道：「姊姊如此熱心，非常感謝。我二人道行淺薄，恐不能乘馭仙禽，就請姊姊同司徒道兄先行，我二人仍煩大師姊攜帶同行吧。」

寒萼聞言，笑著點了點頭，嘬口作了聲長嘯。只一轉眼間，從室外走進那隻獨角神鷲。文琪、輕雲尚是初次得見，非常贊羨。寒萼也不問司徒平同意與否，似嗔似笑地說道：「你還不騎上去？」那神鷲也隨著蹲了下來。司徒平知道寒萼性情，雖不以為然，卻不敢強她，只得向文琪、輕雲作別，騎上鷲背。

寒萼叫他抓緊神鷲頸上的五色長鬃，隨著也橫坐在鷲背上，挨著司徒平，向文琪、輕雲微笑點首，道一聲：「前途再見，妹子僭先了。」說罷，將手一拍神鷲的背，喊一聲：「起！」文琪、輕雲便見那神鷲緩緩張開比板門還大還長的雙翼，側身盤轉，出了石室。才一出石室，那神鷲豎起尾上長鞭，發出五色光彩，直往谷外飛去。文琪悄對輕雲道：「這神鷲如此神異，不知英瓊坐下仙鵰比牠如何？」

輕雲道：「苦孩兒在許飛娘那裡受了多少年的罪，如今卻遇見這種曠世仙緣。我看紫玲倒淡淡的，寒萼對他就比她姊姊親密多了。適才白師伯說的那話，好似說寒萼將來不易擺脫塵網呢！」

文琪正要還言，紫玲忽然飛身進來，說道：「舍妹近日真是心太野了，一點利害輕重也不知道。我並非故意遲延，實在是長行在即，有多少事須親自料理。也不幫我忙，還丟下二位姊姊不陪，騎著神鷲先走。幸而我們是自家人，不怕二位姊姊笑話。要有外人在此，成何體統？她道基未固，如此輕狂，叫人替她擔心呢。」

文琪道：「令妹原是一番熱心，這也難怪。好在姊姊道法神妙，舉步千里，也不是追趕不上的。」

紫玲道：「妹子是怕她半途惹事，別的倒沒什麼。妹子只將此谷各室封鎖了一半，還須稍微料理再來，說不得請二位姊姊枯坐一會吧。」

文琪道：「妹子等進入寶山，還沒窺見全豹，如沒妨礙，隨姊姊同去瞻仰瞻仰如何？」

紫玲道：「這更好了。妹子在前引路吧。」說罷，文琪、輕雲隨了紫玲入內。走了一截路，前面都是黑沉沉地看不見什麼東西。

輕雲暗想：「前面到處光明，這裡到處漆黑，未免美中不足。」正想到這裡，紫玲已經覺察，笑對文琪、輕雲道：「我們現在經行的地方類似一條甬道，兩旁俱是石室，被妹子收去照夜明珠，又用先母傳的法術封鎖，所以變成漆黑一片了。這也是先母當初一點遺意。

這紫玲谷當初不過是一個澗崖底下的一個怪洞，沮洳荒廢，鐘乳懸雷，逼仄處人不能並肩，身不能直立，只有蝙蝠可以潛伏。經她老人家苦心經營，才成為這一個人間福地。石壁多係透明，還嫌不亮，又收羅了許多照夜明珠，千年蝙蝠的雙眼，來點綴成一個不夜靈谷。誠恐身後愚姊妹道力淺薄，守成不住，行時傳了妹子一樣法術：若是萬一有人侵犯，事到危急，只須用法術將前面封鎖，躲入後面，立刻山谷易位，外來的人便難進入一步。萬一再被他看破玄機，只要他走進被封鎖的地方三尺以內，立刻便有水火風雷，無從抵禦。此法名為天高晦明遁，道行稍淺的人遇上，便無倖理。

「妹子因為長行在即，有一兩樣極重要的先母遺物不能帶走，誠恐知道根底的敵人前來盜取，所以不能不慎重行事。藏那重要遺物之所，須封鎖三次，所以耽誤些時。二位姊姊不曾看見這裡景致，可惜現在全谷石室已封鎖了十之六七，不便開啟多費時間。室外光景還可看個大概，其餘留待異日重來吧。」

說罷將手往上一揚，立刻發出一道極明亮的紫光。文琪、輕雲隨光到處一看，果然見到處都是金庭玉柱，美麗光明較前面更勝，只石室門口，光照上去仍是一團漆黑，咕嘟嘟直冒黑氣。三人走了好一段路才到了後面。黑氣越濃，紫玲的光照到上面，非常微弱暗淡。

紫玲也停步不前，說道：「前面便是收藏先母重要遺物之所，不能再前進了。有勞二位姊姊稍待，等妹子行完了法，就可動身了。」說罷，跪了下來，將長髮散開，眼含珠淚，先祝告了一番。站起身來，口中唸唸有詞，不住在地下旋轉。一會又兩手據地倒立起來，轉走越急。似這樣顛倒盤行了好幾次，倏地跳起身來，兩手往前一揚，手上發出紫巍巍兩道光華，照在黑氣上面。然後將口一張，噴出一團紅光，射到前面黑氣之中。隱隱聽得風聲呼呼，火聲熊熊，雷聲隆隆，與波濤激盪之聲響成一片。

紫玲重又跪叩一番，起來笑對文琪、輕雲道：「左道小技，好叫二位姊姊見笑。如今妹子諸事已畢，只須沿路將未封鎖之處封鎖一下，就可去追上我妹子同行了。」說罷，便陪著文琪、輕雲往外走，一面又用法術將前面封鎖。

走到洞內廣場，用手一張，谷頂幾十顆閃耀的明星如雨點下墜般，紛紛墜入紫玲長袖之中。才走到谷外，收了齊霞兒的紫雲障，一同升到崖頂。紫玲道：「寒谷無人看守，還須借重霞姑紫雲障一用呢。」說罷，口中唸唸有詞，先用法術封了谷口。然後將紫雲障放起，一片淡煙輕絹般東西隨手飛揚，籠在谷上。然後攏起長髮，請文琪、輕雲閉目站好。

約有半盞茶時，只聽紫玲喊一聲：「走吧！」文琪、輕雲便覺眼前漆黑，身子站在一個柔軟如棉的東西上面，懸起空中。走過個把時辰，忽覺得身子落下。睜眼一看，正站在一個孤峰上面，滿天繁星，天還未亮。輕雲正想：「難道這麼快就到了青螺山麼？」忽聽紫玲道：「寒妹又多管閒事，二位姊姊在此稍候，容妹子將她喚來同行。」說罷飛身往峰下而去。

文琪、輕雲順著紫玲去處往前面一看，原來這裡四山環抱，中間一片平原，依稀看出平原中還有幾點香火，好似有幾人聚在那裡交頭接耳。紫玲一到，先放出一片紫光，將場中景物照覽無遺。正要細看是否有寒萼、司徒平在內，忽見紫玲大聲招呼，請她二人下去。

二人借劍光飛下峰頂，近前一看，平原當中搭著一個高台，台上擺了一座香案，立著無數各式各樣的長旛，已倒了一大片，八支粗如兒臂的大蠟業已熄滅，只剩當中爐內香火餘燼。台前還立著九個柏木樁子，樁上綁著七具破了腹的屍首。

寒萼、司徒平連那神鷲俱站在那裡說話。寒萼身旁站定一個十二三歲的女孩，拉著寒萼的手直哭。離她身前不遠，倒著一個披頭散髮的道人屍首。紫玲好似在埋怨寒萼，寒萼只是微笑不答。只聽紫玲道：「你還嫌我慢呢。你走得早，卻在半路上多管閒事。既管，又沒法善後，偏來累我。現在時候業已不早，救人當然必須救徹，這女孩的兄弟在哪裡呢？還不領我快去，尋出來好早些動身。虧你年紀不小啦，你既有本領將妖道除去，就不會尋到妖道巢穴，將小孩救出來麼？」

說到這裡，寒萼一面叫司徒平把那女孩子抱著前行，一面答道：「我同平哥斬了妖道，本要就去救那小孩，因為我既在途中耽誤了這麼多時候，算計神鷲飛得多快也要落後。知道你動身時必要跟蹤尋我二人，這裡既是必由之路，一定能在空中看見，將我和平哥帶走。據我救下這小姑娘說，那妖道住的地方在那邊峰後一個石洞之內，非常隱祕。我們如去救那小孩，你一定在路上尋不見我。正在躊躇不決，你就到了，並非我存心延挨。」

文琪、輕雲見她姊妹二人一路拌嘴，一路往前走，便也隨在她們身後。那女孩原是妖道綁在柏木樁上要殺了來煉妖法，被寒萼、司徒平趕來救下的，年才十二歲。受了這一番大驚恐，竟絲毫也不害怕。一面指引去路，一面和司徒平談著，有問必答，口齒十分聰明伶俐。寒萼越覺她可愛，又從司徒平手上要過來抱著同走。

一會工夫，便到了那崖洞，裡面燈燭輝煌，一樣豎著許多長旛。紫玲上前將旛拔倒。尋到後洞，有兩個十七八歲的道童正在說話。一個道：「適才主燈忽然滅了，不要是師父出了事吧？」一個道：「師父也真會造孽，每年端午節前，總要害死這許多人。我們雖說是他的徒弟，看著都不忍心，虧他如何下手？」

另一個答道：「誰說不是？就拿我們兩人說，起初還不是被他拐來，要殺了祭旗的麼？不過遇見好心人說情罷了。」正說著，忽見紫玲等人進來，大的一個剛問作什麼的，紫玲不願再延誤時候，喝問道：「你師父作孽多端，已被我們殺了，與世人除害。如今這小姑娘的兄弟，妖道將他藏在何處？急速獻出，免得隨你們妖道師父同歸於盡。」

這兩個道童聞言，慌忙下跪道：「我等俱是好人家子弟，被我師父拐來，本要殺害，遇見有人講情，才收為徒弟。平日只命我兩人服侍做事，害人是師父一人所為，與我等無干。那小孩被師父用法術鎖在那邊石柱上面，我二人只能說出地方，卻無法解救。望乞諸位大仙饒命。」

第六章　神遊東海

紫玲見這兩個道童也是骨相清奇，俱非凡品，臉上並無什麼妖氣。暗中雖埋怨寒萼不該多事，但是事已至此，只得先命他二人領到那石柱跟前。只見空空一個石穴，什麼都沒有。紫玲笑道：「原來是個障眼法兒。」說罷，將手一指，指尖上發出一道紫光，光到處立刻現出石柱。

柱旁見有一個八九歲的道童，身上並未加鎖，圍住石柱哭轉不休，口中直喊姊姊，已累得力竭聲嘶了。眾人還未近前，那小女孩已掙脫了寒萼，跑將過去，抱著那男孩哭了起來。紫玲分開他二人，一同抱在手中一看，暗暗讚美。回身向寒萼道：「人是救了，此地是妖人巢穴，難保不有餘黨來往，其勢又不能帶他們同到青螺山。都是你要先走惹出來的事。」

寒萼正要分辯，輕雲搶著說道：「姊姊休怪寒姊。雖說我等有正事在身，如果半途我見此事，也不能不管。這一雙小姊弟質地這樣好法，棄之可惜。我同文姊道力有限，此去青螺，也不過追隨驥尾，從旁虛張聲勢，辦不了什麼大事。莫如由我和文姊一人帶一個同去青螺，對敵時，我二人中分出一個看護他們。但等救了李、申二位，見了齊靈雲姊姊，再想法子安頓如何？」紫玲先本為難，聽了輕雲之言，忽然觸動一件心事，立刻答應。

正待一同動身。那兩個道童，在大家救那幼童時，一個也未想逃脫。這時見眾人要走，反倒慌了手腳，搶著跑過來跪下，哭求道：「我師父雖死，師母追魂娘子倪蘭心比他還要凶狠刻毒，我二人日後落在她的手內，早晚性命難保。平時見他夫婦害人，嚇得心膽皆裂，久已想要逃跑，苦無機會。天幸得遇諸位大仙，望乞救了我二人這條小命，攜帶著一路走吧。」說時二人俱是眼含痛淚，把頭在地下叩得響成一片。

起初，紫玲因此去是和敵人交手，勝負難定，比不得是無事時安居谷內，本不願再加一些累贅。後來經輕雲一勸，想起追雲叟行時之言，觸動了心事。暗想：「追雲叟曾說我脫塵魔入道，應在今早救的人身上。但不知是說李、申二人，還是這幾個孩子？且不管他，我今日見人就救，省得錯了機會。」又見這兩個道童雖在妖人門下，聽他們說話，尚未受了妖人薰染，根骨雖比不上適才救的那一雙小姊弟，也還是個中上之資。當真見死不救，任他們小小年紀沉淪妖窟，於心不忍。想到這裡，便不再和大家商量，決定帶了同走。

因為時間緊迫，恐怕誤了李、申二人之事，不暇再問這四個孩子姓名來歷，只說一聲：「好吧，反正都是一樣的累贅。」說罷，吩咐那一雙小姊弟連那兩道童止哭起立，請輕雲、文琪和寒萼、司徒平各攜一個，一同走出洞外。命神鷲先行飛走，到青螺後再與眾人相會。大家站穩了以後，紫玲施展了法術，喊一聲：「起！」直往西方飛去。不提。

（說了半日，寒萼明知紫玲「千里戶庭，囊中縮影」之法，比神鷲飛行還快，何以執意要負氣先走？以及遇見妖道等情，尚未說出，待我在百忙中補敘出來。閒話少說，書歸正傳。）

原來寒萼年紀雖輕，有些憨氣，可是她幼承家學與紫玲多年苦心教導，道行已非尋常。無如多秉了一些寶相夫人的遺傳，天性好動。自從遇了司徒平，本來的童心和不知不覺中的深情，在無心中流露出來。

她姊妹二人和司徒平一段姻緣，已在玄真子那裡聽過明白開導。她何嘗不知墜入情網，便要誤卻正果，難於振拔。連乾坤正氣妙一真人夫婦、追雲叟夫婦，俱是成婚以後出家，以那些人的道行，又各得玄門上乘正宗，中間不知遇見多少曠世仙緣，尚且要多費若干年苦修，立無數量的外功，異日是否能成天仙尚說不定。何況她的心中也是和紫玲抱的一樣心思，只是道心沒有紫玲堅定。既不防患未然，又有點任性，覺著我只和他好，也不過兄妹至好朋友一樣，只要不落情欲，有何妨礙？大不以紫玲對司徒平冷冰冰的態度為然。

及至引了文琪、輕雲回到谷中，說到餐霞大師命她姊妹二人去救英瓊、若蘭之事，紫玲同她到後面商量，特意點醒她不可太不顧形跡，與司徒平親密過分。又說：「我因為害怕，才冒險神遊東海，去請示母親。母親真元已固，能夠前知。她說我二人與司徒平前緣注定，凡事要退一步想。可見這段孽緣擺脫不易，避他還來不及，如何反去就他？為了母親將來，我二人當然感他大恩，但是我們異日助他成道，也就可以算回報了。」

寒萼卻說：「司徒平人極長厚純正，他已發過重誓，只要我們心正，他決不會起甚麼妄念。既望人家去救母親，又對人家像外人，既顯我們不對，又覺過於杞人憂天。」

紫玲見她執迷不悟，便說：「凡事俱有先機，當慎之於始，不可大意。」便把那日司徒平起誓時，並未提寒萼，只說自己一人，自己將來能否免去這一難關固說不定，她卻可慮極了。同時又激勵寒萼道：「如果你真喜歡他，心不向上，情願墮入情網，不想修成正果，那你到了峨嵋後，索性由我作主，擇地涓吉，與你二人合巹。反正你早晚是要誤了自己，這麼一辦，倒可免去我的心事，總算幫了我一個大忙。你看如何？」

紫玲這種激將之法，原是手足關心，一番好意。不想寒萼惱羞成怒，起了誤會，以為紫玲先不和她商量，去向母親請示，知道前緣不能避免，故意想出許多話讓自己去應驗，她卻可以安心修成正果。暗想：「你是我姊姊，平日以為你多愛我疼我，一旦遇見利害關頭，就要想法規避。你既說得好，何不你去嫁他，由我去煉修呢？我反正有我的準主意，我只不失身，偏和他親熱給你看，叫你後來看看我到底有沒有把握。」

當下先不和紫玲說出自己的心事，答道：「姊姊好意，妹子心感。要我成全姊姊也可以，但是還無須乎這麼急，但等妹子真個墮入情魔，再照姊姊話辦，也還不遲。萬一妹子能邀母親的默佑，姊姊關愛，平哥的自重，竟和姊姊一樣，始終只作名義上的夫婦，豈不是更妙嗎？」說罷，抿嘴笑了笑，轉身就走。紫玲見勸她不轉，嘆了一口氣，便去尋追雲叟。

寒萼在前面越想越有氣，不過細想紫玲的話雖然過慮，也不是沒有道理。正想將司徒平叫出，先試探他一下，卻值追雲叟到來。又聽追雲叟行時之言，彷彿說紫玲可以免卻這段情魔，自己卻不能倖免，又氣又害怕，決意和司徒平細談一下。文琪、輕雲在座，二人同出無詞可借，後來才故意埋怨紫玲耽延，要和司徒平先走。

二人坐上神鷲，飛出去有千多里路，星光下隱隱看見前面有座高峰，便對司徒平道：「我雖知青螺偏在西北，並未去過，行時匆忙，也忘了問。前面有一座高峰，只好落下歇息一會，等姊姊趕來，還是一同去吧。」

那神鷲兩翼遊遍八荒，慢說有名的青螺，寒萼原是哄他下來談她心事。司徒平哪裡知道，只覺她稚氣可笑。未及答言，神鷲業已到了高峰上面飛落下來。司徒平道：「都是寒姊要搶著先走，白招大姊不快，如今還是得等大姊來同走。要是她走差了路，遇不上，我們再從後面趕去，豈不想快倒慢了麼？」

寒萼嬌嗔道：「你敢埋怨我麼？你當我真是呆姑娘？實對你說，適才我和姊姊為你吵了一次嘴。我這人心急，心中有多少話想對你說，才藉故把你引到此地。我算計姊姊動身還得一個多時辰，我們正好勻出時間來談談要緊的話。忘了問青螺的路，那是哄你的。就算我不認得，神鷲牠得道千年，哪裡沒有去過，還怕迷失嗎?姊姊用的法術叫作『千里戶庭，囊中縮影』，是我外祖父雪雪老人在瑯環天府，管理天書祕籍時偷偷學來，傳與我母親，我母親又傳給了紅花姥姥和我姊姊。要用它動身，真是再快沒有。她決不放心我們二人單走，定沿路留神，等片刻我們再放神鷲到空中去等候，決不至於錯過的。你莫要打岔，我們談正經的吧。」

司徒平聽紫玲姊妹為他口角，必然因為二人私自出谷，好生過意不去，急於要知究竟，便催寒萼快說。寒萼才說了一句「姊姊今晚叫我到後面去……」，神鷲忽然輕輕走過來，用口咬著寒萼衣袖往後一扯。寒萼剛要回身去看，猛覺一陣陰風過去，腥風撲鼻，忙叫司徒平留神。司徒平也已覺察，二人同往峰下一看，不由又驚又怒。

原來這座高峰正當南面二人來的路，非常險峻陡峭。上來時只顧說話，先尋了一塊石頭坐下，轉背朝著前面，又有峰頭擋著視線，不曾留神到峰下面去。這時被神鷲用嘴一拉寒萼的襟袖，同時又起一陣腥風，二人才同時往峰下看去。只見下面是一塊盆地平原，四面都是峰巒圍繞。平原當中搭起一個沒有篷的高台，台上設著香案，案當中供著一個葫蘆。案上點著一雙粗如兒臂的綠蠟，陰森森地發出綠光。滿台豎著大小長短各式各樣的旛。台前一排豎著大小十根柏木樁，上面綁著十來個老少男女。

台上香案前站著一個妖道，裝束非常奇異，披頭散髮，赤著雙足。暗淡的燭光下面，越顯得相貌猙獰。這時腥風已息，那妖道右手持著一柄長劍，上面刺著一個人心，口中喃喃念咒，後來越念越急，忽然大喝一聲。台前柏木樁上綁著的人，有一個竟自行脫綁飛上神台，張著兩手朝妖道撲去，好似十分倔強。妖道忙將令牌連擊，將劍朝那人一指，劍尖上發出一道綠焰，直朝那人捲去，那人便化成一溜黑煙，哧溜鑽入案上葫蘆之中去了。

寒萼再看台前柏木樁上綁著的人仍然未動，木樁並無一個空的，才知化成黑煙鑽進葫蘆內的是死者的靈魂，樁上綁的卻是那人屍首。不由心中大怒，這時那妖道劍尖上人心已不知去向，卻刺著一道符籙。二次走向案前，口中仍還念誦咒語，將劍朝著前面一指，立刻鬼聲啾啾。一陣腥風過處，劍上又發出一道綠焰，直照到台前一個矮小的木樁上面。

寒萼仙根慧目，早看見那小柏木樁上綁的是個年幼女孩子，看去相貌頗為俊秀，好似在那裡大罵。眼看那道綠焰忽然起了一陣火花，火花中飛起一柄三稜小劍，慢騰騰向那女孩飛去。妖道好似借那火光，先尋找那女孩什麼穴道，劍並不就往下刺。寒萼、司徒平俱是義膽俠肝，哪裡容得妖道這般慘毒，早不約而同地一個放起飛劍，一個脫手一團紅光，朝那妖道飛去。司徒平先動手，劍光在前，寒萼紅光在後。

那妖道名喚朱洪，當初原是五台派混元老祖的得意門徒，平素倚仗法術，無惡不作。

盜了混元老祖一部天書和一個護身之寶，逃到這四門山地底洞中潛藏。混元老祖也曾到處尋訪他的蹤跡，還未尋著，正趕上峨嵋鬥劍，混元老祖兵解，他益發沒了顧忌。又勾搭上一個姓倪的妖婦，一同修煉妖法。他因正派既同他邪正不並立，五台、華山派又因他盜去混元老祖的護身之寶，以致混元老祖慘敗身死，恨他入骨，所以他友伴極少，只夫妻兩個同惡相濟。

近年被他照天書上所傳的妖法，煉了個六六真元葫蘆。這葫蘆應用三十六個有根基的童男童女的陰魂修煉。這三十六個有根基的童男童女並不難於尋找，所難者，這三十六個人須分五陽十二生肖，十二個為主，二十四個為賓。主要的十二個還要照年齡日月時辰分出長男、中男、少男，長女、中女、少女。祭煉的日子還要與這主要的十二人的生命八字相合。尤其難的是少男、少女限定十二歲，中男、中女限定是二十四歲，長男、長女限定是三十六歲。既要生肖對，又要年齡符，還要與祭煉的日時相生，差一點便不行。所以每年只能煉一次，共用三雙男女，一正兩副。

這妖道還嫌妖法不厲害，每次除正副三雙男女外，另外還取三個生魂加上。最末一次，再取一個稟賦極厚、生俱仙根的童男作為全魂之主，與妖道自己元神合一。這種妖法六六相生，深合先天造化，陰陽兩極迭為消長，共用陰魂四十九個，加上本人真陽，暗符大衍之數五十，其用四十有九。在各派妖法當中，厲害狠毒，無與倫比。

當初混元老祖原想煉這種妖法，與正派為敵。到底他雖怙惡，縱容門下，終究不失為修道之士，總覺無辜戕害許多厚根男女，已太狠毒，上干天相；二則煉起來稍一時辰不準，設備不全，不但白費心力，還要身敗名裂，故遲疑了多年未煉。及至頭次在峨嵋慘敗，動了真火，不顧利害，正要起始祭煉，便被朱洪連他煉了多年護身之寶太乙五煙羅都一齊盜走。

朱洪知道此法厲害非常，正邪兩派中人知道，都不容他修煉，隱忍多年。直至混元老祖兵解，他潛藏的地方又在山的洞底，不易為人覺察，他見漸漸無人注意到他，一面命他妖妻在洞底另煉一種妖法，一面決定開煉。因為煉這葫蘆一年之中只有一天，還必須在露天之下搭台祭煉，他便在本山另闢了一座石洞。頭一次去尋找童男童女極為湊巧，被他順順當當地煉成。到第二次，還富餘了兩個童男。本想下手，遇見他一個絕無僅有的朋友勸阻說：「你既打算合大衍五十之數，多殺反而不宜，何不擇兩個較好的留下做徒弟呢？」他才將這兩個多出來的童男留下，便是紫玲等救走的兩個道童。

這回是第三次，算出祭煉的日子，眼看為日不多，只尋著了八個童男女，缺少一名少女，煉不成功。倘若過了這天，不但這八個童男女到第二年全不合用，連前功俱要盡棄，急得四處找尋。

也是合該他惡貫滿盈，事也真巧，竟有送上門的買賣。在期前三天，他走到城市上，用他的老法子，藉算命為由，尋找他等用的童女，算了多少家都不對。無意中走到鄉下官道上，看見一輛扶柩回籍的官眷車上，坐著一雙粉裝玉琢的童男女。他便毛遂自薦，假說那一雙男女有難，情願替他們算命，想法禳災。這家官眷姓章，是一個側室，因為主人病故在任上，只用一個老家人，帶了已故正室所生的一男一女扶柩回籍。婦人家有啥見識，又加長途心煩，再見道人不要錢替小孩算命，那裡又是打尖之所，樂得藉此歇息。

朱洪一算這兩個小孩的命，不但女的合今年之用，男的還正合最後時之用。再一看那兩個小孩的根骨，竟從來沒有看見過這麼厚根的童男女，不由心中大喜。故意恐嚇了幾句，說這兩個小孩主於今晚就有災禍，只有給他帶走出家可以解免。那官眷自然是不答應。尤其是那兩個小孩聽說要將他姊弟帶走，更是氣得張開小口就罵。隨行的家人還說他妖言惑眾，要將他送官治罪。朱洪說了一聲：「你們不要後悔。」揚長而去，卻暗跟隨在他們車後。走出去有二三十里地，使妖法刮起一陣陰風，將這兩個小孩盜到山中洞內。

這兩個孩子聰明非凡，一絲也不害怕，第三日早起，竟想穩住了妖道逃走。逃未逃成，又被朱洪追了回來，將洞封閉，命那兩道童看守。自己跑往地底洞內，去提取那八個童男女，準備晚間行法祭煉。

這兩個孩子，女的是姊姊，名喚南姑；男的只有乳名，叫虎兒。那兩個道童也是好人家子弟，一名于建，一名楊成志，平素極恨師父害人，自己是虎口餘生，對他姊弟也同病相憐。便對他姊弟說朱洪如何狠毒，以及用他們祭煉法寶，命在旦夕等語。

這小姊弟一聽大哭，便求他們相救。于建道：「我們日與虎狼同處，他又不曾教過我們法術，如何能救你們呢？你兄弟還有一年可活，你卻今晚就完了。」

南姑雖是幼女，頗有膽識，聞言低頭想了一想道：「既然如此，也是命中注定，由他去吧。」立刻止住悲聲，反勸她兄弟不要哭。一面用話去套于、楊二道童，打聽妖道身旁可有什麼最厲害的法寶。問出朱洪平日自稱本領高強，又有隨身帶的一樣護身之寶，什麼人都不怕，不過總是不願叫外人看破他的行藏。兩次祭煉葫蘆時，總是用一面小旛，一經他念誦咒語，展動起來，立刻便有一層厚的黑霧將法台遮蓋，所以每次行法，從沒被人看破過。于、楊二道童原不知此旛妙用，也是在平日無意中聽朱洪向他妻子說的。南姑便問旛在哪裡。

于建說：「這旛原本藏在地下石洞師母那裡，因為今晚就要行法，現在已請出來，供在那邊桌上。」南姑順著于建手指處一看，果然那旁供桌上面豎著一面白綾子做的不到二尺長的小旛，上面紅紅綠綠畫著許多符籙。故意仍和兩個道童說話，漸漸往那桌子挨近，一個冷不防搶上去，將旛拿在手裡，便撕扯起來。

于、楊二道童因見章氏姊弟聰明秀麗，無端落在妖道手中，命在旦夕，想起前情，不禁起了同在窮途之感。無奈自己力薄，坐視其死而不能救，惺惺相惜，未免又動了哀憐。

雖說奉命看守，知道洞門已閉，章氏姊弟比自己還要文弱，更不愁他們會逃走。彼此再一作長談，心中只在替他姊弟二人著急，哪裡還防到有什麼異圖。及至師父的旛被人搶去要撕，知道這個關係非同小可，嚇得面無人色，上來就搶。一面是師父凶惡，自己奉命防守，責任攸關；一面是情知必死，難逃活命，樂得把仇人法寶毀一樣是一樣。

偏偏那旛竟非常結實，怎麼撕扯也難損壞，三人在地下扭作一團。他的兄弟同仇敵愾，見姊姊和兩個道童在地上打滾，拚命去撕那旛，便也上來相助。于、楊二道童雖然長了兩歲，又是男孩，力氣較大，怎奈一人拚命，萬夫難當，兀自奪不過來。

于、楊二道童和章氏姊弟正撕扯作一團，扭結不開，忽然一陣陰風過處，耳旁一聲大喝道：「膽大孽障！難道還想逃麼？」四人抬頭，見是妖道領了那八個童男女進來，俱都大吃一驚。

朱洪見四人在地上扭結打滾，還疑為章氏姊弟又想逃走，被于、楊兩道童攔阻爭打起來。及至一聲斷喝過處，于、楊二道童放了章氏姊弟站起，才看見女孩兩手抱緊他心愛的法寶，旛的一頭正夾在女孩胯下。他並不知這女孩經期已近，連日急怒驚嚇，又用了這一會猛力，發動天癸，旛上面沾了童女元陰，無心中破了他的妖法，今晚行法就要妖術不靈，黑霧祭不起來，被人看破，身首異處呢。

當下他只罵了于、楊二道童一聲：「無用的東西！」上前將旛奪過，擎在手中。正值時辰快到，知道這旛多年祭煉，決非一兩個孩童所能撕扯，並未在意。只罵了幾句，吩咐兩道童看守石洞，不准外出。當下擒了南姑，將虎兒用法術鎖禁在石柱上，引了那八個童男女出洞往台前走去。除南姑因朱洪見她生具仙根仙骨，打算用她元魂作元陰之長，沒有用法禁制外，其餘八人俱被邪術迷了本性，如醉如癡地隨在朱洪身後。

到了法台，各按部位，將九個童男女綑綁在台前柏木樁上。上台先焚了鎮壇符籙，將適才小旛展動，念誦咒語，才覺出他最心愛的黑神旛已失了效用，不由又驚又怒。連忙仔細查看，才看出旛頭上沾了兩三點淡紅顏色。猛想起：「適才那女孩撕這旛時，曾將旛夾在胯下，定是被那女子天癸所污。想不到這女子年紀輕輕，竟這樣機智心狠，自己一時未留心，把多年祭煉心血毀於一旦。自己煉這種葫蘆，又為天地鬼神所同嫉，全仗這妖旛放出來的濃霧遮蓋法台，好掩過往能人耳目。明知這法煉起來要好幾個時辰，失了掩護危險非常，但是時辰已到，如果不即動手煉祭，就要前功盡棄。女孩反正得死，倒也不去說她。最可恨的是兩個道童不加防範，壞了自己異寶。」

氣得朱洪咬牙切齒，想了一想，總不願就此干休。只得冒險小心行法，等祭煉完畢，再要這兩個小畜生的性命，以消心中惡氣。想到這裡，勉強凝神靜氣，走到台前，用三元劍挑起符籙，念誦咒語，由劍尖火花中飛起一柄三稜小劍，依次將長男、長女、中男、中女、少男、少女六顆心魂先行取到，收入葫蘆。

這次是用少女作元神，便將其餘副身一男一女的心魂也都取到。最後才輪到南姑頭上。南姑本是清醒地綁在那裡，口中罵聲不絕。因為她綁在柱上一直掙扎，心脈跳動不停，元神又十分凝固，不易收攝，比較費事。

朱洪見今晚雖然失了妖旛，且喜並無人前來破壞，十分順手，好生得意。眼看只剩最後這個小女孩的心魂，取到手中便可大功告成。正待行法，看準那女孩的心房下手，忽然眼前一亮，一道劍光從天而降。知道有人破壞，顧不得再取那女孩心魂，將手中劍往上一指，那柄三稜小劍帶著一溜火光，正好將敵人飛劍迎住。

猛聽一陣爆音，一團紅光如雷轟電掣而來，大吃一驚。看不出來人是什麼路數，不敢冒昧抵擋。一面迎敵那柄飛劍，忙將身往旁一閃，從懷中取出混元老祖護身鎮洞之寶太乙五煙羅祭起，立刻便有五道彩色雲煙，滿想連台連身護住。誰知慢了些兒，紅光照處，發出殷殷雷聲，把台上十多面主旛紛紛震倒。接著又是喀嚓一聲，葫蘆裂成兩半，裡面陰魂化作十數道黑煙四散。還算太乙五煙羅飛上去接著那團紅光，未容打近身來。

朱洪驚魂乍定，見自己千方百計，費盡心血，還差二三年就要煉成的厲害法寶毀於一旦，又是痛惜，又是忿恨。

這時寒萼、司徒平業已飛身下來。寒萼見妖道那口小劍靈活異常，司徒平的飛劍竟有些抵敵不住；寶相夫人真元所煉的金丹，又被妖道放起五彩煙托住，不得下去。便放出彩霓練，去雙敵妖道飛劍，也只幫司徒平敵個平手，一時還不能將那口小劍裹住，不由暗自驚異。便對司徒平道：「想不到這妖道還這般難對付。你先小心迎敵，我去去就來。」司徒平聞言，點了點頭。寒萼自行走去。不提。

朱洪先以為敵人定是一個厲害人物，及至對敵了一會，用目仔細往敵人來路看時，先見對面峰頭上飛下兩條黑影。等到近前一看，卻只是一個英俊少年，指揮著一道劍光和一道彩光，和自己的三元劍絞作一團，漸漸往身前走來。不由怒上加怒，破口大罵道：「何方孽障，暗破真人大法，管教你死無葬身之地！」說罷，口中唸唸有詞，立刻陰風四起，血腥撲鼻。司徒平猛覺一陣頭暈眼花。寒萼忽然飛身回來，嬌叱道：「左道妖法，也敢在此賣弄！」說罷，手揚處，紫巍巍一道光華照將過去，陰風頓止。司徒平立刻神志一清。

朱洪忽見對面又飛來一個女子，一到便破了他的妖法，知道不妙。他原有幾樣厲害法寶，因為煉葫蘆，不便都帶在身上，俱交在妻子手中，想不到遇見勁敵破了他的妖法。不到天亮以後，他妻子不會出來，不知敵人深淺，哪敢大意。又見那口三元劍支持時久，已被敵人放出來的那道像紅霓一樣的彩光纏住，光芒銳減，愈加大驚，急切間又收不回來。知道再耽延下去，這口心愛的寶劍一樣也要毀在敵人手內，好不可惜！

果然又過片刻光景，那女子忽然一聲嬌叱，手揚處，那道紫光又放將出來，射入劍光叢中。眼看自己那口三元劍只震得一震，便被那道彩霓緊緊裹住，發出火焰燃燒起來。又過片刻，劍上光華消失，變成一塊頑鐵，墜落在下面山石上，鏘的一聲。恨得朱洪牙都咬碎，無可奈何，知道敵人厲害，再用別的法術，也是徒勞無功。只得且仗太乙五煙羅護體挨到天亮，等救兵出來，再作報仇打算。此時敵人的飛劍紫光同那道彩霓破了三元劍後，幾次往妖道頭上飛來，俱被五道彩煙阻隔，不得近前。

朱洪正覺自己寶貝厲害，忽聽頭上一聲類似鶴鳴的怪叫，煙光影裡只見一片黑影隱隱現出兩點金光，當頭壓下，眼看離頭頂不遠，被那五道彩煙往上一衝，衝了上去。接連好幾次。寒萼起初原想叫司徒平在前面去分妖道的神，自己駕了神鷲繞向妖道身後，用神鷲鋼爪抓去妖道的護身法寶。才飛身到了峰頂，見神鷲站在峰角，睜著一雙金睛注視下面。正要騎了上去，忽見下面妖道施展妖法，恐司徒平吃虧，重又飛回。及至破了敵人飛劍，眾寶齊施，仍然沒有效果。正要喊神鷲上陣，神鷲想是在上面等得不耐煩，竟不待主人吩咐，往妖道頂上飛撲，誰知接連飛撲三次，依然無效。

寒萼又將幾樣法寶連司徒平飛劍，上中下分幾面一齊向妖道進攻。那太乙五煙羅真也神妙，無論寒萼、司徒平法寶從哪裡飛來，都有五道彩煙隔住，不得近身。

寒萼正在心焦，猛生一計，悄悄拉了司徒平一下，大聲說道：「大膽妖孽，且容你多活幾天，我們還有要事，回來再取你的狗命吧！」說罷，將放出去的法寶、飛劍招呼，一齊收回，同了司徒平往空便走。

寒萼原是欲擒先縱，等妖道收了護身法寶，再命神鷲暗中飛下去將他抓死。誰知二人身子剛起在空中，忽然一道金光從後面照來。疑是妖道又弄什麼玄虛，連忙回身一看，猛見一道金光從天而降，金光中現出一隻丈許方圓的大手抓向妖道頭上。眼看那五道彩煙飛入金光手中，接著便聽一聲慘叫，那道金光如同電閃一般不見蹤跡。法台兩支粗如兒臂的大蠟業已熄滅，星光滿天，靜悄悄的，只剩夜風吹在樹枝上，沙沙作響。

第七章　情重故人

寒萼、司徒平二人猶自驚疑，耳聽一個婦人說道：「太乙五煙羅乃混元老祖之物，被妖道偷來，藉以為惡。你二人辛苦半夜，本該送與你們，不過老身此時尚有用它之處。妖道已被我飛劍所斬，此寶暫借老身一用，異日東海相見，再行歸還。下面尚有人待爾姊妹相救，快查看吧。」說罷，聲音寂然。

寒萼知道暗中出了能人，急忙放出紫光，飛身往空中觀看，哪裡有半個人影。招呼了兩聲「上仙留名」，不見答應，只得下來。走到柏木樁上一看，妖道業已被人斬成兩截。九個木樁空著一個，那七個業已死去，僅剩屍身綁在上面。只那女孩不曾死，見二人近前，不住口喚「大仙救命」。寒萼近前將她解救下來。那女孩跪在地下，叩謝了救命之恩。一面哭訴經過，說她還有個兄弟虎兒被困在妖道洞內，務求大仙開惻隱之恩，救她兄弟一命。

寒萼見南姑在這九死一生之際應對從容，神志一絲不亂，知道是個有根器的幼女，十分愛憐。問了姓名之後，一聽洞中有兩個小道童，妖道並無餘黨，恐怕走開和紫玲相左，便想等紫玲來了再去援救。正和那女孩問長問短，紫玲帶了文琪、輕雲隨後動身，還以為寒萼早走多時，一定還在前面，不想在空中看見神鷲飛翔，才跟蹤下來，險些錯過。

當下四人會合之後，直往青螺峪進發。雖然紫玲法術靈異，因為寒萼救人，在途中耽誤些時，等到趕到川邊，業已大亮。只見群山綿亙，崗嶺起伏，糾繆盤鬱，積雪不消，雄偉磅礴，氣象萬千，與南中名山又是不同。行了片刻，紫玲收了法術，忙請女空空吳文琪與苦孩兒司徒平看護章氏姊弟與于、楊二人，自己同了寒萼、輕雲去救英瓊、若蘭。

輕雲偶問紫玲道：「前面就是青螺麼？」

紫玲聞言大驚，答道：「這裡是大烏拉山的側峰，難道姊姊也和妹子一樣，此地尚是初來麼？吳姊姊呢？」

輕雲道：「她也不知道，僅從家師口中得知青螺在川邊，來時匆忙，未及細問。起初見寒萼姊姊搶著要先走，姊姊又是胸有成竹，以為一定知道。不想彼此都錯認作是識途老馬，這可怎麼好呢？」

紫玲道：「妹子青螺雖未來過，先前卻隨家母到過川邊，知道青螺伏處萬山深谷之中，離康定雪山不遠，在大烏拉山的西北。心想照我們這種走法，趕到烏拉天還未亮，正可停下來商量，分二人去迎接李、申二位姊姊，由二位姊姊中再分出一位領了餘下二人去探青螺。如果能在李、申二位姊姊未被困時遇上，將她們接了下來，豈不省事？誰知舍妹會在半途中惹事，耽誤些時。彼時妹子就想問明二位姊姊路徑，直接趕赴青螺，一則時間太已匆迫，二則此去尚不知敵人虛實深淺，又帶了這四個孩子，還是到了大烏拉下來安頓好了再去，比較穩妥。現在既是大家都不認路，天已不早，事不宜遲，請姊姊帶了舍妹做一路，妹子一人做一路，分頭往西北方尋找吧。」

說罷，三人也無暇再談，輕雲、寒萼先雙雙飛起。紫玲自比她二人神速，腳一頓處，排雲馭氣直升高空，順著大烏拉山西北方留神往下一看，竟是山連山，山套山，如龍蛇盤糾，蜿蜒不斷，望過去何止千百餘里。雖在端陽藻夏之際，因為俱是高寒雪山，除了山頂亙古不融的積雪外，寸草不生，慢說人影，連個鳥獸都看不見。

紫玲救人心切，飛行迅速，不消片刻，已飛過了三數百里。正在心中煩躁，忽然看見西北角上湧起一座大山，形勢非常險峻，也不知是青螺不是。正在心中盤算，已飛到了近山一座高峰上。猛低頭往下一看，峰右側不遠現出一片平地，大道旁邊有一座大廟，廟側還有樹木人家，只不見一個人影。

剛想停雲下去打聽，猛聽一聲鵰鳴，從左側峰下面飛起一隻渾身全黑的大鵰，兩隻眼睛金光四射，展開兩片比板門還大的雙翼，乘風橫雲，捷如閃電一般，正朝紫玲腳下飛過，投往東南一座高峰後面落了下去。飛過時吃那鵰兩翼的風力，竟把紫玲腳下蕩了兩蕩。暗想：「這隻鵰決非凡品，不知比神鷲道力如何？」正想間，忽然心中一動，猛想起久聞李英瓊得了白眉和尚座下鵰，這鵰適才飛得那樣快法，又不住地回顧，莫非是李、申二人就在下邊被困，神鵰抵敵不過，逃出來去請救麼？想到這裡，決定先趕到峰那邊去看個動靜再說。

這峰原本群山環抱，凌雲拔起，非常之高。紫玲剛剛飛上了峰頂，只見下面景物清幽，雜花野樹，滿山滿崖都是。深谷內黃塵漠漠，紅霧漫漫，圍繞著一片五六畝方圓的地方。紅霧中隱隱看見一道紫光，像神龍捲鬚一般不住夭矯飛舞。這時日光已漸漸升起，黃塵以外卻是許多奇花異草，浴著晨霧朝曦迎風搖曳，依舊清明。知是有人賣弄妖法，正要酌量如何下手。忽聽對面兩聲嬌叱，一道劍光，一團紅光，直往自己站的峰腰中飛來。

紫玲抬頭一看，正是寒萼、輕雲二人站在對面山崖上。寒萼也看見紫玲站在這邊峰頂，高聲說道：「姊姊休要放走了你腳底下牢洞內的妖僧！」言還未了，紫玲站的半峰腰上已飛出一條似龍非龍的東西，與寒萼、輕雲放出來的紅光、飛劍迎個正著。

紫玲心中正埋怨寒萼，又是性急不曉事，此來救助李、申二人最為要緊，如今尚未察出下落，冒昧與人動手，若果下面紅霧黃塵之中困的不是李、申二人，豈不又要誤事？但是事已至此，敵人發出來的法寶連寶相夫人煉的金丹至寶都能支持，可見是個勁敵，怎好袖手旁觀？

當下不敢怠慢，先將自己父親遺留——極樂真人所賜的顛倒八門鎮仙旗取出，按部位放起，以防敵人逃逸。飛身到了對面一看，半峰腰上有一個一人多高的石洞，洞前是一塊平伸出去的岩石，上面坐著一個豹頭環眼、軀鼻闊口的番僧，穿著一件烈火袈裟，赤著一雙腿腳，手中捧著一個金缽盂，面前有一座香爐，裡面插了三支大香，長有三尺，端端正正合掌坐在那裡。

紫玲剛要張口問話，忽聽一陣風聲，鵰鳴響亮。抬頭一看，正是適才所見那隻金眼黑鵰飛回。鵰背上影綽綽好似坐著三個人，漸近漸真，那鵰也飛往紫玲等站立的所在落下，鵰背上的人業已飛身跳下。原來是一男二女，俱都是仙風道骨。

紫玲、寒萼等因一面要對付妖僧，未及看真。來的三人中有一個年紀較長的女子早首先說道：「想不到輕雲妹子也在這裡。英瓊妹子定是失陷在下面，適才神鵰朝我哀鳴，我三人才得知道。這兩位姊姊定非外人，我等救了英瓊再行見禮吧。」言還未了，那年歲較幼的一個早取出一面鏡子，一出手便有百十丈金光，直往下面黃塵紅霧中照去。不想那妖法十分厲害，金光雖然將黃塵消滅，那紅霧依舊不減，反像剛出鍋的蒸氣一般直往上面湧來。

紫玲已聽出李英瓊困在下面。看來人形狀言談，想必有齊靈雲姊弟在內。勢在緊迫，忙喊：「妖霧厲害，諸位姊姊後退一步，待妹子親身下去，將李、申二位姊姊救出。」隨說，手中取出一面小旛一晃，蹤跡不見。不到一會，眾人面前忽然多出兩個女子。這來的一男二女，正是靈雲姊弟與女神童朱文。救上來的正是英瓊、若蘭，業已中了妖法，昏迷不醒。

原來靈雲等自從接了乾坤正氣妙一真人齊漱溟的飛劍傳書，先數日動身趕到青螺附近一座山中落下，金蟬便叫神鵰回去。朱文道：「瓊妹又不等著騎，我們暫時借牠一用多好，何必這麼早就忙著打發回去呢？」

金蟬趁靈雲未在意，悄對朱文使了個眼色，說道：「我們大家都在凝碧崖洞天福地相聚得多熱鬧自在，偏這回教祖單叫我們幾個來，姊姊做事又太持重，李、申二位姊姊再三求著要來，都執意不允。如今撇下她們在凝碧崖豈不煩悶？原說神鵰將我等送到就放回去。瓊姊把這鵰視若性命，來時又未言明，還是讓牠飛回去，給崖中諸位解解悶的為是。」朱文已明白他的用意，抿嘴笑道：「如此說來，倒顯出我有點自私之心了。」

金蟬方要答言，靈雲道：「文妹、蟬弟不要再談閒話。雖說離端陽還有數日，時間暇豫，青螺魔宮我等並未來過。聞說青螺伏處萬山深谷之中，不易找尋，這還不難；只有敵人方面能人甚多，我們不知虛實深淺，須得先去探查一番才是。這裡到處都是亙古不化的積雪，寸草不生，雖說我們不怕高寒，到底無趣。我在成都曾聽玉清大師說，她有一個昔年同門女道士女殃神鄭八姑，如今已改邪歸正，只為性情高傲，不願附入各派，單獨在這山腰中石洞內隱居，與玉清師太情逾骨肉，淵源甚深，倘將來有事去西藏，盡可前去請教盤桓。玉清師太原是一句隨意閒話，我留神問明了路徑同進見之法，不想今日倒用得著了。」

金蟬道：「既有這樣有本領的高人，我們還不快去拜見，只管呆在這裡作甚？」靈雲道：「你先不要忙，待認明了方向再說。」說罷，先看了看山勢的位置向背，帶了金蟬、朱文，往偏西一條深谷內走了下去。

靈雲等上的這座高山，名叫小長白山，積雪千尋，經夏不消，地勢又極偏僻，從來就少人跡。靈雲想起了玉清大師說的路徑，便帶了金蟬、朱文往下尋找。剛剛走離谷地一半的路，忽聽轟隆一聲巨響。回頭一看，最高峰頂上白茫茫一大團東西，如雷轟電掣般發出巨響，往三人走的方向飛來，經過處帶起百丈的白塵，飛揚瀰漫。靈雲知道是神鵰起飛時兩翼風力搧動，山頂積雪奔墜，聲勢宏大驚人，捷如奔馬而來。

三人都會劍術，連忙將身剛得飛起，回顧下面，眼看大如小山的雪團正從三人腳底下掃將過去，溜奔谷底。滾到離谷底還有百十丈高下，被一塊突出的大石峰迎撞個正著，又是山崩地裂一聲大震過去，便是沙沙嘩啦之聲。兀的將那小山大小的大雪團撞散，激碎成千百團大小冰塊雪團，映著朝日，幻出霞光絢彩，碎雪飛成一片白沙，緩緩墜下，把谷都遮沒，變成一片渾茫。那座兀立半山腰的小峰也被雪團撞折，接著又是山石相撞，發出各種異聲。

三人重又落下。朱文道：「我才說這裡只是上頭一片白，下頭一片灰黃，寸草不生，枯燥寒冷，比凝碧崖洞天福地差得太遠，還沒想到會看見這種生平未見的奇景，也可算不虛此行了。」

靈雲道：「你還說是奇景，幸而我三人懼會劍術躲避得快。你看那小峰，方圓也有畝許大，七八丈高，竟被雪將它撞斷。要是常人，怕不粉身碎骨，葬身雪窟才怪呢。只是我們遠客初來，便被我們的鵰翼搧出這種奇觀，我們倒看了好景色，不知可會惹主人不快哩！」

三人正在談笑之間，谷下面有一個女子聲音說道：「何方孽障，敢來擾鬧？有本領的下來，與我相見！」言還未了，谷下忽然捲起一陣狂風，那未落完的雪塵，被它捲起一陣雪浪冰花，像滾開水一樣直往四下裡分湧開去。不一會，餘雪隨風吹散，依舊現出谷底。

朱文、金蟬聽下面出口傷人，早忍不住駕劍光飛身直下。靈雲恐怕惹事，連忙飛身跟了下去。二人到了谷底一看，近山崖的一面竟是凹了進去的，山雖寸草不生，谷凹裡卻是栽滿了奇花異草，薜蘿香藤，清馨四溢，令人意遠。再找發話的人，並沒有一個人影，谷凹中雖然廣大高深，只正中有一個石台，旁邊臥著幾條青石，並沒有洞。

靈雲朝朱文、金蟬使了個眼色，朝著石台躬身施禮道：「我等三人來尋鄭八姑，誤驚積雪，自知冒昧，望乞寬容，現出法身，容我等三人拜見一談，如何？」說罷，便聽那女子聲音答道：「我自在這裡，你們看不見怨誰？」言還未了，靈雲等往前一看，石台上坐著一個身穿黑衣的女子，長得和枯蠟一般，瘦得怕人，臉上連一絲血色都沒有。靈雲躬身道：「道友可是鄭八姑麼?」

那女子答道:「我先前以為又是那賊禿驢來和我生事,不想卻是三位遠客。我看你等生具仙根,一臉正氣,定非特地來找我麻煩之人。恕我參了枯禪,功行未滿,肉軀還不能行動。你們尋八姑作甚?說明了來意,我再對你們說她的去處。」

靈雲道:「我名齊靈雲,乃乾坤正氣妙一真人長女,同了舍弟金蟬、師妹朱文,奉命到青螺有事。因以前在成都辟邪村玉清觀見著優曇大師門下玉清師太,說起八姑大名,十分傾慕,便道來此拜見,並無他意。」

那女子聞言,瘦骨嶙峋的臉上,竟透出了一絲絲笑意。答道:「三位嘉客竟是玉羅剎請你們來的麼?我正是八姑。恕我廢人不能延賓,左右石上,請隨意落座敘談吧。」

三人各道了驚擾。坐定以後,鄭八姑道:「我只恨當初被優曇大師收伏時一時負氣,雖然不再為惡,卻不肯似玉清道友苦苦哀求拜她為師,以為旁門左道用正了亦能成仙。不幸中途走火入魔,還虧守住了心魂,落了個半身不遂,來參這個枯禪,受了欺負。如今眼看別人不如我的,倒得成正果,始知當初錯了主意。我因喜歡清靜,才選了這一個枯寒荒僻所在修煉。

「我坐的石台底下有一樣寶貝,名為雪魂珠,乃萬年積雪之精英所化,全仗它助我成道。不想被西藏一個妖僧知道,欺我不能轉動,前來劫奪。我守著心神,不離開這石台,他又奈何我不得。同我鬥了兩次法，雖然各有損傷，終於被我佔了上風。他氣忿不過，用魔火來煉我。我情願連那雪魂珠一齊煉化。煉了一百多天，我正在危險之際，恰好玉清道友前來看我，替我趕走了妖僧。她如要晚來十幾天，我便要連人帶珠被魔火煉成灰燼。

「承她故人情重，陪我談了好多天；又去運了許多奇花，栽植在這玄冰窟內。裡面俱非山石，乃是千年玄冰凝結，長年奇寒，一到日落西山，四面罡風吹來，奇冷刺骨。每年只四月半起至七月半止，才能見得著日光，有一絲暖意，所以寸草不生。此地花草下面有靈丹護根，才能亙古長青。玉清道友對我說，她曾向優曇大師代我求問前途休咎，說我要脫劫飛升，須等見了二雲以後。我也曾靜中參悟，都是以前造孽，才有今日。如今罪也受夠了，難快滿了，算計救我的人也快來了，每日延頸企望，好容易才盼到道友至此。尊名已有一個雲字，還有一位名字有雲字的人，想必也是道友同門至契，不知道友可知道否？」

靈雲道：「同門師姊妹中資質比較高一點的，只有黃山餐霞大師門下的周輕雲妹子，要請她來也非難事。若論道行，都和我一樣，自慚淺薄，要助道友脫劫，只恐力不從心。不知玉清大師可曾說出如何救法麼？」

鄭八姑道：「道友太謙。玉清道友也曾言過，二雲到此，為的奉命除魔，在魔宮中遇見一位前輩奇人，得了一樣至寶和兩粒靈丹，再借二位道友法力熱心，我便可以脫劫出來了。」

靈雲道：「既然事有前定，只要用得著綿力，無不盡心。就是我等此來，也是為破青螺，相助一位道友脫難。但是此地從未來過，又不知敵人深淺虛實，特來請教。道友仙居與青螺密邇，想必知之甚詳，可能指示端倪麼？」

鄭八姑道：「若論青螺情形，我不僅深知，那八個魔崽子還是我的晚輩呢。當初他們的師父神手比丘魏楓娘，原和我有許多淵源。自從我閉門思過隱居此地，不知怎地竟會被她知道，前來訪我數次，想拉我和她在一起。彼時我雖然未走火入魔，已是同她志趣不投，推託自己此後決意閉戶潛修，不再干預外務，婉言拒絕了她。她終不死心，數次來絮聒。最末一次來，正趕上我用徹地神針打通此山地主峰玉京潭絕頂，直下七千三百丈，從地竅中去取那萬年冰雪之英所凝成的雪魂珠。

「她見我得此至寶，又欲羡又嫉妒，竟趁我化身入地之際，用妖法將潭頂封閉，想使我葬身雪窟，她再設法將珠取去。不知我已有防備，再加尋珠到手，妙用無窮，她那點小伎倆，如何能將我禁錮？我因她徒黨甚多，不願和她明裡翻臉，只將潭頂轟坍，我從冰山雪塊之中飛身而出。她見我破了她的玄虛，才息了妄念。

「我雖裝作不知，她豈有不明白之理？坐了一會，自覺內愧，忽然起身對我說道：『人各有志，不便相強。青螺相去咫尺，我們俱是多年老友，我的徒弟甚多，希望你當前輩的人遇事指教照應，這想必可以請你答應了吧？』她這種小人之心，明是見害我不成，她正圖謀大舉，我住在她的鄰近，怕我記仇去尋她生事，探探我的口氣。明人一點就透，我便說：『只要人不犯我，我不但不管閒事，決不離開此地。照應既無所用其力，為人利用去妨害他人也決不作。』她才走去，從此就沒有再來。

「不久我就走火入魔，心在身死，不能轉動，老防她來尋我麻煩。直到玉清道友來對我說道，才知被令慈妙一夫人在成都將她斬首，才去了我的心病。論理我應當遵守前言，不該趁她死後，幫助外人對付她的徒弟。但是那用魔火煉我的番僧，就是八魔新近請來的同黨。因為這次正派同他們為敵，謠傳乾坤正氣妙一真人的金光烈火劍，業已在東海煉成，無論何派的飛劍，遇上便化成頑鐵消融。知道只有我的雪魂珠能夠抵敵，先由那番僧和我明要未允，又來搶奪，差點將我多年苦修的道行毀於魔火之下。他們既能食前言，我豈不可背信？無奈我身體已死，不能前去，只能略說他們一點虛實罷了！」

靈雲等連忙齊聲稱謝。八姑又道：「青螺雖是那座大山的主名，魔宮卻在那山絕頂中一個深谷以內。這裡縱橫千餘里，差不多全是雪山。只魔宮是在溫谷以內，藏風聚氣，不但景物幽美，草木繁滋，而形勢之佳更為全山之冠。那谷是個螺絲形，谷口就是螺的尾尖，曲折回環，走進去二十多里，才看得見谷道。外面的人不易看見裡面。雖然諸位飛行絕跡，進去尋找魔宮並不算難。但是他們必利用天然形勢，隨地布置妖法，若果沒有防備，也難免不遭暗算。諸位此來，是否準備就去？我好早去準備。」

靈雲便把接著飛劍傳書，才得知趙心源五月初五魔宮赴約之事，這位趙道友想必尚在路上，自己意欲先去探個虛實，再迎上前去與趙道友相見一面等語，說了一遍。

八姑道：「三位來時，走的是西北雲中直路。趙道友既和人相約，定知路徑，當由川滇官道旁一條捷徑而來。那條路上梵宇甚多，趙道友如在端陽前趕到，定要先尋住所，到時明張旗鼓前去赴約。只須明後日由二位中分出一位，前往東南那條人行路上尋找，便可相見。至於到魔宮去探聽虛實，我看現在他們竟敢和峨嵋為敵，請的能人一定不少。並非我小看三位道友，實因我將來脫劫，全仗諸位道友，意欲請道友代我看護頑軀，不要遠離，我將元神遁化，親去探看虛實。舊遊之地，比較能知詳細，即使遇見妖法，也容易脫身回來。道友以為如何？」

靈雲聞言大喜，稱謝道：「我等因為事要機密，不便另尋寺觀投宿，雪山高寒，又少山洞，難得道友不棄，正想在仙居停足數日，冒昧不便啟齒，不想道友如此熱腸肝膽，真令人感謝不盡了。」

八姑道：「此後借助之處甚多，無須太謙。不過我已是驚弓之鳥，我這一副枯骨，不得不先用障眼法兒隱去，全仗三位道友法力護持了。」說罷，一晃眼間，石台上仍是空空如也。三人知八姑已神遊魔宮，暗暗驚異，各人輪流在石台旁守護，分別在谷中玩賞風景，並不遠離。

日光一晃消逝，有回山雪光反映，仍是通明。三人談了一會，俱在石台旁坐定用功，靜候八姑消息。半夜過後，八姑仍未回來。朱文道：「怎麼八姑由申正走，到如今還不見回來哩？」金蟬道：「我也正擔心她連自身尚不能轉動，還去冒這種大險，姊姊不該答應她去。我們在此枯等，難受還不要說，要是人家出了事，才對不起人哩。」

靈雲道：「你真愛小看人。八姑與玉清大師同門，要論以前本領，還在玉清大師之上，又在此潛修多年，她如不是自問能力所及，如何會貿然前去？我並非依賴別人，自己畏難偷懶，實為她情形熟悉，比我們親去事半功倍。難得她又如此熱心，要是謝絕她這一番好意，聽玉清大師說過，她性情率直，豈不反招她不快麼？承她一番相助誠意，將來助她脫劫，即使我和輕雲妹子力不能及，也定去求母親給她設法，好歹也助她成道便了。」

三人又談了一陣，不覺到了天明。靈雲也起了驚慮之心，已商量分人前去探看。忽聽石台上長吁了一聲，八姑現身出來，好似疲乏極了。三人道了煩勞，八姑只含笑點了點頭。又停了一會，才張口說道：「魔宮果然厲害，大非昔比，我也差點閃失。此番不但知了他的細情，還替三位代約請了一位幫手。那位趙道友，我已探出他同行諸位劍仙住在大道旁一座喇嘛廟中。三位少時尋去，便可見面商量進行。」八姑剛要將探青螺之事詳細說出，忽聽山頂傳來幾聲鵰鳴，十分淒厲。

第八章　神鵰救主

金蟬和神鵰處得熟了，聽出是牠的聲音，又知道英瓊、若蘭二人要隨後趕來，不由吃了一驚。金蟬便對靈雲道：「姊姊你聽，佛奴不是回去了麼，如何又在上面叫喊？莫非凝碧崖發生了什麼事，前來尋我們嗎？」靈雲、朱文也聽出鵰鳴不似往日，靈雲忙叫朱文去看，金蟬也跟著出來。二人才離開了谷凹，還未張嘴，神鵰已在空中看見二人站在下面，長鳴了一聲，似彈丸飛墜一般，將兩翼收斂，一團黑影從空中由小而大，直往谷底飛落下來，一路哀鳴，往二人身旁撲來。金蟬本有心病，首先問道：「你這般哀鳴，莫非你主人李英瓊趕了來，在半途中失了事麼？」那鵰將頭點了點，長鳴一聲，金眼中竟落下兩行淚來。

朱文、金蟬雙雙忙喊：「姊姊快來！英瓊妹子被惡人困陷了，神鵰是來求救的呢！」言還未了，靈雲已早看出原因，救人心急，便對八姑道：「有一位同門道友中途失陷，愚姊妹三人即刻要去救援，等將人救回，再行飽聆雅教吧。」

八姑道：「這位道友既有仙禽隨身，還遭失陷，定在鬼風谷遇見了那用魔火煉我的番僧了。這妖孽妖法厲害，名叫作雅各達，外號西方野佛，與西藏毒龍尊者都是一般傳授。不過毒龍尊者門下弟子眾多，聲勢浩大；他只獨身一人，知他底細的人甚少。他除會放黃沙魔火外，還有一個紫金缽盂同一支禪杖，俱都非常厲害。三位到了鬼風谷，如那位道友被魔火困住，須要先破去他的魔火，才能過去救人；否則一經被他魔火罩住，便難脫身。千萬留神小心，以免有失！」

說到這裡，金蟬、朱文已連聲催促。八姑也說靈雲事不宜遲。三人與八姑告罪道別，一齊飛上鵰背。那鵰長鳴了一聲，展開雙翼，沖霄便起，健翮凌雲，非常迅速，不消片刻，已到了鬼風谷山頂之上。靈雲見谷下黃塵紅霧中，隱隱看見英瓊的紫郢劍在那裡閃動飛舞，知道英瓊將紫郢劍護身，或者尚不妨事。眼看快要飛到，忽見對崖飛下一道青光，一道紅光。定睛一看，對崖上站定兩個女子，一個正是周輕雲。一會又從崖這面飛過一個女子。這兩個女子雖未見過，知是輕雲約來的無疑。

說時遲，那時快！一轉眼間，神鵰業已飛到對崖落下。這才看見崖對面山半腰中坐著一個紅衣番僧，業已放出一條似龍非龍的東西，與輕雲等飛劍、紅光鬥作一團。朱文也將寶鏡取出，照向下面，黃塵雖然消滅，紅霧未減。本擬飛劍出去助陣，忽聽那年紀較長的女子說：「請大家後退！」靈雲已聽鄭八姑說魔火厲害，忙拉了金蟬退出去二十多丈。那年長的女子已從懷中取出一面小旛，一展招，連人帶旛蹤跡不見，一眨眼間已將英瓊、若蘭二人救上崖來。金蟬、朱文見二人中了妖法昏迷不醒，心中大怒，雙雙將各人飛劍放出，直取那紅衣番僧。

西方野佛雅各達原本不在鬼風谷居住。他聽六魔厲吼的好友逍遙神方雲飛無意中說起鄭八姑從小長白山冰雪窟中將雪魂珠得了去。他垂涎此寶已有多年，怎奈小長白山方圓數百里，只聽過高明人傳說，不知實在地方及如何下手，又沒有煉過玄門中開山徹地之法，只得作罷。忽然聞說被一個女子取去，非常嫉忿。知道此話是從神手比邱魏楓娘那裡聽來的，便約方雲飛到魔宮打聽個仔細。及至見著八魔，才知魏楓娘已死，果然此寶是落在八姑之手。

八魔本來早就聽說峨嵋派許多能人要在端午節前來，又知雪魂珠有無窮妙用，正好鼓動西方野佛去將珠奪來，自己還可添一個大大的幫手。西方野佛問明了路徑，趕到小長白山一看，谷中石凹內空無一人，知道八姑隱了身形不肯見他。連去了兩次，用言語一激，八姑才現身出來。他見八姑走火入魔，業已身軀半死，欺她不能轉動，便和她明著強要。八姑自是不肯，兩人言語失和，動起手來，各用法寶，互有損失。

西方野佛見雪魂珠未能到手，反被八姑破了他兩樣心愛的寶貝，妖法又奈何她不得，惱羞成怒，便用魔火去煉，準備雪魂珠也不要了，將八姑煉成飛灰洩忿。煉了多日，被玉清大師前來將他趕走，愈加氣忿。也不好意思去見八魔，暗自跑到鬼風谷內潛藏。仍不死心，想再煉一樣厲害法寶，與八姑分最後勝負，非將雪魂珠取到手中，誓不干休。

這日正在谷內打坐，忽聽遠處一聲鵰鳴，抬頭一看，只見一隻黑鵰，兩眼金光四射，兩翼刮起風力呼呼作響，身子大得也異乎尋常，疾飛若駛，正從谷頂飛過。知道這是有道行的金眼鵰，不由心中一動。暗想：「遇見這種厲害的大鵰，我何必去煉什麼法寶？只消迫上去將牠擒到收服，一加馴練，便可去尋那鄭八姑，二次和她要雪魂珠。如再不允，我只須用法寶絆住她的元神，再命這鵰暗中抓去她的軀殼，何愁寶不到手？」

正想得稱心，誰知那鵰竟飛得比電還疾，眨眼工夫已沒入雲中，只剩一點黑影。剛在頓足可惜，忽然黑影漸大，又朝谷頂飛來。西方野佛好不高興，這次便不怠慢，口中唸唸有詞，忙將紫金缽盂往上一舉。他這缽盂名為轉輪盂，一經祭起，便有黑白陰陽二氣直升高空，無論人禽寶貝，俱要被它吸住，不能轉動。眼看黑白二氣沖到那鵰腳下，那鵰只往下沉了十來丈，忽又升高，長鳴了一聲。西方野佛見轉輪盂並未將那鵰吸住，大為驚異，便將缽盂收回。

正要別想妙法，那鵰忽然似弩箭脫弦，疾如流星一般，直往谷底飛來，眼看離地還有數十丈高下，猛聽一聲嬌叱道：「大膽妖僧，無故前來生事，看我法寶取你！」言還未了，那鵰業已飛落面前。適才因為那鵰飛得太高，鵰大人小，竟沒有留神看到鵰背上還坐著兩個人。

此時近前一看，見是兩個美貌幼女。情知這兩個女子雖然小小年紀，能騎著這種有道行的大鵰在高空飛行，必有大來歷。但是自恃妖法高強，也未放在心上。暗想：「我的缽盂未將你們吸住，你們不見機逃走，反來送死。送上門的買賣，豈能放過？」便大喝道：「爾等有多大本領，敢在佛爺頭上飛來飛去？快快將鵰獻來，束手就擒，免得佛爺動手！」

言還未了，那兩個少女已雙雙跳下鵰背。年長的一個手揚處，一道青光飛來。西方野佛怪笑一聲，喝道：「無知賤婢，也敢來此賣弄！」將左臂一振，臂上掛著的禪杖化成一條蛟龍般的東西，將青光迎個正著。

西方野佛也是一時大意，想看看來人有多大本領，沒有用轉輪缽去吸收敵人飛劍。剛將禪杖飛出，不想對面又是一聲嬌叱，那年紀小的一個女子手一揚，冷森森長虹一般一道紫光，直往西方野佛頂上飛來。這才想起用轉輪缽去收。剛剛將缽往上一舉，誰知敵人飛劍厲害，眼看那道紫光如神龍入海，被黑白二氣裹入缽內，猛覺右手疼痛徹骨，知道不好。連忙用自己護身妖法芥子藏身，遁出去有百十丈遠近。一看手中缽盂，業已被那道紫光刺穿，還削落了右手三指。

來人見妖僧缽盂內出來了黑白二氣，自己飛劍被他裹入在內，正在心急，忽然妖僧不見，紫光飛向西北角去。朝前一看，那妖僧手拿缽盂，已逃在半崖腰一塊山石上面，自己寶劍正飛追過去呢。

來的這兩個女子正是李英瓊與墨鳳凰申若蘭。兩人自從神鵰飛回，便即別了裘芷仙動身。路上商量，仗著神鵰飛得快，打算先飛到魔宮內去建一點小功，再去尋靈雲等三人。誰知那鵰飛到青螺，八魔已請能人用妖法將魔宮隱住，找尋不著，只得駕那鵰去尋著靈雲再作計較。往回路走時。

飛到一個山谷上面，忽然鵰身往下沉了一沉，重又飛起。若蘭對英瓊道：「下面有人暗算我們。」二人往下面一看，果然下面谷內有一個人正朝天上指手畫腳，又見有黑白兩道氣由上往下朝那人手中飛去。英瓊道：「下面的人定是青螺黨羽，我們何不拿他試試手呢？」若蘭藝高人膽大，自是贊同。便商量先飛下去，一面和那人動手，倘若他是青螺黨羽，暗命神鵰將他抓走，去見靈雲報功。二人商量好了，便降落下來。一看西方野佛打扮同說話，已知是個妖僧，便動起手來。

若蘭飛劍敵住番僧禪杖正覺吃力，忽見英瓊寶劍得勝，妖僧敗退到半崖腰上。更不怠慢，一面指揮飛劍迎敵，暗誦咒語，手一揚處，將紅花姥姥所傳的十三粒雷火金丸朝番僧打去。

西方野佛要是先用金鉢收了若蘭飛劍，英瓊那把紫郢劍愛同性命，恐有閃失，決不肯輕易放出。他不該一時大意輕敵，反致受傷，傷了寶貝，還算見機得快，沒有喪了性命。剛剛敗逃出去，敵人飛劍竟一絲也不肯放鬆，隨後追到。正在心慌意亂，忽然又從敵人方面飛來十幾個火球，再想借遁已來不及，被火球在背上掃著一下，立刻燃燒起來，同時那道紫光又朝頭頂飛到。

西方野佛出世以來，從未遇見過敵手，自從和玉清大師鬥法敗逃以後，今日又在這兩個小女孩子手裡吃這樣大虧，如何能忍受。本想將天魔陰火祭起報仇，未及施為，敵人飛劍、法寶連番又到，知道再不先行避讓，就有性命之憂。顧不得身上火燒疼痛，就地下打了一個滾，仍借遁回到原處，取出魔火葫蘆，口中念咒，將蓋一開，飛出一面小旛。旛見風一招展，立刻便有百十丈黃塵紅霧湧成一團，朝敵人飛去。

英瓊、若蘭見敵人連遭挫敗，那隻神鵰盤旋高空，也在覷便下攫之際，忽見敵人又遁回了原處，從身畔取出一個葫蘆，由葫蘆中飛出一大團黃塵紅霧，直向她們飛來。若蘭自幼隨定紅花姥姥，知道魔火厲害。一面收回金丸、飛劍，忙喊：「妖法厲害，瓊妹快將寶劍收回走吧。」英瓊本來機警，聞言將手一招，把紫郢劍收回。

若蘭拉了英瓊正要升空逃走，已是不及，那一大團黃塵紅霧竟和風捲狂雲一般，疾如奔馬，飛將過來，將二人圍住。還虧英瓊紫郢劍自動飛起，化成一道紫虹，上下盤舞，將二人身體護住。二人耳際只聽得一聲鵰鳴，以後便聽不見黃塵外響動，只覺一陣陣腥味撲鼻，眼前一片紅黃，身上發熱，頭腦昏眩。似這樣支持了有半個多時辰，忽聽對面有一個女子聲音說道：「李、申兩位姊姊快將寶貝收起，妹子好救你們出險。」若蘭不敢大意，忙問何人？

紫玲用彌塵旛下去時，有寶旛護體，魔火原不能傷她，以為還不一到就將人救出。及至到了下面一看，李、申二人身旁那道紫光如長虹一般，將李、申二人護住，慢說魔火無功，連自己也不能近前，心中暗暗佩服峨嵋門下果然能人異寶甚多。知道紫光不收，人決難救，情知自己與二人俱素昧平生，在危難之中未必肯信，早想好了主意。果然若蘭首先發問，立刻答道：「神鵰佛奴與齊靈雲姊姊送信，尋蹤到此，才知二位姊姊被魔火所困，特命妹子前來救援。如今靈雲姊姊等俱在上面，事不宜遲，快將法寶收起，隨妹子去吧。」

英瓊、若蘭聞言才放了心，將紫郢劍收起，隨紫玲到了上面。也是忙中有錯，李、申二人該有此番小劫，竟忘了二人在下面不曾受傷，全仗紫郢護體。正在英瓊收回紫郢，紫玲近前用旛救護之際，英瓊收劍時快了一些，紫郢一退，紅霧侵入，雖然紫玲上前得快，已是不及，沾染了一些。二人當時只覺眼前一紅，鼻中嗅著一股奇腥。等到紫玲將二人救上谷頂，業已昏迷不省人事了。這時靈雲、朱文、金蟬已相繼將飛劍隨後放出，直取西方野佛。

西方野佛起初見對面又飛來兩個敵人，一個是一道金光，一個是一團紅光，自己禪杖飛出去迎敵，竟然有點迎敵不下。正要將魔火移到對崖將敵人困住，忽聽一聲鵰鳴，對崖上先後又飛下四女一男。

才一照面，內中一個女子從懷中取出一面鏡子，發出百十丈五彩金光，照到谷下，立刻黃塵四散。接著另一個女子忽然一晃身形，蹤跡不見，一轉眼間竟將下面兩個幼年女子救上來，出入魔火陣中，無事人一般。同時對面敵人先後放出許多飛劍，內有一道金光，一道紫光，還帶著風雷之聲。不由大吃一驚，想不到這些不知名的年輕男女竟有這般厲害。他已吃過敵人紫光苦頭，見來的又有一道紫光，不敢怠慢。一面指揮魔火向眾人飛去，一面用手一指面前香爐，借魔火將爐內三支大香點燃。口中念誦最惡毒不過的天刑咒，咬破舌尖，大口鮮血噴將出去。

對崖靈雲等眼看敵人手忙腳亂，飛劍行將奏功，忽見谷底紅霧直往上面飛來，接著便是一陣奇香撲鼻，立刻頭腦昏暈，站立不穩。知道妖法厲害，正有些驚異，忽聽紫玲道：「諸位姊姊不要驚慌。」言還未了，便有一朵彩雲飛起，將眾人罩住，才聞不見香味，神志略清。同時朱文寶鏡的光芒雖不能破卻魔火，卻已將飛來紅霧在十丈以外抵住，不得近前。

紫玲一見，大喜道：「只要這位姊姊寶鏡能夠敵住魔火，便不怕了。」說罷，向寒萼手中取過彩霓練，將彌塵旛交與寒萼，吩咐小心護著眾人。自己駕玄門太乙遁法隱住身形，飛往妖僧後面，左手祭起彩霓練，右手一揚，便有五道手指粗細的紅光直往西方野佛腦後飛去。那紅光乃是寶相夫人傳授，用五金之精煉成的紅雲針，比普通飛劍還要厲害。

西方野佛眼看取勝，忽見對面敵人身畔飛起一幢五色彩雲，魔火又被那女子寶鏡光芒阻住，不能上前，正在焦急。猛覺腦後一陣尖風，知道不好，不敢回頭，忙將身往前一躥，借遁逃將出去有百十丈遠近。回頭一看，一道彩虹連出五道紅光，正朝自己飛來。眼見敵人如此厲害，自己法寶業已用盡，再不見機逃走，定有性命之憂。不敢怠慢，一面借遁逃走，一面口中念咒，準備將魔火收回。

誰知事不由己。紫玲未曾動手，已將顛倒八門鎖仙旗各按五行生剋祭起。西方野佛才將身子起在高空，便覺一片白霧瀰漫，撞到哪裡都有阻攔。知道不妙，恐怕自己被法力所困，敵人卻在明處，一個疏神，中了敵人法寶，不是玩的。當下又恨又怕，無可奈何，只得咬一咬牙，拔出身畔佩刀，只一揮，將右臂斫斷，用諸天神魔，化血飛身，逃出重圍，往上升起。

剛幸得脫性命，覺背上似鋼爪抓了一下，一陣奇痛徹心。情知又是敵人法寶，身旁又聽得鵰鳴，哪敢回顧，慌不迭掙脫身軀，借遁逃走。西方野佛一口氣逃出去有數百里地，落下來一看，左臂上的皮肉去掉了一大片，連僧衣絲絛及放魔火的葫蘆都被那東西抓了去，才想起適才聽得鵰鳴，定是被那畜生所害。想起只為一粒雪魂珠，多年心血煉就的至寶毀的毀，失的失，自己還身受重傷，成了殘廢。痛定思痛，不禁悲從中來。

正在悔恨悲泣，忽聽一陣極難聽的吱吱怪叫，連西方野佛這種凶橫強悍的妖僧，都被牠叫得毛骨悚然，連忙止泣，起身往四外細看。只見他站的地方正是一座雪山當中的溫谷，四圍風景既雄渾又幽奇，背倚崇山，面前坡下有一灣清溪，流水淙淙，與松濤交響。那怪聲好似在上流頭溪澗那邊發出。心想定是什麼毒蛇怪獸的鳴聲，估量自己能力還能對付。便走下澗去，用被劍穿漏了的紫金缽舀了小半缽水，掐指念咒，畫了兩道符，將水洗了傷處，先止了手臂兩處疼痛。一件大紅袈裟被鵰爪撕破，索性脫了下來，撕成條片，裹好傷處。然後手提禪杖，循聲而往。

這時那怪叫聲越叫越急。西方野佛順著溪澗走了有兩三里路，轉過一個溪灣，怪聲頓止。那溪面竟是越到後面越寬，快到盡頭，忽聽濤聲聒耳。往前一看，迎面飛起一座山崖，壁立峭拔，其高何止千尋。半崖凹處，稀稀地掛起百十條細瀑，下面一個方潭，大約數十畝。潭心有一座小孤峰，高才二十來丈，方圓數畝，上面怪石嵯峨，玲瓏剔透。峰腰半上層，有一個高有丈許的石洞，洞前還有一根丈許高的平頂石柱。

這峰孤峙水中，四面都是清波縈繞，無所攀附，越顯得幽奇靈秀。暗忖：「我落得如此狼狽，也難見人。這洞不知裡面如何，有無人在此參修。要是自己看得中時，不如就在此暫居，徐圖報仇之計，豈不是好？」想到這裡，便借遁上了那座小峰，腳才站定，怪聲又起。仔細一聽，竟在洞中發出，依稀好似人語說道：「誰救我，兩有益；如棄我，定歸西。」

西方野佛好生奇怪。因為自己只剩了一枝獨龍禪杖，一把飛刀，又斷了半截手臂，不敢大意。輕悄悄走近洞口一看，裡面黑沉沉只有兩點綠光閃動，不知是什麼怪物在內。

一面小心準備，大喝道：「我西方野佛在此，你是什麼怪物，還不現身出洞，以免自取滅亡！」言還未了，洞中起了一陣陰風，立刻伸手不見五指。

西方野佛剛要把禪杖祭起，忽聽那怪聲說道：「你不要害怕，我決不傷你。我見你也是一個殘廢，想必比我那個狠心夥伴強些。你只要對我有好心，我便能幫你的大忙；如若不然，你今天休想活命。」

西方野佛才遭慘敗，又受奚落，不由怒火上升，大罵：「無知怪物，竟敢口出狂言。速速說出爾的來歷，饒爾不死！」言還未了，陰風頓止，依舊光明。

西方野佛再看洞中，兩點綠光已不知去向，還疑怪物被他幾句話嚇退。心想：「你雖逃進洞去，怎奈我已看中了這個地方，我只須將禪杖放進洞去，還愁抓你不出來？」剛把禪杖一舉，未及放出，猛覺腦後有人吹了一口涼氣，把西方野佛嚇了一大跳，回頭一看，並無一人。先還以為是無意中被山上冷風吹了一下，及至回身朝著洞口，脖頸上又覺有人吹了一口涼氣，觸鼻還帶腥味。知道怪物在身後暗算，先將身縱到旁邊，以免腹背受敵。站定回身，仍是空無一物，好生詫異。正待出口要罵，忽聽吱吱一聲怪笑，說道：「我把你這殘廢，我不早對你說不傷你麼，這般驚慌則甚？我在這石柱上哩，要害你時，你有八條命也沒有了。」

西方野佛未等他說完，業已循聲看見洞口石柱上，端端正正擺著小半截身軀和一個栲栳大的人腦袋，頭髮鬍鬚絞作一團，好似亂草窩一般，兩隻眼睛發出碧綠色的光芒。頭頸下面雖有小半截身子，卻是細得可憐，與那腦袋太不相稱。左手只剩有半截臂膀，右手卻像個鳥爪，倒還完全，咧著一張闊嘴，衝著西方野佛似笑非笑，神氣猙獰，難看已極。

西方野佛已知怪物不大好惹，強忍怒氣說道：「你是人是怪？為何落得這般形象？還活著有何趣味？」

那怪物聞言，好似有些動怒，兩道紫眉往上一聳，頭髮鬍鬚根根直豎起來，似刺蝟一般，同時兩眼圓睜，綠光閃閃，益發顯得怕人。倏地又斂了怒容，一聲慘笑，說道：「你我大哥莫說二哥，兩人都差不多。看你還不是新近才吃了人家的大虧，才落得這般光景麼？現在光陰可貴，我那惡同伴不久回來，你我同在難中，幫別人即是幫自己。你如能先幫我一個小忙，日後你便有無窮享受。你意如何？你大概還不知道我的來歷，可是我一說出，你如不能幫我的忙，你就不用打算走了！」

西方野佛見怪物口氣甚大，摸不清他的路數，一面暗中戒備，一面答道：「只要將來歷說出，如果事在可行，就成全你也無不可。如果你意存奸詐，休怪我無情毒手，讓你知道我西方野佛雅各達也不是好惹的！」

那怪物聞言，驚呼道：「你就是毒龍尊者的同門西方野佛麼？你我彼此聞名，未見過面，這就難怪了。聞得你法術通玄，能放千丈魔火，怎麼會落得如此狼狽？」

西方野佛怒道：「你先莫問我的事，且說你是什麼東西變化的吧。」

那怪物道：「道友休要出口傷人。我也不是無名之輩，我乃百蠻山陰風洞綠袍老祖便是。自從那年在西藏與毒龍尊者鬥法之後，回山修煉，多年未履塵世。去年毒龍尊者與我送去一信，請我到成都慈雲寺去助他徒弟俞德與峨嵋派鬥法。我正因為幾年來老吃苗人心血，想換換口味，便帶了法寶趕到成都，由地遁入了慈雲寺。到了不兩天，我先將我煉就的十萬百毒金蠶蠱，由夜間放到敵人住的碧筠庵內，想將峨嵋派一網打盡。不想被一個對頭識破，首先有了防備，不知道他用的什麼法寶，將我金蠶蠱傷去大半。我在慈雲寺心中一痛，便知不好，還算見機得早，趕快用元神將蠱收回。

「第二天晚上，峨嵋派的醉道人來定交手日期，我想拿他解解恨，未及我走到他身前，忽從殿外飛來一道金光將他救走。我豈能放過，一面將法寶祭起，追趕出來。他們好不歹毒，故意叫醉道人引我出來，等我放蠱去追，才由頭次破我法的對頭放出千萬道紅絲般的細針，將我多年心血煉就的金蠶蠱兩頭截斷，失了歸路，一個也不曾逃脫，全被刺死。我忿極拚命，自現元神，二次將修羅旛祭起。正要取勝，誰知敵人準備周密，能手來了好幾個。先飛來一塊五雲石，將旛打折。接著又是匹練般一道金光捷如閃電飛來，將我腰斬。

「我腦內藏有一粒玄牝珠，未受敵人損害，只要不被敵人取去，日後仍可修煉報仇。

但是敵人非常厲害，事在緊迫，來不及脫身飛走。在這間不容髮之際，我門下大弟子獨臂韋護辛辰子從陰風洞趕到，將我救到此地。我很奇怪他為何不將我救出山去，卻來此地。後來才知他救我，並不是因為我是他師父，安什麼好心，他是看中了我那粒珠子。那玄牝珠本是我第二元神，用身外化身之法修煉而成。我雖然失了半截身子，只須尋著一個資質好的軀殼，使我與他合而為一，再用我道法修煉三年零六個月，一樣能返本來面目。

「誰知這廝心存奸詐，將我帶到此地，先用假話安慰，說本山出了事不能回去，請我稍微養息，再說詳情。我見他既冒險將我救出，哪裡料到他有惡意。他趁我不防，先用我傳他的厲害法術陰魔網將這山峰封鎖，無論本領多大的人，能生入不能生出，到此休想回去。他還嫌不足，又在崖上掛起魔泉旛，以防我運用元神逃走。你看見崖上數十道細瀑，便是此旛幻景。人若打此峰逃走，崖上數十道細瀑，便化成數十條白龍將你圍住，不得脫身。

「他一切布置好後，才和我說明：我既成了殘廢，不如將玄牝珠給他成道，雖然我失去了人身，元神與他合一，也是一樣。原來他不帶我回山，並非出了什麼事，乃是想獨得我這粒玄牝珠，恐我門下十一個弟子不答應，和他為仇。打算將珠得到手中，再回山收服眾同門，自為魔祖。你說他心有多毒？只怪我當時瞎了眼，不但將平生法術傾囊傳授，還助他煉成了幾件厲害法寶。我失卻了金蠶蠱和修羅旛，第一元神被斬，不但不能制他，幾乎毀在他手裡。

「還算我主意拿得穩，自從看穿了他的奸計，一任他恐嚇哄騙，好說歹說，老守著我這第二元神不去理他。再要被他逼得太急時，我便打算和他同歸於盡。我雖然只剩了半截身子和半條臂膀，一樣可以運元神化風逃走。一則他防範周密，四面都有法術法寶封鎖；二則我的對頭太多，恐怕冤家路窄，遇上更糟，所以忍痛在此苦挨。可恨他陷我在此還不算，每隔些日，還到外面去姦淫、吃人血快活，樂享夠了，回來便千方百計給我苦吃。準備等我苦吃夠了，受不住煎熬，答應將珠獻出，他便將這玄牝珠再加一番祭煉，成為他的身外化身。以後他無論遇見多厲害的敵人，我便可以做他的替身，還可借我來抵擋別人的法寶。

「這個山峰名叫玉影峰。我住這洞沒有名，是個泉眼，裡面陰風刺骨，難受已極。他在洞前立了這麼一根平頂石柱，每次來此，叫我立在柱上，給我罪受。日前他又來到此地，他說他常回百蠻山去，我那十一個弟子都知道我死了，到處打聽仇人。才知那晚破法斬我的人並非峨嵋派，乃是峨嵋派請來的能人，當年青城派鼻祖、雲南雄獅嶺長春岩無憂洞極樂童子李靜虛。這人道法通玄，已離天仙不遠，此仇如何報法？推根尋源，仇人終是峨嵋派請來的，便尋峨嵋門下報仇。

「今年春天，居然被他們在雲南楚雄府擒住了兩個峨嵋後輩，雖然年幼，本領倒也不弱。他們將這二人擒回山去拷問，無心中聽被擒的人說起，我雖然被李靜虛所斬，上半截屍身卻不知去向等語。我二弟子紫金剛龍靈知道我有第二元神，既然上半截屍身不見，定然化遁飛去。又知惡徒辛辰子與我是先後腳到的慈雲寺，如何他幾次回山不見提起？漸漸對他起了疑心，因為本領都不如他，只好強忍在心裡。

「他見眾人詞色不對，恐久後敗露，到底眾寡不敵，特地趕回來，限我十日內將珠獻出。他已將此峰四面封鎖，不怕我飛去。期滿不獻，便用極厲害的陰火，將我化成飛灰，以除後患。說罷，又在我的傷處照老法子給我刺了十幾下魔針，讓我受夠了罪，這才急匆匆走去。我看他很慌張，好似有什麼要事在身的神氣。這山是多少窮山惡嶺當中一個溫谷，亙古少人行跡，仙凡都走不到此。明知無人前來救我，也不能不作萬一之想，我便在洞中藉著山谷回音大喊，連喊了八九日。天幸將道友引來，想是活該他惡貫滿盈，我該脫難報仇了。」

西方野佛一聽，他是南派魔教中的祖師綠袍老祖，大吃一驚。暗想：「久知他厲害狠毒，從來不說虛話，說得到行得出。前數月聽人說，他已在成都身死，不想還剩半截身子活在此地。今日既然上了這座山峰，如不助他脫險，說不定還得真要應他之言，來得去不得。但是自己法寶盡失，已成殘廢。那獨臂韋護辛辰子的厲害也久有耳聞，正不亞於綠袍老祖。倘若抵敵不過，如何是好？」一路盤算，為難了好一會，才行答道：

「想不到道友便是綠袍老祖，適才多有失敬。以道友這麼大法力，尚且受制於今高徒。不瞞道友說，以前我曾煉有幾件厲害法寶，生平倒也未遇見幾個敵手。不想今日遇見幾個無名小輩，鬧得身敗名裂，法寶盡失。萬一敵令徒不過，豈不兩敗俱傷？」

綠袍老祖道：「道友既能遁上這個山峰，便能救我。只問你有無誠心，如真打算救我出險，並非難事。剛才我說的話，並非故意恫嚇，道友不信，可試走一走看，能否脫身離此，便可明白。」

第九章　一息尚存

西方野佛暗想：「他說得辛辰子如此厲害，我就打算救他，也須試一試看，省得他日後小覷了我。」便答道：「如果道友看我果真能力所及，決不推委。不過我還要試一試令徒的法力，如能隨便脫身，豈不省事？」說罷，便要借遁走去。

綠袍老祖連忙攔阻道：「道友且慢。你如真要試驗我那惡徒法力，千萬須要小心。那旁現有樹林，何不用法術推動以為替身，省得自己涉險？」

西方野佛見綠袍老祖說得如此慎重，驚弓之鳥，倒也不敢大意。果然拔起一根小樹，口中唸唸有詞，喝一聲：「起！」那樹便似有人在後推動，直往潭上飛去。眼看要飛出峰外，忽聽下面一陣怪叫，接著天昏地暗，峰後壁上飛起數十條白龍，張牙舞爪，從陰雲中飛向峰前。一霎時烈火飛揚，洪水高湧，山搖地轉，立足不定。眼看那數十條白龍快要飛到峰上，猛聽一聲慘叫，一團綠陰陰的東西從石柱旁邊飛起，與那數十條白龍才一照面，一會工夫，水火狂全都消滅，天氣依舊清明。再看那株樹，業已不見絲毫蹤影。

綠袍老祖半截身軀斜倚在洞旁石壁上，和死去了一般。西方野佛不由暗喊慚愧。看辛辰子所用的法術，分明是魔教中的厲害妖法地水火風。那數十條白龍般的東西，更不知路數同破法。如果自己紫金缽盂未破，還可抵敵。後悔不該大意誤入羅網，恐怕真要難以脫身也說不定。正在沉思，忽見綠袍老祖身軀轉動，不一會，微微呻吟了一下，活醒轉來。說道：「道友大概也知道這個孽障的厲害了吧，若非道友用替身試探，我又將元神飛出抵擋，且難討公道呢？」

西方野佛含愧道：「適才見道友本領高強，何以還是不能脫身，須要藉助他人呢？」

綠袍老祖道：「道友只知孽障法術厲害，卻不知他防備更是周密。他防我遁去，除用法術法寶封鎖外，還在我身上傷口處同前後心插上八根魔針。他這魔針乃子母鐵煉就，名為九子母元陽針。八根子針插在我身上，一根母針卻用法術鎮在這平頂石柱之下。如不先將母針取去，無論我元神飛遁何方，被他發覺，只須對著母針念誦咒語，我便周身發火，如同千百條毒蟲鑽咬難過。因為我身有子針，動那母針不得，只好在此度日如年般苦挨。只須有人代我將母針取出毀掉，八根子針便失了效用。我再將元神護著道友，就可一同逃出羅網了。我但能生還百蠻山，便不難尋到一個根骨深厚的人，借他軀殼變成為全人了。」

西方野佛聞言，暗想：「久聞這廝師徒多人，無一個不心腸歹毒，莫要中了他的暗算？既然子母針如此厲害，我只須將針收為己有，便不愁他不為我用，我何不如此如此？」主意想好，便問：「那母針如何取法？」

綠袍老祖道：「要取那針不難。並非我以小人之心度你，只因我自己得意徒弟尚且對我如此，道友尚是初會，莫要我情急亂投醫，又中了別人圈套。我對道友說，如真願救我，你我均須對天盟誓，彼此都省了許多防範之心。道友以為如何？」

西方野佛聞言，暗罵：「好一個奸猾之徒！」略一沉吟，答道：「我實真心相救，道友既然多疑如此，我若心存叵測，死於亂箭之下。」

綠袍老祖聞言大喜，也盟誓說：「我如恩將仇報，仍死在第二惡徒之手。」

二人心中正是各有打算，且自不言。綠袍老祖發完了誓，一字一句地先傳了咒語。接著叫西方野佛用禪杖先將石柱打倒，柱底下便現出一面大旛，上面畫有符，符下面埋著一根一寸九分長的鐵針。然後口誦護身神咒，將那針輕輕拔起，將針尖對著自己，口誦傳的咒語。將針收到後，再傳他破針之法，才可取那八根子針。

西方野佛哪知就裡，當下依言行事。一禪杖先將石柱打倒，果然山石上有一道符，下面有一根光彩奪目的鐵針。知道是個寶貝，忙念護身神咒，伸手捏著針頭往上一提。那針便黏在手上，發出綠陰陰的火光，燙得手痛欲裂，丟又丟不掉。他先前取針時，見綠袍老祖嘴皮不住喃喃顫動，哪裡知道這火是他鬧的玄虛，只痛得亂嚷亂跳。綠袍老祖冷冷地說道：「你還不將針尖對著我念咒，要等火將你燒死麼？」

西方野佛疼得也不暇尋思，忙著咬牙負痛，將針對著綠袍老祖，口誦傳的咒語。果然才一念誦，火便停止。那咒語頗長，稍一停念，針上又發出火光。不敢怠慢，一口氣將咒念完。他念時，見綠袍老祖舞著一條細長鳥爪似的臂膀，也在那裡唸唸有詞，臉上神氣也帶著苦痛。等到自己剛一念完，從綠袍老祖身上飛出八道細長黃煙，自己手上的針也發出一溜綠火脫手飛去，與那八道細長黃煙碰個正著。忽然一陣奇腥過去，登時煙消火滅。

綠袍老祖獰笑道：「九子母元陽針一破，就是孽障回來，我也不愁不能脫身了。」說罷，朝天揮舞著一條長臂，又是一陣怪笑，好似快樂極了的神氣。西方野佛忿忿說道：「照你這一說，那針已被你破了，你先前為何不說實話？」

綠袍老祖聞言，帶著不屑神氣答道：「不錯，我已將針破了。實對你說，這針非常厲害，我雖早知破針之法，無奈此針子母不能相見，子針在我身上，我若親取子針，便要與針同歸於盡。適才見你舉棋不定，恐你另生異心，我如將真正取針之法寶傳了你，此寶不滅，早晚必為我害。所以我只傳你取母針之法，使你先用母針將我子針取出，九針相撞，自然同時消滅，無須再煩你去毀掉它了。我只為此針所苦，沒有母針不能去收子針，我自己又不能親自去取那母針，須假手外人，因此多加一番小心，倒害你又受一點小苦了。」

西方野佛見上了綠袍老祖的大當，還受他奚落，好不忿恨，知道敵他不過，只得強忍在心。勉強笑答道：「道友實是多疑，我並無別意。如今你我該離開此地了吧？」

綠袍老祖道：「孽障今明日必回，我須要教他難受難受再走。」說罷，對著洞中念了一會兒咒語，揮著長臂，叫西方野佛將他抱起，自會飛下峰去。西方野佛無奈，剛將他半截身軀抱起，只聽他口才喊得一聲：「走！」便見一團綠光將自己包圍，立刻身子如騰雲駕霧一般下了高峰，綠光中只聽得風聲呼呼，水火白龍一齊擁來，只見那團綠光帶著自己上下翻滾了好一會，才得落地。猛聽濤聲震耳，回望山崖上，數十道細瀑不知去向，反掛起一片數十丈長、八九丈寬的大瀑布，如玉龍夭矯，從天半飛落下來。

正要開言，綠袍老祖道：「孽障的法術法寶俱已被我破去，他素性急暴，比我還甚，回來知我逃走，不知如何忿恨害怕。可惜我暫時不能報仇，總有一天將他生生嚼碎，連骨渣子也咽了下去，才可消恨呢！」說罷，張著血盆大口，露出一口白森森的怪牙，將牙錯得山響。

西方野佛由恨生怕，索性人情做到底，便問是否要送他回山。綠袍老道道：「我原打算回山，先尋找一個有根基的替身，省得我老現著這種醜相。不過現在我又想，我落得這般光景，皆因毒龍尊者而起。聽孽障說，他現在紅鬼谷招聚各派能人，準備端陽與峨嵋派一決雌雄。他煉有一種接骨金丹，於我大是有用。你如願意，可同我一起前去尋他，借這五月端午機會，只要擒著兩個峨嵋門下有根基之人，連你也能將殘廢變成完人，豈不是好？」

西方野佛當初原與毒龍尊者同師學道，本領雖不如毒龍尊者，但是仗有魔火、金盂，生平少遇敵手，有一時瑜亮之稱。只因西方野佛性情褊忌，一味自私，不肯與毒龍尊者聯合，居心想苦煉多年，再將雪魂珠得到手中，另行創立門戶。不想遇見幾個不知名的少年女子，失寶傷身。自己勢盛時不去看望毒龍尊者，如今失意，前去求人，未免難堪。

正在沉思。綠袍老祖素來專斷，起初同他商量，總算念他救命之恩，十二分客氣。見他沉吟不語，好生不快，獰笑一聲，說道：「我素來說到做到，念你幫了我一次忙，才給你說一條明路，怎麼不知好歹？實對你說，適才你代我取針之時，我看出你有許多可疑之處。如果我的猜想不差，非教你應誓不可。在我未察明以前，你須一步也不能離開。我既說了，去也得去，不去也得去。如若不然，教你知我的厲害！」

這一番蠻橫不近人情的話，慢說是西方野佛，無論誰聽了也要生氣。無奈西方野佛新遭慘敗之後，久聞綠袍老祖凶名，又加適才眼見破針以後，運用元神滿空飛舞，將辛辰子設下的法術法寶破個淨盡，已然嘗了味道。若論自己本領，縱然抵敵不過，要想逃走，卻非不可能。一則自己平素就是孤立無援的，正想拉攏幾個幫手，作日後報仇之計，如何反樹強敵？二則也想向毒龍尊者討取接骨金丹，接續斷臂。想來想去，還是暫時忍辱為是。便強作笑容，對綠袍老祖道：「我並非是不陪你去，實因毒龍尊者是我師兄，平素感情不睦，深恐此去遭他輕視，所以遲疑。既然道友要去，我一定奉陪就是。」

綠袍老祖道：「這有什麼可慮之處？想當初我和他在西靈峰鬥法，本準備拚個死活存亡，不料白眉和尚帶著兩個扁毛畜生想於中取利，被我二人看破，合力迎敵，白眉和尚才行退去，因此倒變仇為友。要論他的本領，如何是我的敵手？上次慈雲寺他不該取巧，自己不敢前去，卻教我去上這大當。我正要尋他算帳，你隨我去，他敢說個不字，日後我自會要他好看。」西方野佛聽他如此說法，便也無有話說。

綠袍老祖剛叫西方野佛將他半截殘軀抱起動身，忽聽呼呼風響，塵沙大起。綠袍老祖厲聲道：「孽障來了，還不快將我抱起快走！」

西方野佛見綠袍老祖面帶驚慌，也著了忙。剛將綠袍老祖抱起，東南角上一片烏雲黑霧，帶起滾滾狂風，如同饑鷹掠翅般，已投向那座山峰上面。綠袍老祖知道此時遁走，必被辛辰子覺察追趕，自己替身尚未尋到，半截身軀還要靠人抱持，對敵時有許多吃虧的地方，西方野佛又非來人敵手。事在緊急，忙伸出那一隻鳥爪般長臂，低告西方野佛不要出聲，口中唸唸有詞，朝地上一畫，連自己帶西方野佛俱都隱去。

西方野佛見綠袍老祖忽又不走，反而用法術隱了身形，暗自驚心，一面暗中準備脫身之策，靜悄悄朝前看去。那小峰上已落下一個斷了一隻臂膊的瘦長人，打扮得不僧不道，赤著雙腳，手上拿著一把小刀，閃閃發出暗紅光亮。遠遠看過去，面貌猙獰，生得十分凶惡。那瘦長人落地便知有異，再一眼看到細瀑不流，石柱折斷，愈加忿怒。仰天長嘯了一聲，聲如梟嗥，震動林樾，極為淒厲難聽。隨又跑到綠袍老祖藏身的洞口。

第十回　晶球幻影

剛要往前探頭，忽從洞內飛起兩三道藍晶晶的飛絲。那瘦長人又怪嘯了一聲，化成一溜綠火，疾如電閃般避到旁邊。從身上取出一樣東西，才一出手，發出五顏六色的火花，飛上去將那幾道藍絲圍住。等到火花被瘦長人收回，藍絲已失了蹤跡。

西方野佛看得仔細，那藍絲出來得比箭還疾，瘦長人驟不及防，臉上好似著了一下。藍絲破去後，那瘦長人又暴跳了一陣，飛起空中，四外尋找蹤跡。不一會，跳到這面坡來，用鼻一路聞嗅，一路找尋。

西方野佛才看出這人是一隻眼，身軀長得瘦長，長臉上瘦骨嶙峋，形如骷髏，白灰灰地通沒絲毫血色。左臂業已斷去，衣衫只有一隻袖子，露出半截又細又長又瘦的手臂，手上拿著一把三尖兩刃小刀和一面小旛。渾身上下似有煙霧籠罩，口中不住地喃喃念咒，不時用刀往四處亂刺山石樹木，著上便是一溜紅火。

西方野佛抱著綠袍老祖，見來人漸走漸近，看敵人舉動，估量已知道綠袍老祖用的是隱身之法，心中一驚。略一轉動，覺著臂上奇痛徹骨，原來是綠袍老祖鳥爪般的手將他捏了一下。強忍痛楚，再看綠袍老祖臉上，仍若無事一般。同時又看敵人業已走到身旁，手上的刀正要往自己頭上刺到。忽聽山峰上面起了一種怪聲，那瘦長人聽了，張開大口，把牙一錯，帶著滿臉怒容，猛一回頭，駕起煙霧，往山峰便縱。身子還未落在峰上，忽從洞內飛起一團綠影，破空而去。

那長人大叫一聲，隨後便追。眼看長人追著那團綠影，飛向東南方雲天之中，轉眼不見。猛聽綠袍老祖喊一聲：「快走！」身子已被一團綠光圍繞，直往紅鬼谷飛去。約有個把時辰，二人到了喜馬拉雅山紅鬼谷外落下。

綠袍老祖道：「前面不遠，便是紅鬼谷。適才若非我見機，先下了埋伏和替身，那孽障嗅覺最靈，差點沒被他看破。他雖未死，已被我用碧血針刺瞎一目，總算先出一口惡氣了。我們先歇一會，等我吃頓點心再走進去，省得見面不好意思，我已好幾個月沒吃東西了。」

西方野佛久聞他愛吃人的心血，知道他才脫羅網，故態復萌。心想：「紅鬼谷有千百雪山圍繞，亙古人蹤罕到，來此的人俱都與毒龍尊者有點淵源，不是等閒之輩，倒要看他是如何下手。」卻故意解勸道：「我師兄那裡有的是牛羊酒食，我們既去投他，還是不要造次為好。」

綠袍老祖冷笑道：「我豈不知這裡來往的人大半是他的門人朋友？一則我這幾月沒動葷，要開一開齋；二則也是特意讓他知道知道，打此經過的要是孤身，我還不下手呢。他若知趣的，得信出來將我接了進去，好好替我設法便罷；不然，我索性大嚼一頓，再回山煉寶報仇，誰還怕他不成？」

西方野佛見他如此狂法，便問道：「道友神通廣大，法力無邊。適才辛辰子來時，你我俱在暗處，正好趁他不防，下手將他除去，為何反用替身將他引走？難道像他這種忘恩叛教之徒還要姑息麼？」

綠袍老祖道：「你哪知我教下法力厲害。他一落地，見寶旛法術被人破去，以為我已逃走。偏我行法時匆忙了一些，一個不周密，被他聞見我遺留的氣味尋蹤而至，他也知我雖剩半截身子，並不是好惹的，已用法術護著身體。他拿的那一把妖魔血刃，乃是紅髮老祖鎮山之寶，好不厲害，不知怎地會被他得到手中。此時若要報仇，除非與他同歸於盡，未免不值。再者，我還想回山煉了法寶，將他擒到後，細細磨折他個幾十年，才將他身體靈魂化成灰煙。現在將他弄死，也太便宜了他。因見他越走越近身前，我才暗誦魔咒，將洞中昔日準備萬一之用的替身催動，將他引走。他已差不多盡得我的真傳，只功行還差了一點。那替身不多時便會被他追上發覺，他必認為我逃回山去，我門下弟子還多，各人都煉有厲害之寶，他決不敢輕去涉險。等我尋到有根基道行軀殼復了原身，便不怕他了。」

二人正說之間，忽然東方一朵紅雲如飛而至，眨眨眼入谷內去了。綠袍老祖道：「毒龍尊者真是機靈鬼，竟將我多年不見的老朋友東方魔鬼祖師五鬼天王請來。若能得他幫忙，不難尋李靜虛賊道報仇了。」言還未了，又聽一陣破空聲音，雲中飛來兩道黃光，到了谷口落下。

西方野佛還未看清來人面目，忽聽綠袍老祖一聲怪笑，一陣陰風起處，綠煙黑霧中現出一隻丈許方圓的大手，直往來人身後抓去。剛聽一聲慘叫，忽見適才那朵紅雲較前還疾，從谷內又飛了出來，厲聲說道：「手下留人，尚和陽來也！」

說罷，紅雲落地，現出一個十一二齡的童子，一張紅臉圓如滿月，濃眉立目，大鼻闊口。穿一件紅短衫，赤著一雙紅腳，頸上掛著兩串紙錢同一串骷髏骨念珠。一手執著一面金幢，一手執著一個五老鎚，鎚頭是五個骷髏攢在一起做成，連鎚柄約有四尺。滿身俱是紅雲煙霧圍繞。西方野佛認出來人是五鬼天王尚和陽，知他的厲害，連忙起身為禮。

尚和陽才同綠袍老祖照面，便厲聲說道：「你這老不死的殘廢！哪裡不好尋人享用，卻跑在朋友門口作怪，傷的又是我們的後輩。我若來遲一步，日後見了鳩盤婆怎好意思？快些隨我到裡面去，不少你的吃喝。還要在此作怪，莫怨我手下無情了。」

綠袍老祖哈哈笑道：「好一個不識羞的小紅賊！我尋你多年，打聽不出你的下落，以為你已被優曇老乞婆害了，不想你還在人世。我哪裡是有心在此吃人，只為谷內毒龍存心害我，差點在慈雲寺吃李靜虛賊道喪了性命。他既知我上半截身軀飛去，就該尋找我的下落，用他煉就的接骨丹與我尋一替身，使我仍還本來，才是對朋友的道理。因他置之不理，害我只剩半截身軀，還受了惡徒辛辰子許多活罪。今日特意來尋他算帳，打算先在他家門口掃掃他的臉皮，就便吃一頓點心。既遇見你，總算幸會，活該我口中之食命不該絕。我就隨你進去，看他對我怎生發付？你這樣氣勢洶洶的，不過是欺我成了殘廢，誰還怕你不成？」

先前黃光中現出的人，原是兩個女子，一個已被綠袍老祖大手抓到，未及張口去咬，被尚和陽奪了去。他二人是女魔鳩盤婆的門下弟子——金姝、銀姝。因接了毒龍尊者請柬，鳩盤婆長於先天神數，最能前知，算出各異派俱不是峨嵋對手，不久正教昌明，自己雖也是劫數中人，總想設法避免，不願前來染這渾水，又不便開罪朋友，便派金姝、銀姝二人到來應應卯，相機行事。不想剛飛到谷口，銀姝險些做了綠袍老祖口內之食。

她二人俱認得五鬼天王尚和陽是師父好友，他在此便不妨事。於是走了過來，等尚和陽和綠袍老祖談完了話，先向尚和陽道謝救命之恩。然後說道：「家師因接了毒龍尊者請柬，有事在身，特命弟子等先來聽命。原以為到了紅鬼谷口，在毒龍尊者仙府左近，還愁有人欺負不成？自不小心，險些送了一條小命。可見我師徒道行淺薄，不堪任使，再留此地，早晚也是丟人現眼。好在毒龍尊者此次約請的能人甚多，用弟子等不著，再者弟子也無顏進去。求師伯轉致毒龍尊者，代弟子師徒告罪。弟子等回山，如不洗卻今朝恥辱，不便前去拜見。恕弟子等放肆，不進去了。」

綠袍老祖聽她二人言語尖刻，心中大怒，不問青紅皂白，又將元神化成大手抓去。金姝、銀姝早已防備，不似適才疏神，未容他抓到，搶著把話說完，雙雙將腳一頓，一道黃煙過處，蹤跡不見。

尚和陽哈哈大笑道：「果然強將手下無弱兵。綠賊早晚留神鳩盤婆尋你算帳吧。」綠袍老祖二次未將人抓著，枉自樹了一個強敵，又聽尚和陽如此說法，心中好生忿怒。只因尚有求人之處，不得不強忍心頭，勉強說道：「我縱橫二三百年，從不怕與哪個作對。鳩盤老乞婆恨我，又奈我何？」

尚和陽也不去理他。他和西方野佛早先原也交好，見他也斷了一隻臂膀，扶著綠袍老祖半截身軀，神態十分狼狽，便問他因何至此。西方野佛把自己的遭遇大概說了一遍，只不說出事因雪魂珠而起。

尚和陽聞言大怒道：「這些乳毛未乾的無知小輩，竟敢如此猖狂！早晚教他們知我的厲害！」便約二人進去。西方野佛又問：「毒龍尊者此次約請的都是什麼能人？」

尚和陽道：「我自從開元寺和優曇老尼、白谷逸老鬼夫妻鬥法敗了以後，知道現在普天之下，能敵我的人尚多，如極樂童子李靜虛、優曇老尼和峨嵋一黨的三仙二老，俱是我的大對頭。決意撇了門人妻子，獨個兒跑到阿爾卑斯高峰絕頂上，煉成一柄魔火金幢同白骨鎖心鎚。

「我那魔火與你煉的不同，無論仙凡被火罩住，至多七天七夜，便會化成飛灰。世上只有雪魂珠能破我的魔火。但是那顆珠子藏在千百雪山中間的盤古冰層之下，須要有通天徹地的本領。先尋著真實所在，住上幾年，每日用真火暖化玄冰。最後測準地方，由千百餘丈冰層中穿通地竅，用三昧真火護著全身，冒險下去，須要與那藏珠的所在黍粒不差，才能到手。

「我缺少兩樣法寶，準備煉成後，定將此珠得到，以除後患。各派現在都忙於煉寶劍，準備三次峨嵋鬥劍，知道此珠來歷的人極少。我也是前日才聽一個朋友說起此珠厲害，能破去我的魔火。出山以後，正想命我大徒弟胡文玉日內移居在那裡看守，以防被人知道得去。後接到毒龍尊者請柬，他因鑑於上次成都鬥法人多並不頂用，所以這次並未約請多人，除我外，只約了萬妙仙姑和鳩盤婆。如果這次到青螺峪去的是些無名小輩，我們還無須出頭。不過因聽傳說，峨嵋掌教也要前來，不得不作一準備罷了。」

言還未了，忽然一道黃煙在地下冒起，煙散處現出一個番僧打扮的人，說道：「嘉客到此，為何還不請進荒谷敘談，卻在此地閒話？難道怪我主人不早出迎麼？」來人身材高大，聲如洪鐘，正是西藏派長教毒龍尊者。綠袍老祖一見是他，不由心頭火起，罵一聲：

「你這孽龍害得我好苦！」張開大手，便要抓去。

尚和陽見二人見面便要衝突，忙伸左手，舉起白骨鎚迎風一晃，發出一團愁煙慘霧，鬼哭啾啾，一齊變活，各伸大口，露出滿嘴白牙，往外直噴黑煙。尚和陽攔住綠袍老祖罵道：「你這綠賊生來就是這麼小氣，不問親疏黑白，一味賣弄你那點玄虛。既知峨嵋厲害，當初就不該去；去吃了虧，不怪自己本領不濟，卻來怪人，虧你不羞，還好意思！有我尚和陽在此，連西方道友也算上，從今日起，我等四人應該聯成一氣，互相幫忙，誓同生死，圖報昔日之仇。免得人單勢孤，受人欺侮。你二人的傷處，自有我和毒龍道友覓有根基的替身，用法力與你們接骨還原。再若不聽我言，像適才對待鳩盤門下那般任性妄為，休怨我尚和陽不講情面了！」

綠袍老祖聞言雖然不快，一則尚和陽同毒龍尊者交情比自己深厚，兩人均非易與，適才原是想起前怨，先與毒龍尊者來一個下馬威，並非成心拚命；二則尚和陽雖然出言專橫，自己正有利用他之處，他所說之言也未嘗不合自己心意，樂得藉此收場。便對尚和陽答道：「紅賊你倒說得對，會做人情。我並非自己吃了仇人的虧埋怨朋友，他不該事後知我元神遁走不聞不問，累我多日受惡徒寒風烈火毒針之苦。既是你二人都肯幫我接骨還原，只要他今日說得出理來，我就饒他。」

毒龍尊者見綠袍老祖發怒動手，自己一來用人之際，又是地主，只一味避讓，並未還手。一聞此言，哈哈笑道：「道友你太錯怪我了。去年慈雲寺不瞞你說，我實是因為法寶尚未煉成，敵優曇老尼不過，才請道友相助小徒，事先也曾明言敵人實情。萬沒料到素來不管閒事的李靜虛賊道會同道友為難。慢說我聞得道友元神遁走，決不會置之不理，就是小徒俞德，他也曾在事後往道友失手的地方仔細尋找，因為上半截法身找尋不見，戴家場敗後回來稟報。

「我為此事，恨敵人如同切骨，忙命門下採藥煉丹，還託人去陷空老祖那裡求來萬年續斷接骨生肌靈玉膏，以為你一定要來尋我，好與你接續原身。誰知等了多日不見你來，又派人到處打聽下落。還是我門下一個新收門徒名喚汪銅的，新近從峨嵋派中得知你被一個斷臂的搶去。我知令徒辛辰子從前因犯過錯，曾被你嚼吃了一條臂膀，後來你看出他對你忠心勤苦，將你本領道法傾囊相授，成了你門下第一個厲害人物。你既不來，想是被他救回山去，已想法將身體還原。

「我再命門人到寶山探望，見到你門下兩代弟子三十五人，只不見你和辛辰子。我門下說了來意，他們異口同聲說，不但你未回山，辛辰子雖然常去，並未提及你還在人世。他們早疑辛辰子作怪，聞得此言，越發要向他追問根由。我得了此信，才知事有變故，說不定辛辰子欺你重寶盡失，奈何他不得，想起你昔日咬臂之仇，又看中你那粒元神煉成的珠子，要加害於你。正準備過了端陽，親自去尋辛辰子追問，不想你今日到此。怎麼就埋怨我忘情寡意呢？」

綠袍老祖正要答言，西方野佛已上前先與毒龍尊者見禮，轉對綠袍老祖道：「先前我聽道友說，便知事有差池，我師兄決不如此薄情。如今真情已明，皆是道友惡徒辛辰子之罪。我們可以無須問難，且等過了端陽，將諸事辦完以後，上天入地尋著那廝，明正其罪便了。道友血食已慣，既然數月未知肉味，不如我們同進谷去，先由師兄請道友飽餐一頓，再作長談吧。」尚和陽也催著有話到裡面去再說。毒龍尊者為表示歉意，親自抱了綠袍老祖在前引路。

毒龍尊者移居紅鬼谷不久，西方野佛尚是初來，進谷一看，谷內山石土地一片通紅。入內二十餘里，只見前面黃霧紅塵中隱隱現出一座洞府。洞門前立著四個身材高大的持戈魔士，見四人走近，一齊俯伏為禮。耳聽一陣金鐘響處，洞內走出一排十二個妙齡赤身魔女，各持舞羽法器，俯伏迎了出來。

那洞原是晶玉結成，又加毒龍尊者用法術極力經營點綴，到處金珞瓔花，珠光寶氣，襯著四外晶瑩洞壁，宛然身入琉璃世界。西方野佛心中暗暗慚愧：「自己與毒龍尊者同師學道，只為一時負氣，一意孤行。別了多年再行相見，不想毒龍尊者半途又得了天魔真傳，道力精進，居然作了西藏魔教之祖。自己反落成一個殘廢，向他乞憐。這般享受，生平從未遭遇過一天。反不如當初與他合同組教，何至今日？」不由愧悔，心中難受。

綠袍老祖見著左右侍立的這些妖童魔女，早不禁笑開血盆大嘴，饞涎欲滴。毒龍尊者知他毛病，忙吩咐左右急速安排酒果牲畜，一面著人出去覓取生人來與他享用。侍立的人領命去後，不多一會，擺好酒宴，抬上活生生幾隻活牛羊來。毒龍尊者將手一指，那些牛羊便四足站在地下，和釘住似地不能轉動。

在座諸人宗法稍有不同，奉的卻都是魔教，血食慣了的。由毒龍尊者邀請入席坐定後，綠袍老祖更不客氣，兩眼覷準了一隻肥大的西藏牛，身子倚在錦墩上面，把一隻鳥爪般的大手伸出去兩丈多遠，直向牛腹抓去，將心肝五臟取出，回手送至嘴邊，張開血盆大口一陣咀嚼，咽了下去。隨侍的人連忙用玉盤在牛腹下面接了滿滿一盤子血，捧上與他飲用。似這樣一口氣吃了兩隻肥牛、一隻黃羊的心臟，才在錦墩上昏昏睡去。

毒龍尊者、尚和陽、西方野佛三人，早有侍者依照向例，就在鮮活牛羊的脊背上將皮劃開，往兩面一扯，露出紅肉。再用刀在牛羊身上去割片下來，放在玉盤中，又將牛羊的血兌了酒獻上。可憐那些牲畜，臨死還要遭這種凌遲碎剮，一刀一刀地受零罪。又受了魔法禁制，口張不閉，腳也一絲不能轉動，只有任人細細宰割，疼得怒目視著上面，兩眼紅得快要發火一般。

這些魔教妖孽連同隨侍的人們，個個俱是殘忍性成，見那些牛羊掙命神氣，一些也不動惻隱。西方野佛更呵呵大笑道：「異日擒到我們的對頭，須要教他們死時也和這些牛羊一樣，才能消除我們胸中一口惡氣呢！」又對毒龍尊者說起在鬼風谷遇見那幾個不知來歷的少年男女同自己失寶受傷之事。毒龍尊者聞言，怒道：「照你說來，定是俞德在成都所遇峨嵋門下新收的一些小狗男女了。」

西方野佛道：「我看那些人未必都是峨嵋門下。我初遇見的兩個年青賤婢，騎著一隻大鵰。內中一個年紀才十三四歲的，佩著一柄寶劍，一發出手，便似長虹般一道紫光。我那轉輪盂，也不知收過多少能人的飛劍法寶，竟被她那道劍光穿破了去。後來我用魔火將這兩人圍住時，那道紫光在魔火陣中亂閃，竟傷她們不得。救去這兩個小賤婢的女子更是厲害，竟能飛進魔火陣中將人救出。也不知她用什麼法寶封鎖去路，若非我見機，捨卻一條手臂逃去，差點被她們擒住。那隻扁毛畜生也是非同小可，本領稍差的人，決難制服收為坐騎。峨嵋派幾個有本領的人，大半我都知道，並不覺怎麼出奇。豈有他們新收的門人，會有這麼大本領之理？」

毒龍尊者道：「你哪裡知道。近年來各派都想光大門戶，廣收門徒，以峨嵋派物色去的人為最多。據俞德說，峨嵋門下很有幾個青出於藍的少年男女門人，連曉月禪師、陰陽叟二人那樣高深道法，竟都奈何他們不得，可想而知。只沒有聽見說起過有騎鵰的女子，不是峨嵋門下，必定是他們請來破青螺的黨羽。我看這回我們想暫時先不露面，還未必能行呢。」

尚和陽道：「若論各派中能用飛禽做坐騎的，以前還有幾個。自從寶相夫人在東海兵解後，她騎的那隻獨角神鷲，只近年在小崑崙有人見過一次，便不聽有人說起。白眉和尚坐下兩隻神鵰，五十年前白眉和尚帶著牠們去峨嵋參拜寶光，入山後便連那兩隻神鵰俱都不知去向。後來有不少能人想見他，把峨嵋前後山找了個遍，也不能得他蹤跡。都猜他參拜寶光遇見佛緣，飛升極樂，以後也不見有人提起。除這幾個厲害的大鳥外，現時只剩下峨嵋派髯仙李元化有一隻仙鶴，極樂童子李靜虛新近收服了一隻金翅大鵬。此外雖也有兒個騎禽的，不是用法術駕馭，便是騎了好玩，不足為奇。

「白眉和尚的鵰，原是一黑一白。先前在谷外，我一聽你說那鵰的形狀，便疑是那隻黑的，正趕上忙於大家相見，未及細問。現在再聽你說第二回，越發是那隻黑鵰無疑。這兩隻鵰跟隨白眉和尚三百多年，再加上原有千年道行，業已精通佛法，深參造化，雖暫時還未脫胎換骨，已是兩翼風雲，頃刻千里，相差一點的法寶法術，休想動牠們身上半根毛羽。白的比黑的還要來得厲害。如果峨嵋派要真將白眉和尚請來，這次勝負且難說呢。」

正說之間，一道光華如神龍夭矯，從洞外飛人。

毒龍尊者連忙起身道：「俞德回來說仙姑早就動身，如何今日才到？」言還未了，來人已現身出來，答道：「我走在路上，想起一樁小事，便請令徒先回。二次動身，在路上遇見以前崑崙派女劍仙陰素棠，爭鬥了一場，倒成了好相識。我知道她自脫離了崑崙派，不甚得意，想用言語試探，約她與我們聯合一氣，便隨她回山住了些日，所以來遲了一步。」

尚和陽與西方野佛見來人正是萬妙仙姑許飛娘，互相見完了禮。綠袍老祖喝醉了牛羊血，也醒過來。萬妙仙姑未料到他雖然剩了半截身子，還沒有死，知他性情乖戾，連忙恭敬為禮。

大家正落座談話，忽見俞德從外面進來，朝在座諸人拜見之後，說道：「弟子奉命到青海柴達木河畔請來師文恭師叔，他說有許多不便，不願來見師父。只允到青螺暫住，候至端陽幫完了忙，就回青海去。再三囑咐，不許驚動師父。弟子恐得罪了他，所以未來覆命。前夜師師叔到後，先將青螺用法術封鎖，只留下正面谷口誘敵，準備來人易入難出。今日中午，弟子隨師師叔出去到雪山頂上遊玩，弟子偶爾說起日前聽青螺八位師弟講，小長白山玄冰谷內潛修的女殃神鄭八姑將雪魂珠得去，西方師叔曾去索取，一去不歸等語。師師叔聞言，便叫弟子領去與那鄭八姑見上一面。剛剛走至離小長白山不遠處，便遇見一隻火眼金睛的大黑鵰，背上騎著兩個少年女子，由鬼風谷那邊高峰上走了下來，並不飛行，只是騎著行走，後面還有一個女子步行隨送。

「弟子認得那賤婢正是在成都遇見過的周輕雲。正對師師叔說那賤婢的來歷，鵰背上女子早跳了下來，手揚處，便有一道數十丈長的紫光發出。周輕雲這賤婢和另一個女子，也各將劍光飛出，師師叔認得那道紫光來歷，連說不好，忙用遁法先遁到遠處去。因為救護弟子，慢了一些，頭髮都被削去一大半。師師叔大怒，與那三個賤婢動起手來。後來正用黑煞落魂砂將這三個賤婢罩住，忽從空中飛下幾個少年狗男女，有兩個女子不認得，餘下幾個是成都遇見過的齊靈雲姊弟和餐霞老尼門下在成都用一面鏡子破去龍飛九子母陰魂劍的女神童朱文。這還不稀奇，最奇的是竟有許仙姑門下的苦孩兒司徒平也在內，和他們一黨。法寶、飛劍如同潮湧一般紛紛祭起。

「師師叔稍不留神，吃後來的幾個狗男女破了黑煞落魂砂，將先前兩個女子救去，還中了一火球，將鬚髮燒光。弟子知道厲害，先行遁去。師師叔看出寡不敵眾，也想遁走。忽然空中呼呼作響，一隻獨角彩羽似鷹非鷹的怪鳥，連那一隻黑鵰，雙雙向師師叔抓來。師師叔上下四方一齊受敵，難於應付，等到將身遁起時，兩條手臂同時吃那兩個扁毛畜生抓住。師師叔知道難以逃走，勉強自行將手解脫。等到弟子拚命回身將師師叔救逃回來時，師師叔又中了敵人兩飛針，弟子也被削去了兩個手指。如今師師叔成了殘廢，氣忿欲死，特來請師父同諸位師伯師叔前去與他醫治報仇。」

這一番話說完，只氣得在座諸人個個咬牙切齒。尚和陽一聽雪魂珠已落對頭之手，才想起西方野佛適才對他不曾說起奪珠之事，是怕自己知道也去奪取，差點誤了自己之事。暗罵：「你這不知進退的狗殘廢，不用我收拾你，早晚叫你嘗嘗綠賊的苦頭！」心上正如此想，並未形於顏色。

毒龍尊者便問萬妙仙姑：「司徒平因何背叛？」

萬妙仙姑道：「我適才有許多話還沒有顧得向你提起。如今救人要緊，我帶有靈丹，如果斷手還在，便可接上。有什麼話，到青螺再談吧。」一句話將毒龍尊者提醒，問在座諸人可願一同前去？

西方野佛一手正扶著綠袍老祖，自忖能力現時已不如眾人，心無主意。綠袍老祖忽趁人不在意，暗中伸手拉了他一把，隨即說道：「我等當然都去，我仍請西方道友攜帶好了。」說罷，又向萬妙仙姑道：「久聞仙姑靈丹接骨如天衣無痕，不知怎麼接法，可能見告麼？」

萬妙仙姑尚是頭一次見綠袍老祖說話如此謙恭，不敢怠慢，連忙從身畔葫蘆內取出八粒丹藥，分授與綠袍老祖、西方野佛道：「此丹內有陷空老祖所賜的萬年續斷接骨生肌靈玉膏，外加一百零八味仙草靈藥，在丹爐內用文武符咒祭煉一十三年，接骨生肌，起死人而肉白骨。像二位道友這樣高深的根行，只須尋著有根基的替身，比好身體殘廢的地方將他切斷，放好丹藥，便能湊合一體。此丹與毒龍尊者所煉的接骨神丹各有妙用，請二位帶在身旁，遇見良機，便能使法體復舊如初了。」二人聞言大喜，連忙稱謝不迭。

尚和陽在旁早冷眼看出綠袍老祖存心不善。因師文恭素來看自己不起，巴不得他再遇惡人，快自己心意，也就不去管他。

毒龍尊者與師文恭交情甚深，一聽他為自己約請受了重傷，痛恨交集，恨不得急速前往青螺醫救，忙催眾人起身道：「許仙姑靈藥勝我所煉十倍，師弟與綠袍道友得了此丹，便不愁不還本來。此番同去，若是捉住幾個峨嵋小輩，既可報仇雪恨，還可使二位法體如初，豈非兩全其美？事不宜遲，我們走吧。」當下俞德早已先行，毒龍尊者陪了尚和陽、綠袍老祖、西方野佛、萬妙仙姑一齊起身出洞。

尚和陽道：「待我送諸位同行吧。」腳一頓處，一朵紅雲將四人托起空中，不頓飯時候到了青螺魔宮。迎接進去，到了裡面，見著獨角靈官樂三官同一些魔教中知名之士。因為救人情急，彼此匆匆完了禮，同到後面丹房之中。見師文恭正躺在一座雲床之上，面如金紙，不省人事，斷手放在兩旁，兩隻手臂業已齊腕斷去。

尚和陽近前一看傷勢，驚異道：「他所中的乃是天狐寶相夫人的白眉針。她如超劫出世，受了東海三仙引誘與我們為難，倒真是一個勁敵呢。此針不用五金之精，乃天狐自身長眉所煉。只要射入人身，便順著血脈流行，直刺心竅而死。看師道友神氣，想必也知此針厲害，特意用玄功阻止血行，暫保目前性命，至多只能延長兩整天活命了。」

毒龍尊者一聽師文恭中的是天狐白眉針，知道厲害，忙問尚和陽：「道兄既知此針來歷，如此厲害，難道就不知解救之法麼？」

尚和陽道：「此針深通靈性，慣射人身要穴。當初我有一個同門師弟蔡德，曾遭此針之厄。幸虧先師無行尊者尚未圓寂，知道此針來歷，只有北極寒光道人用磁鐵煉成的那一塊吸星球，可將此針仍從原受傷處吸出。一面命蔡德阻止周身血液流行，用玄功動氣將針抵住不動。一面親自去求寒光道人，借來吸星球，將針吸出。還用丹藥調治年餘，才保全了性命。自從寒光道人在北極冰解，吸星球落在他一個末代弟子赤城子手裡。赤城子自從師父冰解後，又歸到崑崙派下，因為犯了教規，被同門公議逐出門牆。只有求得他來，才能施治。但是赤城子這人好多時沒聽見有人說起，哪裡去尋他的蹤跡呢？」

毒龍尊者聞言，越加著急道：「照道友說來，師道友簡直是無救的了。」眾人便問何故。毒龍尊者道：「兩月前我師弟史南溪到此，曾說他和華山烈火祖師俱與赤城子有仇。一次路過莽蒼山狹路相逢，赤城子被他二人將飛劍破去，斷了一隻臂膀，還中了史南溪的追魂五毒砂，後來被他借遁法逃走。聽說他與陰素棠二人俱移居在巫山玉版峽，分前後洞居住，立志要報斷臂之仇。烈火祖師還可推說不是一家，史南溪明明是我師弟，誰人不知，他豈有仇將恩報的道理？」

言還未了，萬妙仙姑接口道：「赤城子我雖不熟，陰素棠倒和我莫逆，聞得她和赤城子情如夫婦。莫如我不提這裡，作為我自己托她代借吸星球，也許能夠應允。雖然成否難定，且去試他一試。此去玉版峽當日可回，終勝於束手待斃。諸位以為如何？」眾人商議了一會，除此更無良法，只得請萬妙仙姑快去快回。

萬妙仙姑走後，眾人聽說寶相夫人也來為難，知道這個天狐非同小可，不但她修道數千年煉成了無數奇珍異寶，最厲害是她這次如果真能脫劫出來，便成了不壞之身，先立於不敗之地。雖不一定怕她，總覺又添了一個強敵。

毒龍尊者猛想起後日就是端陽，何不用水晶照影之法，觀察觀察敵人的虛實？一面吩咐俞德去準備，對眾人道：「我想後日便是會敵之期，峨嵋派究竟有多少能人來到還不知道，我意欲在外殿上搭起神壇，用我煉就的水晶球，行法觀察敵人虛實。此法須請兩位道友護壇，意欲請樂、尚兩位道友相助，不知意下如何？」

樂三官久聞魔教中水晶照影，能從一個晶球中將千萬里外的情狀現將出來，雖然只知經過不知未來，如果觀察現時情形，恍如目睹一般，自然想開一開眼界。

尚和陽本來恨極了師文恭，巴不得他身遭慘死。先以為赤城子和西藏派有仇，決不肯借寶取針，才在人前賣弄，說出此針來歷。不想萬妙仙姑卻與陰素棠是至好，赤城子對陰素棠言聽計從，萬一將吸星球借來，豈不便宜了對頭？知道綠袍老祖適才未安好心，當著眾人必不能下手，一聽毒龍尊者邀他出去護壇，正合心意。便答道：「師道友還有二日活命，後日便是端陽，時機萬不可惜過。借道友法力觀察敵人虛實，再妙不過。」說時故意對綠袍老祖使了個眼色。

一會俞德進來，毒龍尊者便命他在丹房中陪伴綠袍老祖與西方野佛，自己陪了尚、樂二人，率領八魔到前面行法去了。毒龍尊者也是一時大意，以為綠袍老祖行動不便，不如任他和西方野佛在丹房中靜養，不想日後因此惹下殺身之禍。這且不提。

眾人到了前殿，法壇業已設好，當中供起一個大如麥斗的水晶球。毒龍尊者分配好了職司，命八魔按八卦方位站好，尚、樂二人上下分立。自己跪伏在地，口誦了半個多時辰魔咒，咬破中指，含了一口法水，朝晶球上噴去。立刻滿殿起了煙雲，通體透明的晶球上面，白濛濛好似罩了一層白霧。

毒龍尊者同尚、樂二人各向預設的蒲團上盤膝坐定，靜氣凝神望著前面。一會工夫，煙雲消散，晶球上面先現出一座山洞，洞內許飛娘居中正坐，旁邊立著一個妖媚女子，還有一個瞎了一隻眼的漢子在那裡打一個綁吊在石樑上的少年。一會又將少年解綁，才一落地，那少年忽從身上取出一面小旛一晃，便化了一幢彩雲，將少年擁走，不知去向。

球上似走馬燈一般，又換了一番景致。只見一片崖澗，澗上面有彩雲籠罩，從彩雲中先飛起一個似鷹非鷹的大鳥，背上坐著一雙青年男女，直往西方飛去。一會又飛上三個少年女子，也駕彩雲往西方飛去。似這樣一幕一幕的，從紫玲等動身在路上殺死妖道，趕到小長白山遇見西方野佛鬥法，與靈雲、英瓊等相遇，直到師文恭受傷回山，都現了出來。

毒龍尊者本是西藏魔教開山祖師叱利老佛的大弟子，叱利老佛圓寂火化時，把衣缽傳了毒龍尊者。又給他這一個晶球，命毒龍尊者以後如遇危難之事，只須依法施行，設壇跪祝，叱利老佛便能運用真靈，從晶球上面擇要將敵人當前實況現出，以便趨吉避凶。只是這法最耗人精血，輕易從不妄用。這次因見西方野佛同師文恭都是道術高強的魔教中知名之士，竟被幾個小女孩子所傷，知道敵人不可輕侮；又聽尚和陽說寶相夫人二次出世，尤為驚心。所以才用晶球照影之法觀察敵人動靜。及至球上所現峨嵋派幾個有名能人並未在內，好生奇怪。

晶球上面又起了一陣煙霧，這次卻現出一座雪山底下的一個崖凹，凹中盤石上面坐著一個形如枯骨的道姑，旁邊石上坐著適才與師文恭、俞德對敵的那一班男女，好似在那裡商議什麼似的。

正待往下看去，球上景物未換，忽然現出一個穿得極其破爛的化子，面帶譏笑之容，對面走來，越走人影越大，面目越真。尚和陽在旁已看出來人是個熟臉，見他漸走漸近，好似要從晶球中走了出來。先還以為是行法中應有之景，雖然驚異，還未喊毒龍尊者留神。轉瞬之間，球上化子身體將全球遮蔽。猛聽毒龍尊者道：「大家留神，快拿奸細！」手揚處，隨手便有一枝飛叉，夾著一團煙火往晶球上的化子飛去。

尚和陽首先覺察不好，一面晃動魔火金幢，一面將白骨鎖心鎚祭起迎敵。就在這一眨眼的當兒，晶球上面忽然一聲大爆炸過去，眾人耳旁只聽一陣哈哈大笑之聲。敵人未容法寶近身，早化成一道匹練般的金光，沖霄飛去。

毒龍尊者同尚、樂二人不暇再顧別的，連忙升空追趕時，那道金光只在雲中一閃，便不見蹤跡。知道追趕不上，只得收了法寶回來。進殿一看，那個晶球業已震成了千百碎塊，飛散滿殿。八魔當中有那防備不及的，被碎晶打了個頭破血出。白白傷了一件寶貝，敵人虛實連一半也未看出。正在懊喪，回頭見俞德立在身後吞吞吐吐，欲言又止，便問：「又有什麼事，這般神色恍惚？」

俞德答道：「啟稟師父，西方師叔與綠袍老祖走了。」

毒龍尊者道：「綠袍道友性情古怪，想是嫌我沒請他來鎮壇，怠慢了他。只是他二人尚未覓得替身，如何便走呢？」

俞德又說道：「師師叔也遭慘死了。」

毒龍尊者聞言大驚，忙問何故。

俞德戰兢兢地答道：「弟子奉命在丹房陪伴，師父走不多時，綠袍老祖便厲聲令弟子出去，他有話對西方師叔講。弟子素知他性如烈火，不敢違抗，心中犯疑，原想偷偷觀察他二人動靜。及至出了丹房，在外往裡一看，師師叔忽然醒了轉來，剛從雲床上坐起，想要下地。從綠袍老祖身旁飛起一團綠光，將師師叔罩住。師師叔好似知道不好，只說了一聲：『毒龍誤我，成全了你這妖孽吧！』說罷，仍又倒下。綠袍老祖便催西方師叔動手。西方師叔還在遲疑不肯，綠袍老祖將大手伸出，不知怎地一來，西方師叔只得拔出身上的戒刀，上前將師師叔齊腰斬斷。弟子這時才看出綠袍老祖並非行動須人扶持，以前要人抱持是假裝的。

「西方師叔斬下了師師叔半截身軀，綠袍老祖便如一陣風似地，將身湊了上去，與師師叔下半截身軀合為一體。又奪過西方師叔手中戒刀，將師師叔左右臂卸下，連那兩隻斷手，將一隻遞與西方師叔，自己也取了一隻接好。喊一聲走，化成一道綠光飛出房中，沖霄而去。他二人動手時節行動甚速，弟子知道不好，來請師父去救，不但來不及，而且法壇四外用法術封閉，也進不來。一時情急，便將弟子的飛劍放出。誰知才近那道綠光，便即落地。眼看他二人害了師師叔逃走，救護不及，只好在外面待罪，等師父行法終了，再行領責。」

第十一章　斷臂續身

毒龍尊者聞言，只氣得鬚眉戟立，暴跳如雷，當時便要前去追趕，為師文恭報仇。尚和陽早知有此一舉，便勸毒龍尊者道：「我早疑綠賊元神既在，又能脫身出來，如何行動還要令師弟抱持？萬不想會做下這種惡事。如今敵人未來，連遭失意之事，你身為此地教祖，強敵當前，無論如何也須過了端陽，定了勝負，才能前去尋他，何必急在一時呢？」

毒龍尊者道：「道友難道還不知師道友是藏靈子的徒弟？如不為他報仇，他知道此事，豈肯與我干休？且等許道友回來，再從長計較。我寧可將多年功行付於流水，也要與這賊拚個死活，如不殺他，誓不為人！」尚和陽又將綠袍老祖在谷外險些傷了鳩盤婆弟子之事說了一遍。毒龍尊者聞言，愈加咬牙切齒痛恨。

到了晚間，萬妙仙姑面帶愁容回來，才知陰素棠一見便知來意，說交情仍在，只不允借寶，自己不便樹敵，只得回來。毒龍尊者把師文恭已遭慘死，以及用水晶球行法視影，在球中見她打人之事一一說出。

萬妙仙姑一聽那崖澗景象，好似就在黃山附近，自己從卦象上看出那陰人也離五雲步不遠，司徒平定是那兩個女子勾引了去，便把司徒平受責失蹤之事也說了出來。又道：「這孽障背師叛教，罪不容誅，我正要去尋他，他反同了敵人來到此地。此次我本想暗中相助，暫時不與峨嵋破臉。既有孽徒在此，我便有所藉口了。尤其是那兩個女子不早除去，將來是我隱患，只可惜還不知她們的名姓來歷。尚道友說那白眉針是天狐寶相夫人之物，難道內中就有一個是天狐麼？」

尚和陽道：「適才我也在法壇，別的我尚不大清楚，惟獨那片崖澗，明明像黃山紫玲谷寶相夫人修真的洞府。此谷絕少人知，我還是在八十多年前應了一位道友之約，幫助他與寶相夫人鬥法，雙方正在不可開交，恰遇陷空老祖打那裡經過，給雙方解和，變仇為友。寶相夫人曾約我二人到她谷內閒坐款待，所以我還記得。適才晶球中所見從谷中出來的幾個女子，雖有兩個與寶相夫人面貌相似，但決非她本人可以斷言。不過那兩個女子既能用寶相夫人的白眉針傷人，不是她的門下，便是她的女兒。寶相夫人未兵解前，迷戀有根基的少年採補真陽，那幾個女子當然也一脈師承，所以叛徒司徒平有所恃而不恐了。」

萬妙仙姑道：「我責罰那孽障時，曾從卦象上看出他與兩個陰人勾結，是我異日隱患。先還以為是他叛降了餐霞老尼，他受不過，才假裝招供，求我解綁。萬沒料到他會弄法，從我手中逃走，我的飛劍竟未追上。我又算出他逃走不遠，說也慚愧，踏遍了黃山，竟未能找著。如今既知道來歷，此次若能將孽障和勾引他的兩個賤婢除去更妙，若僥倖被他們漏網，還得仰仗諸位道友鼎力相助，到黃山紫玲谷，將這幾個狗男女處死，以免將來為害。諸位道友以為如何？」

毒龍尊者道：「這當然是我等義不容辭。只是師道友慘死，他師父藏靈子決不肯與我干休。諸位道友有何高見？」

樂三官道：「此事也休怨道友。本來朋友有相助之義，他自己能力不濟，中了敵人白眉針。我等又不是袖手旁觀，置之不問。雖然疏於防範，被綠袍老祖將他害死，但是許仙姑到了陰素棠那裡，並未將破針法寶借來，足見命數有定，師道友應該遭劫。藏靈子豈能逞強昧理，與道友為難？待等此地事了，我們去尋綠袍老祖，為他報仇雪恨便了。」

毒龍尊者還未及答言，尚和陽道：「轉瞬就是端陽，有事暫從緩議。倒是適才震破晶球的那個怪叫化窮神凌渾，真是一個萬分可惡的仇敵，以前不知有多少道友死在他的手中。我久已想尋他報仇，他偏乖巧，多少年銷聲匿跡，不曾出現。這次又尋上門來找晦氣，起初不知他弄玄虛，錯以為是球中現影，手慢了一些，被他逃走。峨嵋派既能將他都網羅了來，定還有能人甚多，你我諸位不妨，倒是道友門下到時真不可輕敵呢。」

毒龍尊者道：「本來此次發端極小，只為我新收八個門人當中的邱舲，在西川路上與一個姓趙的交手，邱舲中了他同黨的暗器，這才派人與那姓趙的約定端陽在青螺相見。那姓趙的還不是峨嵋門下，本領也不濟，僅他師父俠僧軼凡與峨嵋有點小淵源，原無須乎我等出面。先是俞德聽說有不少峨嵋派幫趙心源同來拜山，還說他們掌教齊漱溟也來，他們恐怕抵敵不住，前來求我。以我和諸位的聲望與峨嵋門下小輩鬥法比劍，雖然必勝，也為天下同道恥笑。不過敵人方面既那樣傳說，峨嵋派又素來逞強，不顧信義，萬一說假成真，我們下諸弟子豈不枉遭他人毒手？這才暗中準備，約請幾位神通廣大的至好，以防萬一。

「那晶球乃是先師遺傳的至寶，一經行法請示，便將敵人最要緊的虛實依次現出。雖然未現完全便被奸細凌渾暗算，但是球中所現諸人盡是些小狗男女，並無一個峨嵋派真正能人在內。據我看定是峨嵋派詭計，主要的人表示不屑親到，卻命這些新進小狗男女前來嘗試，以為我們勝之不武，不勝為恥。又怕我也和他們一般不顧體面出來相助，無法抵敵，才請出這不屬於他們一派的賊叫化來裝作打抱不平。

「依我之見，敵人未必有多少真正主要人前來，我們不妨相機行事，非至萬不得已時也不出面。那賊叫化倒是一個勁敵，又非常狡猾，從沒人聽見他失過事，輕易奈何他不得，就煩尚道友監防著他。用白眉針傷人的賤婢，由許仙姑藉懲治叛徒司徒平為由將她除去。我和樂道友作為後備，不遇有頭有臉的數人，暫不伸手。好在八個新收弟子也請來了好幾位能手相助，到時仍按江湖上規矩行事，料他們反不上天去。諸位以為如何？」

尚和陽是深恨凌渾，自己初煉了兩件厲害法寶，正要賣弄；萬妙仙姑除害心切；樂三官與毒龍尊者本無深交，不過藉此拉攏，一到此地，便見連出逆心之事，已有些知難而退，巴不得留在後面，好見風使帆。聞言俱都贊同。

這時八魔中有被晶球碎塊打傷的，都用法術丹藥治好，領了他們邀請來的一些妖僧妖道上來參見。毒龍尊者又吩咐了一些應敵方略，才行退去。俞德已將師文恭殘骨收拾，用錦裹好，放在玉盤中捧了上來。毒龍尊者見師文恭只剩上半截渾圓身體，連兩臂也被人取去，又難受，又憂驚。再加師文恭面帶怒容，二目圓睜不閉，知他死得太屈。再三祝告，說是青螺事完，定為他尋找這幾個仇人，萬剮凌遲。這才命俞德取來玉匣，將殘骨裝殮。等異日擒到仇人，再與藏靈子送去。這且不提。

話說靈雲姊弟、朱文、周輕雲與紫玲姊妹等，在鬼風谷上面救出英瓊、若蘭，大家合力，趕走了妖僧西方野佛雅各達，還斷了他一條手臂。各人將法寶飛劍收起，回身再看若蘭、英瓊，俱都昏迷不醒。靈雲忙叫金蟬去尋了一點山泉，取出妙一夫人賜的靈丹，與二人灌了下去。因鄭八姑尚是新交，英瓊、若蘭中毒頗深，須避一避罡風，仗著人多勢眾，不怕妖僧捲土重來，索性大家抱了英瓊、若蘭，同至谷底妖僧打坐之處歇息，等他二人緩醒過來，再一齊護送同走。

眾人下到谷底，重又分別見禮，互致傾慕。各人談起前事，靈雲聽說女空空吳文琪也來了，司徒平棄邪歸正，與紫玲姊妹聯了姻眷，並奉玄真子、神尼優曇、餐霞大師、追雲叟諸位前輩之命，同歸峨嵋門下，心中大喜。見英瓊、若蘭服藥之後，因英瓊以前服過不少靈藥仙丹，資稟又異尋常，首先面皮轉了紅潤，不似適才面如金紙。若蘭面色也逐漸還原。知道無礙，一會工夫便會醒轉。便請紫玲姊妹先去將女空空吳文琪、苦孩兒司徒平連章氏姊弟和于、楊二道童接來，再同返玄冰谷，商議破青螺之策。

紫玲姊妹走後不多一會，英瓊、若蘭相繼醒轉，只是精神困憊，周身仍是疼痛。見靈雲姊弟與朱文在側，又羞又忿。靈雲安慰了二人幾句，便介紹輕雲與二人相見，並說還有兩位新歸本派的姊妹去接吳文琪與司徒平去了。

英瓊、若蘭對於輕雲、文琪久已傾仰，又聽本派更新添了幾位有本領的姊妹，才轉愧為喜。靈雲道：「都怪蟬弟不肯明言二位決意隨後要來，我等在玄冰谷崖凹中談心，不曾留心到外面，崖頂上想有八姑的障眼法術，所以神鵰在空中找尋不見我等的蹤跡，差點出了大錯。異日稟知母親，少不得要責罰他呢！」

若蘭道：「這事也休怪小師兄，皆是我等年幼無知輕敵所致。妖僧的毒霧好不厲害，起初全仗英瓊妹子紫郢劍護身，不時只聞見一絲腥味。後來耳旁聽得有人說是奉了姊姊之命下來救我二人，有紫郢劍光隔住不得近身，瓊妹急於出險，收劍快了一些，與紫玲姊妹的法寶一收一放，未能恰到好處，才有此失。如今服了姊姊帶來的教祖靈丹，雖然還覺頭眩身疼，想必不久便可還原。」

靈雲仔細考查二人神態，知道尚不便御劍飛行。由此動身往玄冰谷，正好與紫玲等迎個對面。與輕雲計議一會，決計暫時不令英瓊、若蘭等去受雪山上空的罡風，由二人騎著神鵰低飛緩行，大家在她二人頭上面飛行，一則保護，二則好與紫玲等相遇，免得錯過。

神鵰佛奴自傷了妖僧，便飛起空中，不住迴旋下視，以備遇警回報。靈雲等把神鵰招了下來，請英瓊、若蘭騎了上去，先緩飛上高崖，再命神鵰緩行低飛，往峰下飛去。靈雲姊弟與朱文、輕雲四人，著一人在神鵰身後護送，餘下三人將身起在天空飛行，觀察動靜。

英瓊、若蘭在鵰背上與輕雲一路說笑，剛走離峰腳不遠，輕雲猛見對面走來一個身高八尺，臉露凶光，耳戴金環的紅衣頭陀，隨同著一個中等身材，面容清秀的白臉道士，從峰下斜刺裡走過。定睛一看，那道人不認得，那頭陀正是成都漏網的瘟神廟方丈俞德。因為彼此所行不是一條路徑，俞德先好似不曾留神到輕雲等三人。輕雲便對英瓊、若蘭說：「對面來了兩個妖人，須要留心。」言還未了，俞德同那道人忽然回頭，立定腳步注視著輕雲等三人，好似在議論什麼。

英瓊、若蘭適才吃了妖僧的虧苦，本來又愧又氣，一聽輕雲說對面來了妖人，便也不顧身體疼痛，雙雙跳下鵰背。這時兩方相隔不過數十步遠近，英瓊首先看出敵人來意不善，先下手為強，手揚處紫郢劍化作一道數十丈長的紫色長虹，直朝俞德等飛去。

那道人正是青海柴達木河畔藏靈子的得意門徒師文恭，應了毒龍尊者的邀請，在路上聽俞德說毒龍尊者還請得有尚和陽，心中大是不快，又不便中途返回。到了青螺，不去和毒龍尊者見面，先布置了一番，見快到端陽，敵人還沒什麼動靜。無心中聽八魔說起鄭八姑得了雪魂珠之事，雖然一樣起了覬覦之念，只不過他為人好強，不願去欺凌一個身已半死不能轉動的女子。打算到玄冰谷去見鄭八姑，自己先用法術將她半死之身救還了原，然後和她強要那雪魂珠。

依了俞德，原要駕遁光前去。師文恭因為左右無事，想看一看雪山風景，這才一同步行前往。剛剛走離小長白山不遠，俞德恭恭敬敬隨侍師文恭一路談說，輕雲等從峰上下來時並未覺察。還是師文恭首先看見峰頭半飛半走下來一隻金眼大黑鵰，上面坐著兩個女子，心知不是常人，便喚俞德觀看。俞德偏身回頭一看，鵰後面還跟著一個女子護送，正是在成都遇見過幾次的周輕雲，知道這幾個女子又是來尋青螺的晦氣無疑，不由心中大怒。當下喚住師文恭，說道：「這便是峨嵋門下餘孽，師叔休要放她們逃走。」

師文恭雖是異派，頗講信義，以為既和人家訂下比試日期，何必忙在一時？這幾個女子還能有多大本領？勝之不武。只要對方不招惹，就不犯著動手。正和俞德一問一答之際，忽見鵰背上女子雙雙跳了下來，腳才著地，最年輕的一個手一揚，便是一道紫色長虹飛來。師文恭認得那道紫光來歷，大吃一驚，知道來不及迎敵，喊聲：「不好！」將俞德一拉，同駕遁光縱出百十丈遠近。因救俞德慢了一些，頭上被紫光掃著一點，戴的那一頂束髮金冠連頭髮都被削下一片，又驚又怒。那紫光更不饒人，又隨後飛來。

師文恭知道厲害，不敢怠慢，先從懷中取出三個鋼球往紫光中打去，才一出手，便化成紅黃藍三團光華，與紫光鬥在一起。同時輕雲、若蘭的飛劍也飛將起來助戰，若蘭更從百忙中將十三粒雷火金丸放出十三團紅火，如雷轟電掣飛來。師、俞二人措手不及，早著了一下金丸，將鬚髮、衣服燃燒。師文恭心中大怒，一面掐訣避火，忙喊：「俞德後退，待我用法寶取這三個賤婢狗命。」俞德見勢不佳，聞言收了飛劍，借遁光退逃出去。

師文恭早從身上取出一個黃口袋，口中唸唸有詞，往外一抖，將他煉就的黑煞落魂砂放將出來。立刻陰雲四起，慘霧沉沉，飛劍隕芒，雷火無功，一團十餘畝方圓的黑氣，風馳雲湧般朝英瓊等三人的當頭罩去。

輕雲知道厲害，忙收飛劍，喊：「二位留神，妖法厲害！」說罷，首先縱起空中。英瓊的紫郢劍雖不怕邪污，怎奈求勝心切，不及收劍。若蘭也慢了一些，二人剛要收劍起飛，猛覺眼前一黑，一陣頭暈眼花，立刻暈倒，不省人事。

師文恭正要上前拿人，忽聽空中幾聲嬌叱，飛下一道五彩金光，照在落魂砂上，黑氣先散了一半。同時又飛下一幢五色彩雲，飛入黑氣之中，電閃星馳般滾來滾去，那消兩轉，立刻陰雲四散，黑霧全消，把師文恭多少年辛苦煉就的至寶掃了個乾淨。

師文恭、俞德定睛往前一看，空中又飛下來幾個少年男女。一個手中拿著一面鏡子，鏡上面發出百十丈五色金光。一轉眼間，那幢彩雲忽然不見，也現出一個長身玉立的少女。這幾個人才一落地，先是一個幼童放出紅紫兩道劍光，跟著還有一男四女也將劍光飛起，內中一個女子還放出一團紅光，同時朝師文恭、俞德二人飛來。

俞德認出來人中有成都遇見的齊靈雲姊弟、女神童朱文；還有萬妙仙姑門下的苦孩兒司徒平，不知怎地，會和敵人成了一黨？其餘兩個女子不認得。

師文恭見敵人才一照面，便破了他的落魂砂，又忿恨，又痛惜，咬牙切齒，把心一橫，正要披散頭髮，運用地水火風與來人拚命。誰知敵人人多勢眾，竟不容他有緩手工夫，法寶飛劍如暴雨般飛來。俞德嘗過厲害，見勢不佳，二次借遁避了開去。

師文恭認得朱文所拿寶鏡與寒萼所放出來的那團紅光俱非自己的法寶所能抵敵，在這間不容髮之際，行法已來不及，只得一面將三粒飛丸放起，護著身體往空遁去。準備先逃回去，等到端陽，再用九幽轉輪大藏法術擒敵人報仇。

身才飛起地面，紫玲見眾人法寶飛劍紛紛放出，早防敵人抵敵不住，伺便逃走，將身起在空中等候。果然敵人想逃，紫玲更不怠慢，取了兩根寶相夫人遺傳的白眉飛針放將出去。這針乃寶相夫人白眉所煉，共三千六百五十九針，非常靈應，專刺人的血穴，見血攻心，厲害無比，不遇拚死仇敵，從不輕放。寶相夫人在日，一共才用了一次。

紫玲因母親遺愛，平日遵照密傳咒語加緊祭煉，不消數年，已煉得得心應手。今日見師文恭臉上隱隱冒著妖光，一身邪氣籠罩，知道此人妖術決不止此，如被他逃走，必為異日隱患；又見他遁光迅速，難於追趕，這才取了兩根白眉針打去。出手便是兩道極細紅絲，光焰閃閃，直往師文恭身上要穴飛去。

師文恭知道不好，正要催遁光快逃時，偏偏那隻金眼黑鵰先前見主人中了敵人落魂砂倒地，早想代主報仇，將身盤旋空中，遇機便行下擊，忽見敵人想逃，哪裡容得，兩翼一束，飛星墜石般追上前去。師文恭連白眉針還未避過，又有神鵰飛來，防得了下頭，防不了上頭，一個驚慌失措，將身往下一沉，雖然躲過頭部，左臂已被神鵰鋼爪抓住。暗罵：「扁毛畜生也來欺我！」正待用獨掌開山之法回身將神鵰劈死，耳旁忽聽呼呼風響，右臂上一陣奇痛徹骨。回頭一看，不知從何處又飛來一隻獨角神鷲，將右臂抓住。

就在這轉瞬之間，被敵人白眉針打了個正著，立刻覺著胸前一麻。耳旁又聽敵人那邊說要擒活的，知道再不忍痛逃走，被這兩隻怪鳥擒去，身死還要受辱。當下奮起全身神力，咬緊牙關，運用真氣，將兩臂一抖，「咯咯」兩聲，兩手臂同時齊腕折斷。

師文恭先是裝作落地，再借土遁逃走。正趕上俞德伏在遠處，見師文恭情勢危急，自己又無力去救。正在著急，忽見師文恭從空落下，兩隻手臂已斷，恐落敵人之手，不敢怠慢，冒著萬險，借遁光衝上前去，連兩隻斷手一把抱個正著，駕起遁光從斜刺裡飛逃回去。

靈雲等早見俞德逃走，便全神貫注師文恭一人，一見師文恭中了兩根白眉針，又被神鵰、神鷲雙雙飛來擒住，更以為師文恭決難逃走。忽見師文恭自斷兩手，身軀墜落下來，因兩下裡相隔甚遠，正待上前將他擒住，卻被俞德從潛伏處衝將上去，將師文恭抱起逃走。

眾人還要分人跟蹤追趕，紫玲道：「妖人已中了白眉飛針，兩手又廢，不消多時，那針便順穴道血流直攻心房，雖然被同黨救走，也準死無疑。我看那妖道滿身邪氣籠罩，本領非比尋常，適才若非我們人多勢眾，使他措手不及，勝負正難逆料。申、李兩位妹子中毒甚重，青螺虛實尚未聽鄭八姑說完，窮寇勿追，由他去吧。」

靈雲本來持重，首先贊同。問起吳文琪，知已由她護送于、楊二道童和章氏兄妹到玄冰谷去了。一看英瓊、若蘭面容灰白，渾身寒戰不止，由靈雲先給二人口中塞了兩粒丹藥，先保住二人性命，到了玄冰谷再說。

這時那神鵰和神鷲一遞一聲叫喚著飛將下來。靈雲早聽輕雲說起神鷲來歷，這時一見，果然非常威武通靈。這次因申、李二人連受重傷，不敢大意，由紫玲姊妹護著若蘭同騎神鷲，靈雲、輕雲護著英瓊同騎神鵰，朱文持寶劍在前，金蟬、司徒平二人斷後，緩緩低飛，同往玄冰谷而去。到了谷底，吳文琪剛剛領了章氏兄妹和于、楊二道童用紫玲的梯雲尺運到。大家捧起英瓊、若蘭同進谷凹，見了鄭八姑，略談前事。

八姑聞言，又看了看英瓊、若蘭的中毒狀態，大驚失色道：「這兩位道友中的乃是黑煞落魂砂，只青海藏靈子有此法寶。藏靈子雖是邪教，為人正直，決不與毒龍尊者一黨。放砂的人乃是他徒弟師文恭，此人厲害非常。昨晚我神遊青螺，見魔宮外面有師文恭設下的妖陣，虧是元神出遊，我又處處見機，沒有陷身陣內。不料他還煉了這落魂砂。聽諸位道友說他來路，分明又是來尋我的晦氣，若非諸位道友無心中與他相遇，我還不知能否應付呢！他這黑煞落魂砂與妖僧雅各達的魔火同是一般厲害，若非李、申兩位道友根行深厚，遇一已不可救，何況其二。目前仗仙丹護體，不過苟延性命，不至像前人，一經中上，便即魂散魄消，神遊墟莽罷了。」

大家聞言，非常著急，便問可有解救之方。鄭八姑道：「她二位中毒已深，甚難解救。除非尋得三樣至寶靈藥：一是千年肉芝的生血；二是異類道友用元神煉就的金丹；三是福仙潭的烏風草。先用金丹在周身貼體流轉，提清其毒，內服烏風草法除邪氣，再用芝仙生血補益元神，尚須修養多日，才能復元。適才聽說二位中了魔火仍能醒轉對敵，不過仙丹妙用，腹內餘毒未盡，又中了這極厲害的落魂砂，所以三者缺一不可。這三樣至寶靈藥求一尚甚難，何況同時全都得到，哪裡有此湊巧的事？」言還未了，金蟬跳起身來說道：「你說的我們已有了兩樣了。」

八姑聞言，驚喜問故。朱文便把申若蘭是桂花山福仙潭紅花姥姥的弟子，藏有一瓶烏風酒，比烏風草還要有力；金蟬在九華得了一個肉芝，因它數千年道行，不肯傷害，後來又從九華移植凝碧崖等語，說了一遍。

八姑道：「人間至寶都歸峨嵋，足見正教昌明，為期不遠。不過她二位已不能御劍飛行，尤其不能再受罡風。峨嵋相隔數千里，還有異類元神煉就的金丹無從尋覓，雖有二寶也是枉然。」

寒萼聽到這裡，忍不住看了紫玲兩眼。紫玲也不去理她，逕向眾人說道：「愚姊妹來時，餐霞大師曾傳諭命愚姊妹救李、申兩位眼前之厄。適才因聽說三樣至寶不能缺一，非愚姊妹能力所及。如今聽說仙草、肉芝俱在峨嵋，足見李、申兩位妹子仙緣未絕。愚姊妹有一彌塵旛，能帶人頃刻飛行千里，金丹更是現成。事不宜遲，此刻動身，尚可趕回來破青螺。不過聽說凝碧崖有仙符封鎖，極難下去，最好請一位同行才好。」

眾人聞言大喜。靈雲因金蟬與肉芝有恩，取血較易，便命金蟬隨行。八姑問紫玲道：「適才聽說師文恭中了道友的白眉針，如今又聽道友說用彌塵旛送李、申二位回轉峨嵋，這兩樣俱是當初寶相夫人的至寶。不知道友與寶相夫人是何淵源，可能見告麼？」

紫玲躬身答道：「寶相夫人正是先母。紫玲年幼，對於先母當時的交遊所知無多。不知仙姑與先母在何時訂交？請明示出來，免亂尊卑之序。」

八姑見紫玲姊妹果是寶相夫人之女，好生驚異。知道紫玲姊妹定得了寶相夫人的金丹，故此對救李、申二人敢一手包攬。又見紫玲謙恭有禮，益發高興。便答道：「我與令堂僅見過幾次，末學後輩，並未齊於雁齒。當時承她不棄，多所獎掖指導。算起來我與道友乃是平輩，道友休得太謙。此中經過一言難盡。二位道友既是夫人愛女，以後藉助甚多。現李、申二位情勢危急，請二位道友護送先行，明日峨嵋歸來，破了青螺，再行暢敘吧。」

紫玲聞言，口稱遵命。因司徒平道力淺薄，背人囑咐了神鷲幾句，教牠加意護持。然後與寒萼分抱著英瓊、若蘭，請金蟬站好，晃動彌塵旛，喊一聲：「起！」立刻化成一幢五色彩雲，從谷底電閃星馳般升起，眨眨眼飛入雲中不見。眾人大為嘆服。

輕雲、文琪又將紫玲姊妹與司徒平這段姻緣經過一一說知。

鄭八姑道：「寶相夫人得道三千年，神通廣大，變化無窮，是異類散仙中第一流人物。秦家姊妹秉承家學，又得許多法寶，現在歸入貴派，為門下生色不少。李、申二位道友得寶相夫人金丹解救，不消多日，便能復元了。」

靈雲又問八姑昨晚探青螺結果。八姑道：「昨晚我去青螺，見魔宮外面陰雲密布，邪神四集。我從生門入內，因是元神，不易被人覺察。到了裡面，才知八魔還約了十幾個妖僧妖道相助，其中最厲害的便是那師文恭。我在暗中聽俞德與八魔談話，這次不但毒龍尊者在暗中主持，還約請有西方五鬼天王尚和陽、萬妙仙姑許飛娘和赤身教主鳩盤婆三人，俱都是異派中的有名人物。他們準備端陽日將谷口魔陣放開一面，由死門領拜山赴會的人進去。敵人入谷以後，再將谷口封鎖，敵人便插翅難飛。

「他們原是誤疑貴派同來的能人甚多，所以才有此大舉。先只是八魔等八人出面，見機行事，如來人並無能手，毒龍尊者連所請的人並不出面。他們將拜山的人擒到以後，內中如無峨嵋門下，不過僅僅處死洩忿；如有貴派的人在內，就取貴派中人的元陽陰魂煉一種魔旛，為將來與貴派對敵張本。原本毒龍尊者請師文恭也是備而不用，謹防萬一。不知怎地師文恭會小題大做，擺下這厲害魔陣。幸而天網恢恢，這廝被秦紫玲道友白眉針所傷，那針專刺要穴，順血攻心，必難倖免。他如死去，魔陣易人主持，就差多了。

「我探了一些實情，正要出來，迎頭遇見師文恭。這廝眼力好不厲害，虧我見機，連忙飛身逃出，差一點便被他看破。適才才知他已得了藏靈子的黑煞落魂砂，元神比不得人身，要被他發覺灑上一點，更不似李、申二位道友能夠施救，從此將道行喪盡，墜入九幽，萬劫不復。現在想起來，還覺不寒而慄。

「出了魔宮，便到附近山谷岩洞中，去尋那拜山的趙道友蹤跡，到處尋找無著。後來經過一座孤峰，子午方位正對青螺魔宮，峰頂被一片雲霧遮蓋。要是別人便被瞞過，偏偏從前我見過這種佛教中天魔解體的厲害法術。要在平日，無論多大本領也看不出來；偏偏昨晚是個七煞會臨之日，該那行法之人親去鎮壓祭煉，須撤去子午正位的封鎖。我知此法須害一個有根基道行之人的生命，因尋趙道友不見，恐他一人先到，獨自探山，中了敵人暗算，想飛到峰頂上去看個仔細。但是我又無此本領，只得等那行法之人祭煉完了出來，跟在他的身後，到了那人住所，再探聽峰頂做人傀儡的是誰。」

第十二章　巧結番僧

八姑又道：「我在峰旁等得正有點不耐煩，忽見前面峰腳雪凹下有幾絲青光閃動。這種用劍氣煉化成飛絲的人並不多，看那青光來路很熟，我追去一看，果然是熟人，還是我的多年不見的老朋友終南山喝泉崖白水真人劉泉。也不知他為了何事滿面怒容，指揮他的飛劍上下左右亂飛亂舞，口中千賊丐萬賊丐地罵個不住。我見他身旁並無別人，獨個兒自言自語，好生奇怪，便現身出來將他喚住，問他為何這等模樣。他看出我的元神，才收了劍光，氣忿忿地和我相見。

「他說他自那年受峨嵋掌教真人點化後，一人屏絕世緣，隱居終南修道，多年沒有出山一步。兩月前因他門下弟子到西藏採藥，路過青螺，遇見八魔中的許人龍、邱舲，憑空欺侮，奪了他已採到手的一枝成形靈芝，差點還將飛劍失去，逃回終南求師父給他報仇。

「劉道友一聞此言，便從終南趕往青螺來尋八魔算帳。到了打箭爐落下身來，想尋兩個多年未見的好友作幫手，一個便是我，那一個是空了和尚。及至一去訪問，空了和尚業已圓寂，我又不知去向。正要駕劍獨飛青螺，忽然看見山腳下有一個垂死的老乞丐倒臥，劉道友動了惻隱之心，一多事給他吃了一粒丹藥。吃下去不但沒有將病治好，反倒腿一伸死去。正覺得有點奇怪，從遠處跑來一個中年化子，捧著一壺酒同些剩菜，走到老丐跟前，見劉道友將老丐用丹藥治死，立刻抓住劉道友不依不饒。說那老丐是他的哥哥，適才是犯了酒癮，並沒有病，劉道友不該用藥將他治死，非給他抵命不可。

「劉道友這些年潛修，已然變化了氣質，並未看出那中年化子是成心戲弄他的異人，覺那化子哭鬧可憐，反和他講情理。說自己的丹藥能起死回生，老丐絕不會死，必是老丐中的酒毒太深，丹藥吃少了，所以暫時昏絕。只須再給他吃幾粒丹藥，不但醒轉，還永遠去了酒毒。那化子裝作半信半疑的神氣，說他弟兄二人本是青螺廟內住持，被八魔趕將出來，將廟蓋了魔宮，在外流落多年，弟兄相依為命。如果劉道友再給他兄長吃，能活轉更好，不能活也不要抵命了，只求設法將他送回青螺故土，於願便足。

「劉道友受了他哄騙，又因青螺從未去過，難得他是土著，情形熟悉，正好向他打聽，本是同路，攜帶也非難事，便答應了他。誰知末後這兩粒丹藥塞進老丐口中，不過頓飯時光，人不但沒活轉，反化成了一灘濃血。那化子益發大哭大跳起來。劉道友無法，只得準備將他帶了同行。他便問劉道友如何帶法。劉道友說飛劍、法術，二者均可。他裝作不信，說劉道友又是騙他，想用障眼法兒脫身，免得給他哥哥抵命，直用話擠兌，直騙得劉道友起了重誓才罷。

「劉道友還憐他寒苦，給了他幾兩銀子，命他去換了衣服同行。他說不要，怕劉道友藉此逃跑。劉道友氣不過，命他站好，想要提他一同御劍飛行。誰知竟飛不起來，連自己法術也不靈了。劉道友一見不好，似這樣如何能到青螺與人對敵？又想不出法術、飛劍何以會不靈起來。當時又驚又急，本想轉回終南再作計較。偏那化子不依，說劉道友答應了他，無論如何也得將他送回。劉道友不肯失信，又因自己起過重誓，並且法術已失，業如常人，萬一化子真個和他拚命，經官動府，傳出去豈非落個話柄？萬般無奈，只得同他步行動身。偏那化子性情非常乖張，又好飲酒，一天也走不上二百多里地，不知淘了多少閒氣，才到了川邊，已離青螺不遠。

「劉道友忽然想起：『這化子既說死的老丐是他親哥哥，為何走時眼見他哥哥屍首化了一灘濃血，他只一味歪纏，要自己帶他走，並不去掩埋？』越想越覺不合情理，問他是何緣故。這化子才說出，那丐不但不是他兄長，還根本並無其人，是他成心用障眼法兒來訛劉道友送他往青螺的。

「劉道友一聽此言，想起他一路上種種可惡，到了地頭，他還敢實話實說，並不隱瞞，這般成心戲弄人，如何再能忍受，伸手便去抓他。那化子雖然長相不濟，身手卻非常矯捷，劉道友一把未抓著他，反被他連打帶跌，吃了不少虧苦。那化子一面動手，一面還說，不但老丐是假的，劉道友飛劍、法術也是被他障眼法蒙住，並未失去，可惜他那種法術只能用一次，過了四十九天，再用就不靈了。

「一句話把劉道友提醒，一面生著氣和他打，一面暗算日期，恰好從動身到本日正是四十九天。也不管那化子所言真假，且將飛劍放出試試，果然劍光出手飛起。那化子一見劉道友劍光，直埋怨他自己不該將真話說出，撥轉身抱住頭，往前飛跑。劉道友哪裡肯容，指揮劍光緊緊追趕。化子竟跑得飛快，一晃眼就沒了影子。

「劉道友無法，正待停步，那化子又鬼頭鬼腦在前面出現，等劉道友追過去，又不見了。似這樣數次，直追到我二人相遇之處。劉道友恐他逃走，見他出現，裝作不知，暗誦真言，用法術將化子現身的周圍封鎖，再用劍光一步一步走過去。剛剛行完了法術，飛劍還未放出，忽然臉上被人打了一個大嘴巴，打得劉道友頭暈眼花。耳聽一個人在暗中說道：『你快撤了法術，讓我出去便罷；不然，你在明處，我在暗處，我抽空便將你打死。』劉道友聽出是那化子聲音，卻不見人，越發氣惱。知道他被法術圍困，便將劍光飛起，上下左右亂飛亂刺。滿以為封鎖的地方不大，不難將化子刺死。刺了一陣，不見動靜。正疑又上了那化子的當，被我元神上去止住，談起前事。

「我斷定那化子定是位混跡風塵的前輩異人，憑劉道友的飛劍、法術，豈是被一個障眼法兒便可蒙住失去效用的？不過此人與劉道友素無仇恨，何以要這般戲弄？此中必含有深意，再三勸劉道友不可造次。劉道友也明白過來，想起來時化子曾說，劉道友的本領僅夠給他當小徒弟，還得跟他討飯多年，才能出世現眼等語。再一仔細尋思他一路上半瘋不瘋的言行舉動，也覺此人頗有些來歷，稍平了一些怒氣。問我為何用元神出遊？

「我便將同他分手這多年的情況，以及今晚探青螺同那趙道友蹤跡之事說出。他猛想起昨日同那化子走過昭遠寺門口，那化子說：『有個姓趙的住在這廟內，前面有人打聽他，你便對他說，莫要忘了。』當時因為那化子說話顛顛倒倒，沒有在意。聽我一問，知道事出有因，便對我說了。那昭遠寺離青螺只有數十里，比我們這裡去要近得多。我便邀劉道友同去打探，如果不是，再來跟蹤在前面峰頂煉妖法的人也來得及。劉道友見我與他同仇敵愾，又聽說我們這邊有不少的峨嵋派門下高明之士，益發高興。

「我二人同趕到昭遠寺暗中探看，寺中二方丈喀音沙布正和幾位道友談天，內中果然有趙道友，還有我從前遇見過的長沙谷王峰的鐵蓑道人，知道他們都是到青螺赴會來的。只不知諸位正教中道友，如何會與青螺下院替八魔做耳目的番僧相熟？恐怕其中另有別情，不敢造次，便請劉道友設法將諸位道友引出來，問個明白。恰好引出來的是鐵蓑道人，到了無人之處，我現身出來，對他說了實情。問他同諸位道友既與青螺為敵，如何反與八魔耳目為友？莫要中了別人之計。

「鐵蓑道友說，他和諸位道友數日前才往青螺來，路上被一位前輩道友停住劍光喚了下來，命他們先到昭遠寺落腳，自有妙用，還囑咐了一番話。諸位道友自然遵命。一到昭遠寺，先和大方丈梵拿加音二、二方丈喀音沙布動起手來。打至中途，兩個番僧忽然請諸位道友停手，問起來意。二番僧說他們雖做八魔耳目，實非得已，他二人已準備趁端陽諸位道友與八魔鬥法之便，煉天魔解體大法，和八魔孤注一擲，決一死活存亡，以便奪回魔宮。只要諸位道友不和他二人為仇，端陽那天，他二人還能助一臂之力。由此，因打反成了相識。諸位道友雖然覺他二人之言不甚可靠，但未可示怯，遂變敵為友，住了下來。

「連日並未見他們有什麼舉動，款待也甚殷勤。只大方丈梵拿加音二每隔三日，必出門一次，說是去煉那天魔解體大法。鐵蓑道人疑他別有異圖，曾跟他身後，去看過一次，那番僧一到我去過的那個峰頭，便沒入雲霧之中。鐵蓑道友看出他果是言行相符，雖放一點心，到底還是時刻留神觀察他們動靜，以備萬一。」他說中途喚諸位道友到昭遠寺落腳的前輩道友，正是數十年前名震天下的怪叫化窮神凌渾。再問形狀，和劉道友所遇化子一般無二。一算時日，那日化子正在一個小坡下睡覺，定是用神遊之法，分身前去囑咐諸位道友。劉道友聞言，才明白凌真人是想度他入門，被自己當面錯過，好不後悔。

「我二人別了鐵蓑道友，復回原處，路上遇見一陣黃塵，知有佛教中番僧走過。趕到峰前一看，什麼跡象都沒有，峰頭霧沉沉的，知道行法之人已去。妖法封鎖厲害，未便輕易涉險。劉道友見凌真人既將他引到青螺，必有用意，與我訂了後約，準定揣度凌真人意旨，兼報門人之仇，輔助眾位，同破青螺。當時便跪在真人隱身之處苦求，想用至誠感動凌真人出現。我別了劉道友回來，便發生李、申兩位道友遭難之事。我見諸位道友個個稟賦非常之厚，深得峨嵋真傳，又加上秦家姊妹相助，果真再得凌真人幫忙，破青螺，掃蕩群魔，是無疑的了。」

正說之間，吳文琪笑道：「我自知本領不濟，始終守護著這幾個孩子，沒有跟著諸位姊妹前去涉險。適才秦家姊妹行時，大家都忙著解救李、申二位妹子，也忘了將這四個孩子帶去。後日便是端陽，豈不又是累贅？」一句話把靈雲提醒，也愁章氏姊弟和于、楊二道童無法安置。偏這四人都非常乖巧，自從與眾人見面，分別行了大禮之後，早侍立在旁，留神細聽。此時一談到他們，不約而同，四人分作兩雙，走上前去，朝眾人跪下，叩頭不止。

這時靈雲才細看他們，見四人俱非平常資質，個個靈秀，頗為心喜。只是在座諸人，除鄭八姑自身歷劫未完，談不到收徒外，餘人俱是峨嵋新進後輩，不奉師命，哪敢收徒。想了一想，便問四人將作何打算，如是思家，須等破了青螺，才能分別送他們回去。

先是于、楊二道童搶先說道：「弟子等二人，一個是幼遭孤露，父母雙亡；一個是父母死後，家道貧寒，被惡舅拐賣與人為奴，受苦二年，又被妖道拐上山去，俱都是無家可歸。雖然年幼無知，自在妖道洞中住了兩年，每日心驚膽戰，如坐針氈。幸遇諸位仙長搭救，情願等破了青螺之後，跟隨諸位仙長歸山，作兩名道童，生生世世，不忘大恩。」說罷，叩頭不止。于、楊二人說完，章氏姊弟也力說不願回家，情願出家學道，求諸位大仙收歸門下。

靈雲再三叫他四人起來，用婉言勸告，說出家受苦，仍是等事完送他四人回去，有家的歸家，無家的由自己給他們想法安置生理，各按本領，謀上進之路為是。四人哪裡肯聽，只跪在地下哭求，頭都叩得皮破血流。

輕雲、朱文二人首先看不下去，同勸靈雲道：「大姊素受掌教信任，於小輩門人中總算序齒最尊，得道最早。這四人資質不差，即使冒昧收下，不見得就遭教祖責罰怪罪。何況只要回去等教祖或妙一夫人回山時叩請安置，以定去留，那時不允，仍可送他們回去。就算自己不奉師父之命，隨便收徒，別人不敢擔承還可，你還有何顧慮？」

靈雲笑道：「你二人說得倒好。本派自長眉真人開創，門下甚少敗類者，就為收徒不濫之故。如今未奉師命，一下便收四人。我等道行尚淺，哪能預測未來，豈可冒昧從事？雖說只帶回峨嵋安置，並不算收歸門下，你要知凝碧崖乃洞天福地，豈容凡夫俗子擅入，此時他四人尚不肯回去，異日如何便肯？教祖雖是我生父，因我一向兢兢業業，未犯大過，才未重責。一旦犯了教規，罰必更嚴。此事實在不敢妄作主張。至少也須奉有一位前輩師叔伯之命，才能帶他們同返峨嵋。他們原是秦家姊妹所救，且候她二位回來，再想法安置吧。」

輕雲道：「秦家兩位姊妹雖說道法高強，但是初入本門，還未見過師父，豈不凡事俱聽姊姊吩咐？姊姊不能作主，也是枉然。」靈雲聞言，再回顧四個孩子，已哭得和淚人一般，鄭八姑幫著勸解說：「這四個孩子如此向道心誠，如果無緣，豈能遇見諸位？就是道友冒昧收下帶返峨嵋，教祖與人為善，見他們質地不差，絕無怪罪之理。」靈雲看了八姑一眼，口中還是不允。這時章氏姊弟與于、楊二道童已知靈雲是眾人中領袖，大家苦勸都不生效，便絕了望。

章南姑忽然站起身來，走向輕雲、司徒平、吳文琪三人面前，跪下哭說道：「弟子姊弟二人，本虎口餘生，自拚必死，偏生遇見五位大仙救了性命。兩位秦大仙尚未回來，請三位大仙代弟子等轉謝救命之恩。並求諸位大仙把舍弟虎兒收下，作一名服侍的道童，以免他回去受庶母虐待，弟子感恩不盡！」一路哭訴方完，猛地站起身來，朝旁邊岩石上一頭撞了去。

虎兒本隨姊姊哭了個頭昏聲嘶，一見姊姊要尋死，從地下爬起來，跌跌撞撞，哭著往前飛跑，想去救援。還未到南姑身前，在地上滑跌了一跤，跌出去有好幾尺遠近，臉鼻在地上擦了個皮破血流，再爬也爬不起來，一陣急痛攻心，暈死過去。

有這許多有本領的人在座，哪容章南姑尋死，她撞的地方離朱文正近，一把早將她拉住。南姑回身望見兄弟虎兒這般景象，益發號啕大哭。朱文便拉著南姑的手走過去時，虎兒已被靈雲就近抱起，取出丹藥與他敷治。

忽見八姑身一晃，飛下石台。眾人回頭一望，原來是于建、楊成志二人自知絕望，又見南姑尋死慘狀，勾動傷心，趁眾人忙亂之際，悄沒聲站起身來，也想往山石上撞去。八姑坐在石台上面早已看出，見眾人都忙於救著章氏姊弟，沒有注意于、楊二人，正想分神去救，元神剛剛飛起，猛見從凹外伸進一隻長臂，正好將于、楊二人攔住。接著現出一個化子，對著于、楊二人罵道：「此處不留人，自有留人處。要學道出家，哪裡不可，單要學女孩兒尋死！」

靈雲追隨父母多年，見多識廣，一見這個化子非常面熟，曾在東海見過一次，略一尋思，便想起他正是怪叫化窮神凌渾，不禁大吃一驚。輕雲、文琪更是不久前在戴家場見過，又聽玉清大師說起他的來歷。三人不約而同，喊眾人上前跪見。靈雲道：「凌師伯駕到，弟子齊靈雲率眾參拜。」

凌渾見了這些小輩，倒不似對敵人那樣滑稽。一面喚眾人起來，對靈雲道：「我適才知道幾個魔崽子要借水晶球觀察你們過去同現在的動靜，好用妖法中傷，恐你們不知，日後受了暗算，特意前來護持。見這四個孩子向道心堅，你又執意不允，累他們尋死覓活，我在上面見了於心不忍。我知你並非矯情，自有你的難處。好在毒龍初用晶球照影，須先看以前動靜，暫時還不能到此，特意抽空下來與他四人說情，省你為難。

「他四人質地盡可入門，只楊成志還有許多魔牽，好在既由我出頭，以後如有錯誤，我自會到時點化。你可聽我的話，代齊道友暫為收下。此地他四人住居不宜，少時由我代你託人先送他們回轉凝碧崖。你等事完回去，不久齊道友同峨嵋諸道友聚集峨嵋，如果齊道友責爾等擅專，你可全推在我的身上便了。」

靈雲聞言，忙即跪下領命，又命四人上前跪謝凌真人接引之恩，乘機請凌渾同破青螺。

凌渾道：「我隱居廣西白象峰，已有數十年不履塵世。前年極樂真人李靜虛路過白象峰，和我談起如今各派正在收徒，劫運大動，勸我與白矮子棄嫌修好，趁這時機出世，助峨嵋昌明正教，就便收兩個資質好的門人承繼我的衣缽。想當初同白矮子發生嫌隙，我也有不是之處，看在我死去妹子凌雪鴻分上，他又極力讓我，趕人不上一百步，見極樂真人出頭一說和，也就罷了。

「極樂真人從我那裡走後，偏偏不知死的魔崽子六魔厲吼到白象峰採藥，乘我夫妻不在洞中，將我洞中植的一叢仙草偷走。我回來查明此事，因為這種妖魔小丑，不值我去尋他，打算收了徒弟，命徒弟去尋他算帳。後來一打聽，這些魔崽子自他師父神手比邱魏楓娘死後，又拜在毒龍尊者門下，無惡不作。

「我在衡山看中了一個未來的徒弟，這人名叫俞允中，是家妻崔五姑新收門人凌雲鳳的丈夫。他先是想投奔白矮子，白矮子看他不中意，不但不收，反用法嚇他回去，害得他受盡千辛萬苦，投師未投成，從山上跌滾下來，差點送了小命。我將丹藥與他服下，送到山下，想逼白矮子收他時，白矮子業已見機先行走避。我氣忿不過，白矮子不收俞允中，無非嫌他資質不夠，我偏收他為徒，將畢生本領傳授，讓他作出驚人的事與白矮子看看。

「我想試試此人心意膽智，留話給白矮子的大徒弟岳雯，等俞允中醒來對他說，他如能到青螺魔窟內將六魔厲吼的首級盜來，我便可收他為徒。果然他向道真誠，聽岳雯傳完我的話，一絲也未想到艱難危險，立刻由岳雯將他送到川邊。

「他獨自一人誤投昭遠寺，被兩個與青螺為仇的妖僧擒住，想利用他煉那天魔解體之法，與魔崽子為難，將他放在青螺對面正子午位的高峰上面行法。他無力抵敵，又想藉此得六魔首級，誤信妖僧之言，獨自一人在峰頂上打坐，日受寒風之苦。我先時還想去救他，後來一想，他雖不通道法，服了妖僧的火力辟穀丹，又傳了他打坐之法，不到端陽正午不會喪命。那天魔解體之法也頗厲害，稍一鎮懾不住心神，便會走火入魔，正可藉此磨練他扎一點根基。我只暗中護持，靜看妖僧、魔崽子窩裡反，到了端陽正午以前再打主意。

「我連去看他多少次，他定力很強，一到子午，眼前現出許多地獄刀山、聲色貨利的幻象，他一絲也不為所動。可見我眼力不差，甚為痛快。昨今明三晚，是妖僧行法最要緊關頭，幻景尤為可怕，還有真的魔鬼從中擾亂。我怕他禁受不起，不比往日，只須分出元神便可照護。彼時我正和一個牛鼻子歪纏，見妖僧飛來，我便隨他飛上峰頭。等妖僧走後，我對他說了幾句話。又到魔窟去看了一遍，正趕上俞德去請幾個大魔崽子來為師文恭報仇，毒龍孽障正用晶球照影觀察敵人動靜。這回他原請得有赤身教主鳩盤婆，偏偏派來的弟子又被綠袍老祖得罪回去。將來峨嵋鬥劍，鳩盤婆必不助他，齊道友可以省事不少。」說到這，眾人忽覺眼前微微一亮。凌渾道：「大魔崽子果然賣弄來了，你們只管閒談，待我上去跟他開個玩笑。」說罷，一晃身形，連章南姑姊弟和于、楊二道童俱都蹤跡不見。

鄭八姑適才元神飛下，見了凌渾，也隨眾參拜，未及上前請求度厄，凌渾業已飛走，好生嘆息。當下轉託眾人，代她向凌渾懇求一二。靈雲道：「這位師伯道法通玄，深參造化。只是性情特別，人如與他有緣，不求自肯度化；與他無緣，求他枉然。且等凌師伯少時如肯再降，或者青螺相遇時，必代道友跪求便了。」八姑連忙稱謝。等了半天，凌渾仍未返回。

那獨角神鷲和神鵰佛奴竟和好友重逢一般，形影不離。靈雲因雪山中無甚生物可食，問起司徒平，知獨角神鷲在紫玲谷內也是血食，便喚二鳥下來，命牠們自去覓食。神鷲搖搖頭。司徒平知牠是遵紫玲吩咐，不肯離開自己。正想向寒萼說話，神鵰忽然長鳴了兩聲，沖霄飛起。神鷲也跟著飛了上去。不多一會，神鷲仍舊飛回，立在雪凹外面一塊高的山石上面，往四外觀望。

神鵰去了有半個時辰，飛將回來，兩爪上抓著不少東西。眾人近前一看，一隻爪上抓著兩個黃羊，一隻爪上卻抓了十幾隻額非爾士峰的名產雪雞。在座諸人雖然均能辟穀，並不忌熟食葷腥。輕雲首先高興，取了四隻雪雞，喊了司徒平與朱文，商量弄熟來吃。

靈雲笑道：「你們總愛淘氣，這冰雪凹中，既無鍋釜之類的家具，又沒有柴火，難道還生吃不成麼？」大家一想果然，一手提著兩隻雪雞，只顧呆想出神。

八姑笑道：「這雪雞是雪山中最好吃的東西，極為肥美，早先我也偶然喜歡弄來吃。這東西有好幾種吃法，諸位如果喜歡，我自有法弄熟了它。冰雪中還埋藏著有數十年前的寒碧松蘿酒，可以助助雅興。只可惜我不便親自動手，就煩兩位道友將崖上的冰雪鏟些來，將這雪雞包上，放在離我身前三尺以內的石上，少時便是幾隻上好熟雞，與諸位下酒了。」朱文聞言，首先飛身上崖去取冰雪。

靈雲見神鵰還未飛走，便命牠將羊、雞取去受用。神鵰便朝上長鳴兩聲，神鷲飛下，二鳥各取了一隻黃羊、三隻雪雞，飛到崖上吃去了。

朱文、輕雲各捧了一堆冰雪下來，見雪雞還剩下十隻，已被司徒平去了五臟，都用敲碎的冰雪渣子包好。八姑口中唸唸有詞，先運過旁邊一塊平片大石。請朱文用劍在石面上掘開一個深槽，將包好的雪雞放在裡面，又取了些冰雪蓋在上面，用一塊大石壓上。準備停當，八姑又指給眾人地方，請一位去將埋藏的酒取了出來，然後說一聲：「獻醜。」只見一團綠森森的火光從八姑口中飛下，將那塊石頭包圍。不一會工夫，石縫中熱氣騰騰，直往外冒，水卻一絲也不溢出。

眾人俱聞見了雞的香味。朱文、輕雲二人，口中喊妙不絕。輕雲笑問朱文道：「你們有多少天不吃葷了，卻這般饞法？也不怕旁人見笑。」朱文秀眉一聳，正要答言，吳文琪道：「人家鄭道友在這冰山雪窖中參修多年，一塵不染，何等清淨。被我們一來擾了個夠還不算，索性不客氣鬧得一片腥羶，也不想想怎麼過意得去？我們真可算是惡賓了。」

朱文道：「你和大師姊俱是一般的道學先生，酸氣沖天。像我們這般行動自然，毫不作偽多好。你沒聽鄭道友說，她從前也喜歡弄來吃過，煮雞法子還是她出的呢。你這一說，連主人一番盛意都埋沒了。」

靈雲道：「你們怎地又拉扯上我則甚？你看那旁雞熟了，請去吃喝吧。」

朱文、輕雲聞言，走過去揭開蓋石一看，一股清香直透鼻端，石槽中冰雪已化成一槽開水，十隻肥雞連毛臥在裡面。提起雞的雙足一抖，雪白的毛羽做一窩脫下，露出白嫩鮮肥的雞肉。除八姑久絕煙火，靈雲也不願多吃外，算一算人數，恰好七人，各分一隻，留下三隻與紫玲姊妹和金蟬。各人用堅冰鑿成了幾隻冰瓢，盛著那涼沁心脾的美酒，就著雞吃喝起來。朱文、文琪、輕雲、司徒平各人吃了一隻。靈雲只在輕雲手中撕了一點嘗了嘗，便即放下。

大家吃喝談笑，到了半夜，一幢彩雲從空飛下，紫玲姊妹同金蟬由峨嵋飛回。說到了凝碧崖，金蟬先去取來烏風酒，與李、申二人服了。又由寒萼用寶相夫人的金丹，為李、申二人周身滾轉，提清內毒。再由金蟬去找芝仙討了生血，與二人服下。不到一個時辰，雙雙醒轉。依了李、申二人，還要隨紫玲姊妹帶回，同破青螺。紫玲因見二人形神委頓，尚須靜養，再三苦勸。李、申二人雖不願意，一則紫玲不肯帶她們同來，神鵰佛奴又未遣回，即使隨後趕來，也趕不上，只得罷休。請紫玲回到八姑那裡，急速命神鵰飛回。又請靈雲等破了青螺，千萬同諸位師兄師姊回去，以免二人懸念寂寞。

靈雲聞言，便向紫玲姊妹稱謝。仍恐李、申二人於心不死，決定破了青螺，再命神鵰回去。又恐神鵰見主人不來，私自飛回，便喚了下來囑咐一番。誰知神鵰一見主人不來，又傳話叫牠回去，哪肯聽靈雲吩咐，靈雲囑咐剛完，神鵰只把頭連搖，長鳴了一聲，沖霄飛起。那隻獨角神鷲也飛將起來，追隨而去。

靈雲知道神鵰奉白眉和尚之命長護英瓊，相依為命，既不肯留，惟有聽之，也就不再攔阻。一會工夫，神鷲飛回，向著紫玲不住長鳴。

紫玲聽得出牠的鳴意，便對靈雲道：「那隻神鵰真是靈異，牠對神鷲說，英瓊妹子尚有災厄未滿，牠奉白眉和尚之命，一步也不能遠離，請姊姊不要怪牠。適才我在峨嵋，也見英瓊妹子煞氣直透華蓋，恐怕就要應在目前呢。」靈雲等聞言，俱都頗為擔心，怎奈難於兼顧，只得等到破了青螺之後，回去再作計較。

朱文已將石槽中留與三人的雪雞連那寒碧松蘿酒取出來，與三人食用，金蟬、寒萼連聲誇讚味美不置。大家又談了一陣破青螺之事，各人在石上用起功來。

第二日中午，八姑的友人白水真人劉泉走來，由八姑引見眾人。行完禮之後，八姑問起劉泉，知道那晚在林中跪求到第二日，雖跪得精疲力乏，因為想用至誠感動凌真人，一絲也不懈怠，反越虔敬起來。直跪到三更將盡，凌真人忽然帶了四個少年男女出現，一見便答應收劉泉為徒。由凌真人用縮地符，命劉泉將四個少年男女，送往峨嵋凝碧崖內，交與李、申諸人。又命劉泉將人送到後，回來往玄冰谷，對靈雲等說：

「明日便是端陽，魔宮內雖有番僧等布下魔陣，自有凌渾去對付它，無須多慮。一交寅末卯初，先是趙心源按江湖上規矩，單人持帖拜山。命金蟬借用紫玲的彌塵旛隨劉泉去見心源，裝作心源持帖的道童，緊隨心源同幾個劍術稍差之人，隨身護持，遇見危難，急速用旛遁去。其餘如鐵蓑道人、黃玄極等，也都各有分派，隨後動身。

「交手時，五鬼天王尚和陽如果先敗，必乘眾人不備，到玄冰谷奪鄭八姑的雪魂珠。此珠關係邪正兩派盛衰興亡，除司徒平不能與萬妙仙姑許飛娘對面，必須在谷中暫避外，靈雲、朱文、輕雲、文琪、紫玲姊妹六人中，至少留下一人助鄭八姑守護雪魂珠，不可遠離。餘人可在卯末辰初動身往青螺助戰。那時魔陣已被凌渾所破，毒龍尊者與許飛娘連同幾個厲害番僧同時出面。

「眾人不可輕敵，如見不能取勝，只可用朱文的寶鏡連同各人用的法寶護著身體，支持到了午正將近。但聽凌渾一聲吩咐，那時番僧梵拿加音二的天魔解體大法必然煉成發動，地水火風一齊湧來。眾人只須見凌渾二次出現，急速由紫玲取過金蟬用的彌塵旛，遁回玄冰谷，助八姑趕走尚和陽。青螺後事，由凌深、俞允中、劉泉三人主持辦理。峨嵋還有事發生，靈雲等事完之後，可帶了眾人，速返凝碧崖，便知分曉。」

靈雲聞言，便命金蟬向紫玲借了彌塵旛，傳了用法，隨劉泉赴昭遠寺去見心源，遵凌渾之令行事。不提。

靈雲等劉泉、金蟬二人走後，便問：「哪位妹子願伴八姑留守？」眾人都願赴青螺一決勝負，你看我，我看你，不發一言。紫玲見眾人不說話，只得說自己願陪八姑留守。

靈雲道：「沒聽凌師伯吩咐？明日保護大家出險，全仗姊姊用彌塵旛，如何可不去？」

紫玲不及答言，吳文琪早忍不住笑道：「秦家兩位姊姊，照凌師伯所說，是必須前去的，文妹又須用寶鏡和群魔支持，司徒道友根本不能前去，大師姊又是三軍統帥，就剩我和輕雲妹子。我又比輕雲妹子差得多，我一路來俱是幹的輕鬆事兒，從未與敵人照面，索性我偷懶到底，將我留下看家吧。」

第十三章　妖僧授首

靈雲笑道：「你休看輕了這留守是輕鬆的事兒，那五鬼天王尚和陽是各魔教中數一數二的人物，非同小可。八姑的雪魂珠關係更是異常重大，琪妹所負的責任，且比我們大得多呢。」

大家推定文琪留守之後，八姑又把自己脫劫之事，重託靈雲、輕雲，說那能用法寶、丹藥救她之人，正是怪叫化窮神凌渾，務必請大家到了魔宮之中，留神那至寶、靈丹，並求凌真人度厄歸真等語。靈雲及眾人同聲應允，八姑甚為高興。

靈雲便問：「倘如明日五鬼天王尚和陽前來奪取雪魂珠，文琪、司徒平未必能夠迎敵，八姑有何妙法抵禦？」

八姑道：「我此時身同朽木，只能運用元神，若論迎敵尚和陽這種魔教中厲害人物，本非易事。不過退敵雖難，謹守一兩個時辰，等諸位援兵，還辦得到。再若不濟，我便暗中將雪魂珠交與吳道友避開一旁，即使自身遭劫，誓不能將多年辛苦，冒著九死一生得來的至寶，讓仇敵得了去。少時我和吳道友自有打算，請放寬心便了。」

靈雲知八姑也非弱者，凌渾又有前知，既然命劉泉來吩咐，決無妨礙。

大家談說到了晚間，八姑請眾人依她指定方位站好，只留吳文琪一人，各運劍光，將玄冰谷封住，以防萬一。由她先行了一陣法，然後元神退出軀殼，下了石台，口中唸唸有詞，她坐的那一個石台忽然自行移向旁邊。文琪近前一看，下面原來是個深穴，黑洞洞的，隱隱看見五色光華如金蛇一般亂竄。八姑先口誦真言，撤了封鎖，止住洞中五色光華，請文琪借了朱文的寶鏡在手中持著，飛身入洞。被寶鏡光華一照，才看出下面竟是一所洞府，金庭玉柱，銀字瑤階，和仙宮一般。只是奇冷非常，連文琪修道多年的人，都覺難以支持。

八姑移開室中白玉靈床，現出一個洞穴，裡面有一個玉匣，雪魂珠便藏在裡面。八姑請文琪先藏起寶鏡，洞府依舊其黑如漆。八姑口誦真言，喊一聲：「開！」便有一道銀光從匣內沖起，照得滿洞通明。八姑從匣內取出那粒雪魂珠，原來是一個長圓形大才徑寸的珠，金光四射，耀目難睜，不可逼視。

八姑道：「這便是我費盡千辛萬苦，九死一生，得來的萬年至寶雪魂珠。凡人一見，受不了這強烈光華，立刻變成瞎子。我因得珠之後未及洗煉，使珠子光芒不用時能夠收斂。後走火入魔，壞了身體，這珠的金光上燭霄漢，定要勾引邪魔前來奪取。幸而預先備有溫玉匣子將它收貯，又用法術封鎖洞府，自己甘受雪山刺骨寒飈，在洞頂石台守護至今，才未被外人奪去。此珠只和西方野佛雅各達門法用過一次，若非此珠，我早已被魔火化成飛灰了。五鬼天王尚和陽更比那妖僧厲害，又恐別人覺察，才請諸位道友在上面守護，還用法術放黑霧將谷面封鎖，才敢取出來與道友一觀。

「此珠已經我用心血點化，只要玉匣不加符咒封鎖，便能隨心所欲。明日道友無須迎敵，只須潛伏洞中，代我守護玉匣。我先傳了道友隱形之法，如見我這雪魂珠自飛入匣，必是我抵敵不過來人，元神遁出，軀殼或有損毀也說不定。道友可將此珠緊帶身旁，無論洞上面有什麼異象也不去管它，由下面駕劍光衝出，遁回峨嵋，我自會追隨前去。司徒道友，我再替他另覓藏身之處，以防波及。

「此乃預先防備最後失敗之策，並非一定如此慘敗，因敵人厲害，不得不作此打算。萬一軀殼被毀，說不得仍求諸位道友代求凌真人和掌教真人設法援救，以免把多年苦功付於流水。我此時便要將元神與珠合一，我在前引路上去吧。」

說罷，一晃身影，八姑便不知去向，只見亮晶晶一團銀光往上升起。文琪隨著飛身上來，眼看那團銀光飛進石台之上，挨近八姑身旁便即不見，同時石台回了原處。八姑在石台上開口，請大家收了劍光近前，說道：「有勞諸位道友，適才那團銀光便是我的元神與雪魂珠合在一起。我已將珠帶在身旁，靜候明日與魔鬼決一勝負存亡，便可脫劫還原了。」

文琪又將雪魂珠靈異之處對靈雲等說了一遍。

時光易過，不覺到了卯時。靈雲約了輕雲、朱文與紫玲姊妹，別了八姑、文琪、司徒平三人，駕劍光直往青螺魔宮內飛去。這且不提。

話說煙中神鶚趙心源同陸地金龍魏青、黃玄極、鐵蓑道人，到青城山金鞭崖會見矮叟朱梅的門人紀登，舊友新知，俱都非常投契。紀登因離端陽尚有多日，答應到了端陽臨近，護送陶鈞助四人到青螺赴會，並設法請師父矮叟朱梅也來相助。心源聞言，甚為欣喜。鐵蓑道人想起去看兩處好友，與諸人訂了約會先走。心源等便在金鞭崖紀登觀中住下。

直到四月底邊，矮叟朱梅忽然回山，心源拜見之後，跪求朱梅相助。紀、陶二人也幫他跪求。

朱梅道：「這次青螺雖然起因甚小，關係卻大。起初不但齊道友請得有我，還約了俠僧軼凡同峨嵋門下幾位道友。自從戴家場怪叫化凌道友二次出世，神尼優曇大師遇見他夫人白髮龍女崔五姑，才知凌道友這次出世，是在無心中得了一部天書，想借這次各派收徒，正邪兩派劫運將來之際，收些門人另創一派。知道西藏群魔聲勢浩大，無惡不作，特意將這些魔教一一鏟除，就在西藏創立教宗。他生性特別，夫妻二人一向獨斷獨行，從未求人相助，也從未遇見過敵手。我們知他性情古怪，去了反招他不快，才行中止。

「不過青螺之事由趙心源而起，不能不去。又恐凌道友萬一仍記追雲叟前嫌，自己雖取青螺作根基，卻不管別人閒事。俠僧軼凡雖非峨嵋一派，但是明年便要圓寂飛升。趙心源不久仍歸峨嵋門下，又得過追雲叟的應允相助。俠僧軼凡和齊道友交情甚厚，群魔又公然聲稱與峨嵋為仇，借青螺拜山為由，引峨嵋門下前去一網打盡，峨嵋掌教同諸位道友萬難坐視。偏關礙著凌道友，長一輩的都不便親自前往，才由齊道友飛劍傳書，在小輩門人中選了幾個前去相助。

「同時玄真子聽齊道友說，天狐寶相夫人脫劫在即，她所生二女根基極佳，現在已同棄邪歸正的司徒平聯了婚姻，何不將二女也收歸門下，以免她們誤入旁門。齊道友知寶相夫人有一至寶，名為彌塵旛，破青螺大有妙用。又用飛劍傳書與餐霞大師，請她就近相機行事。寶相夫人二女定然也隨幾個小一輩的門人同往青螺。爾等此去決無危難，大約到了青螺便可相遇。為日業已無多，可著紀登送爾等前去便了。」

心源等見矮叟朱梅如此說法，大放寬心，不敢再為瀆求。第二日拜別矮叟朱梅，由青城山起身。紀登奉命送四人至打箭爐，便即別去。心源一算時日，離端陽還有十來天。除玄極外，餘人均未斷絕火食，此去雪山崇峻，四無人煙，不得不先為準備。便在打箭爐附近村鎮上住了一天，備辦乾糧應用之物。又隔了一天，才循入滇朝山的捷徑，往青螺進發。

雖是步行，幾人腳程本快，不消三日，已離青螺不遠。行至一條官道與小路交岔口處，大家見風景甚好，坐在路旁歇息。遇見結伴朝山的香侶，陶鈞上前向一個老者探問赴青螺的路程。

那老者一聽問的是去青螺路程，面帶驚恐，朝陶鈞上下打量了幾眼，先問陶鈞朝山，為何不去滇山朝拜，卻往青螺則甚？陶鈞推說是幼年時家中尊人許下的心願，不能不往。

那老者先不肯說，經陶鈞再三和氣打聽，那老者才勉強說道：「按理我們出門人不該多嘴，我看尊客行止不似歹人，才敢直言奉告，如今青螺且去不得呢。」陶鈞堅問何故？

那老者答道：「我也是幼年時聽人說起，在數十年前，青螺原是善地，山中有一座昭遠寺，裡面有兩個僧人，俱能吞刀吐火，平地生蓮。不料僧人遭劫，不知怎的，去了八個魔王，將兩位僧人趕到番嘴子昭遠寺下院，將總寺拆了，修起一所魔宮。手下許多魔神，專一四處搶掠少男婦女、金銀財帛。入滇行商同朝山的人，往往成群結隊，不知去向。先前朝山的人一去不回，只說是僧人度化。前些年有一個從魔宮逃回來的人，說起魔宮中魔神眾多，法術通神，還有一個姓魏的女魔君更是厲害。搶去的人除供男女魔王姦淫外，還被他們採去生魂，修煉法寶。害得人家都把朝山視為畏途。即使像我們都是信仰極堅，又預先佩有僧人弟子賜過的靈符，也只敢在大路行走。

「青螺這條路，久已無有人敢經過，慢說是入山朝拜。尊客年輕，不知行路不易，還是不去，改同我們一起行到西藏朝佛，不是一樣？如不去西藏，前面過了雪山，望前行二百餘里，便是番嘴子，那裡有昭遠寺的下院。有二位被魔王趕出的僧人，聽說還在那裡，盡可到那裡去了完心願，急速回家。青螺峪離那裡還有百餘里，千萬去不得。」

陶鈞道聲「領教」，辭別老者，回來說與心源。陶鈞原是無聊閒問，眾人聽陶鈞說了老者之言，相視一笑。前望雪山綿亙，又知沿途並無村鎮，取出帶的乾糧、酒脯飽食一頓，仍往前路進發。走不多遠，便上雪山，山徑險紆，雪光耀目，雖在四五月天氣，積雪仍是未消。

行到山脊，玄極駕劍光前視，回報說過去百餘里，有一村鎮，現出紅牆，想必便是番嘴子。正說之間，忽聽有破空的聲音，及至近前落下，乃是鐵蓑道人因為訪友不遇，返至青城，矮叟朱梅已不在山中，知四人業已動身，一路跟蹤到此。心源又把矮叟朱梅之言說了一遍。

鐵蓑道人聞言，笑道：「矮叟故意如此說法，凌真人決不如此量淺。恭喜趙道友，此行無憂了。」說罷，便催四人不必再作步行，由鐵蓑道人攜帶陸地金龍魏青，駕劍光先到番嘴子，見機行事。

剛剛飛出去不多遠，眾人正行之間，猛覺身子直往下墜，好似被什麼重力吸住一般，大吃一驚。見下面山坡下正有一人朝上招手，落下來一看，除陶鈞外，俱認出是戴家場見過的怪叫化窮神凌渾，心中大喜，分別上前行禮，心源又引了陶鈞拜見。凌渾便命眾人先往昭遠寺投宿，如此如此。眾人領命之後，凌渾倏地不見。

鐵蓑道人、心源、玄極、陶鈞、魏青一行五人，遵怪叫化凌渾所囑，駕劍光到了番嘴子。落下地來一看，原來是一個荒涼村鎮，雖然有幾十所土屋茅簷，也都是東倒西歪，牆垣破壞，好似多年不曾有人居住。心源一眼瞥見前面大路旁邊有一所大廟，門前樹蔭下排列著兩行石凳。近前一看，果然是昭遠寺，門上還有大明萬曆年間欽賜勅建的匾額。廟門緊閉，隱隱聞得梵唄之聲，估量正是晚飯前誦經時候。

當下推定陶鈞，仍作為進香投宿的客人，上前叩門。陶鈞把環打了好幾下，才走出一個中年喇嘛來，上下打量了陶鈞幾眼，問陶鈞來意。陶鈞對他說了。那喇嘛獰笑一聲，正要開口，一眼看見鐵蓑道人同心源、玄極、魏青等裝束異樣，英風滿臉，知道不是平常香客，立刻改了和顏悅色的容貌，說大老爺、二老爺正率全廟僧人做午齋，請眾人先到禪堂內落座。

心源見那喇嘛相貌凶惡，目光閃爍不定，對人又是前倨後恭，便朝鐵蓑道人使了個眼色。鐵蓑道人點了點頭，眾人也都覺察在意。

大家到了禪堂落座，那喇嘛便即走去。一會工夫，知客僧同了先前出去的喇嘛進來，小喇嘛獻上乳茶。大家見那乳茶灰暗暗的，有一股子腥羶之氣，俱都未用。

知客僧名叫喀什羅，生得身材高大，一臉橫肉。與眾人問訊之後，又問眾人來意。陶鈞仍照適才的話重說一遍。知客僧喀什羅道：「我們佛門弟子戒打誑語。諸位居士行藏，小僧已看透一半。真人面前莫說假話。諸位居士何以始終說是朝佛進香的呢？」

魏青性子最急，見知客僧再三盤問，早已不耐，聞言搶先說道：「你這和尚好無道理！你開的是廟，我們來此投宿，住一天有一天的香資，你管我們是真拜佛假拜佛則甚？」

哪知客僧聞言，也不作惱，反笑說道：「論理，小僧原不該多問，只因端陽快到，有人到青螺拜山，我們這裡是青螺的下院，奉命在此迎候。諸位雖口稱是進香朝佛的客人，但是一無香火袋，又不攜帶行李，只帶了一兩件零星包裹，跋涉千里雪山，說是朝山香伴，誰也不信。我看諸位趁早說了實話，如是魔主請來的賓友，省得我們招待失禮。」

魏青厲聲道：「依你說來，如果我們不是八魔崽子的狐群狗黨，是來尋他晦氣的，你們又當如何？」

那知客僧獰笑一聲道：「如果來的不是魔主的好友，是他仇敵時，那我們就要無禮了！」這時先前那個中年喇嘛先已走去，魏青未等知客僧把話說完，早已縱身上前，心源一把未拉住。魏青跳到知客僧面前，剛把手伸出去，那知客僧只把身形一扭，避開魏青手掌，一點指之間，魏青業已被他點中了穴，倒在地上。

知客僧正要口發狂言，陶鈞見魏青一照面便被人點倒，手揚處劍光飛起。知客僧見來人精通劍術，知道不敵，剛剛轉身往外逃走，忽從外面飛進一朵紅蓮，將陶鈞劍光托住。

心源已走過去，將魏青救醒轉來。眾人正待動手，外面有人喝道：「你們是好的出來，與佛爺見個高下！」說罷，那朵紅蓮便即飛去。

陶鈞首先指揮劍光追縱出去，眾人也都隨後到了院中。見院中站了好幾十個喇嘛，為首一人生得又矮又胖，適才那朵紅蓮便是他所放。見眾人出來，喝問道：「你們是哪裡來的？無故到本廟中擾鬧！快快說出來歷，免得做無名之鬼！」

心源道：「妖僧休要猖狂！我便是端陽到青螺魔宮赴會的趙心源，你有什麼本領，只管使將出來。」

這矮胖番僧正是昭遠寺二方丈喀音沙布，一聽來人是端陽赴會的趙心源，不由大吃一驚。心想：「八魔尚且怕他，何況自己？」正在沉思之際，他放起的那朵紅蓮原是魔法幻術，如何敵得過陶鈞的飛劍，不消片刻，便被陶鈞劍光往下一壓，立刻如煙消霧散。

鐵蓑道人等因喇嘛雖多，並無人上前助戰，也都袖手旁觀。一見陶鈞破了番僧紅蓮，指揮劍光朝番僧頭上飛去，想起凌渾臨來時吩咐，正要喊陶鈞住手。忽然一陣天昏地暗，陰風四起，一團烈火從殿後飛出，火光中現出無數夜叉、猛獸、毒龍、長蛇，夭矯飛舞而來。

鐵蓑道人知是番僧妖法，忙喊陶鈞收劍，將手一張，一道白光如長虹般飛起，與那團火光鬥在一起。那些毒蛇、猛獸、夜叉挨著鐵蓑道人劍光，便即消滅。只那團火光兀自不滅，兩下鬥了一陣，不分勝負。猛聽那邊一聲大喝道：「諸位且慢動手，我有話說。」

鐵蓑道人巴不得停手罷戰，好照凌渾之言行事。又恐來人之言有詐，且先收住劍光護住眾人，觀察動靜。劍光往回一收，那團火光果然不來追趕，倏地往下一落，火光滅處，現出一個身材長大的黃衣番僧，合掌當胸說道：「諸位檀樾如不猜疑，且請到小僧房中，有機密事相告。」

鐵蓑道人知道應了凌渾之言，答道：「我等原不與貴廟為難，既然大和尚不願結仇，有何猜疑之有？」

這時那個矮胖番僧也走了過來，隨同請眾人進至方丈室內落座。大家通過問訊，才知這兩個番僧正是本廟的兩個方丈梵拿加音二與喀音沙布。

原來梵拿加音二記恨八魔奪廟之仇，決意煉那天魔解體大法，到端陽與八魔拚個死活。忽然在日前接著八魔傳話，說請有獨角靈官樂三官同江湖上幾位至好，端陽日到青螺魔宮赴會，這些人多半輾轉延請，青螺並未來過，如要經過番嘴子，命二番僧務必竭誠款待，接引到魔宮中去。還說仇人趙心源同許多峨嵋門下也要打此經過，如見形跡可疑之人到此，能下手便除去他，不能下手速往魔宮送信，好作一準備，廟門須長川有人看守等語。

二番僧聞言，心中雖咬牙切齒，並未形於顏色。將來人敷衍走後，彼此一商議，打算借刀殺人。來人如是八魔請來的友人，一樣替八魔招待，引往魔宮；如是八魔仇人，便相機行事；如來人是個尋常之輩，便下手除去，以取信於八魔；要是本領高強，索性與他聯在一起，告訴他魔宮機密，到來人與八魔交手之際，好趁空使那天魔解體大法，由他雙方玉石俱焚，自己卻從中取利，奪回舊業，重振香火。

二人計議停妥，不多幾日，樂三官始終未來，陸續來了好幾個八魔轉請的友人，到昭遠寺請二番僧派人引往青螺。梵拿加音二想多得一點魔宮機密，借送客為由，親身到魔宮去了幾次。

今日正在召集眾人做午齋，忽聽人報廟中來了幾個形跡可疑之人，看去不是八魔請的友人，倒有點像對頭神氣。梵拿加音二便命二方丈喀音沙布去見來人，照以前商定相機行事。一會又有人報，說來人已與知客僧言語不合，動起手來，被知客僧先用點穴法點倒了一個大漢，內中一個少年忽然飛起劍光，幸虧二方丈趕到，口吐紅蓮，將知客僧救出。如今在前殿院落中動手，因見來人像是幾個能手，徒眾們俱都旁觀，不便上前。內中有一人自稱是端陽赴會的趙心源，正是八魔仇敵等語。

梵拿加音二一聞此言，立刻飛身出去，正趕上陶鈞破了喀音沙布的紅蓮。一則恐喀音沙布失手，二則想試試來人本領再定敵友，見陶鈞飛劍像得過高人傳授，使那慣用的魔伽追魂八面龍鬼的魔法恐難取勝，將元神化作一團烈火飛上前去。誰知才一照面，少年飛劍便退，對面閃出一個道人，手一揚飛起一道長虹般白光，一會工夫便破了自己的法術。知道再延下去決難討好，這才高喊收兵，化敵為友。到了裡面，問明來人來歷，果是破青螺的主要人物，心中大喜，便將心事說知，求眾人助他得回青螺，必有重報。

鐵蓑道人胸有成竹，立即應允。梵拿加音二便把自己急切報仇，在青螺子午正位上煉那天魔解體大法之事告知眾人，請眾人到了端陽那日如不能得勝，務必支持到了正午，自有妙用等語。

正說之間，小喇嘛匆匆進來報告，說番僧布魯音加應了八位魔主之請，前來有話吩咐，快到裡面來了。梵拿加音二聞言大驚，忙命喀音沙布速陪眾人暫時避往別處，自己急忙起身迎接出去。喀音沙布聞言，將手往牆上紐環一推，便現出一個穹門。眾人剛走進去不多一會，知客僧已陪了布魯音加進來。

這布魯音加原是西藏魔教中厲害人物。當初神手比邱魏楓娘的師父，新疆博克大破神鰲嶺，寒瓊仙子廣明師太，因見魏楓娘作惡多端，貽羞門戶，特地從天山趕往青螺，想按教規懲罰。不想魏楓娘早已防到此著，她和布魯音加最為莫逆，便將他約來埋伏在旁，趁廣明師太不防，暗用烏鳩刺，壞了廣明師太左臂。從此布魯音加便留住魔宮，與魏楓娘、八魔等人益發肆無忌憚，同惡相濟。

魏楓娘死後，布魯音加立誓給她報仇，在青螺附近尋了一座山谷，煉了九九八十一口魔刀，靜等端陽節到，好尋峨嵋派報仇雪恨。昨日才將魔刀煉成，回到青螺與八魔談起，聽說峨嵋這次人多勢眾，已由毒龍尊者約了五鬼天王尚和陽、赤身教主鳩盤婆、萬妙仙姑許飛娘等人相助。又說俞德去請萬妙仙姑許飛娘，路遇獨角靈官樂三官，萬妙仙姑請他同往青螺，樂三官滿口答應。行至中途，樂三官忽然想起去會一個朋友，答應端陽節前趕到，已囑咐昭遠寺小心接待，謹防仇敵等語。

布魯音加道：「那昭遠寺乃青螺正路，敵人如由四川動身，必定打此經過。敵人俱會劍術，梵拿加音二迎候賓客尚可，要同敵人交手，如何能行？莫如我親身前去囑咐他們，布置一番。如果敵人期前到此，往廟中投宿，無須驚敵，只用我的烏鳩刺下在飲食之內，便可取他們性命。要是敵人打空中飛行，必算準日期，非到端陽不來，就用他們不著了。」說罷，辭別八魔，到了昭遠寺。

梵拿加音二將他迎接進去，到了方丈室內。布魯音加說了來意，問起近日情況，得知除接過幾個八魔約來的朋友外，並未見峨嵋派有人經過。布魯音加一絲也不疑心梵拿加音二記恨前仇，存心內叛。又因烏鳩刺乃自己刺心滴血所煉，一動念間便可如意飛回，不愁人起異心。便將烏鳩刺取出，囑咐依言行事，並告訴了用法。叫梵拿加音二到了端陽早晨將刺繳還，無須親自前去，只須將尖刺朝著青螺方面口誦所傳咒語，自會飛回。說罷，作別走去。梵拿加音二送他回來，請出眾人一一告知。

鐵蓑道人取過那烏鳩刺一看，長約三寸八分，比針粗些，形如樹枝，上面有九個歧叉，非金非石，又非木質，亮晶晶直發烏光，隱隱聞得血腥。聽人說過這東西厲害，仍交與梵拿加音二好好收藏。

梵拿加音二收了烏鴆刺，正要命人為鐵蓑道人等尋找密室安頓，忽聽院中一聲大喝道：「大膽孽畜，竟敢私通仇敵！還不與我出來納命！」言還未了，梵拿加音二手上的烏鴆刺竟然化成一溜綠火穿窗飛去。

梵拿加音二聞言大驚，忙對鐵蓑道人道：「賊禿驢此來必然看破機密，諸位千萬助我一臂之力，不可將他放走才好。」說罷，先化成一團火光縱身出去。二方丈喀音沙布同了鐵蓑道人、心源、玄極、陶鈞、魏青也都跟蹤而出。到了外面一看，正是番僧布魯音加去而復轉。

原來布魯音加適才來時，本未看出什麼破綻。及至將烏鴆刺交與梵拿加音二，走出去沒多遠，忽然心中一動。想起往日到昭遠寺去，兩個方丈都是同時接送，殷勤置酒款待。今日為何不見二方丈出面？大方丈並未提起，神態也有些不自然，行時一句款留之話俱無，自己又這樣神思不寧。不由起了疑心，決計回去暗中察看梵拿加音二的動靜。及至回轉昭遠寺，落下來往方丈室內一看，果然梵拿加音二同著幾個生面之人，正拿著烏鴆刺把玩說話。略聽一兩句，便知全是敵人，心中大怒。恐烏鴆刺落在敵人手內，先運真氣將刺收回，開口便罵。

梵拿加音二明知自己所學，大半都是魔教中參拜祭煉之法，遇見厲害敵人，不能立時應用，準敵布魯音加不過。無奈自己機關既被他識破，不用說敗了沒有性命，就是勝了，要讓他逃走回去說與八魔，不但前功盡棄，合廟生命財產俱要一掃而空。仗著鐵蓑道人等相助，決意和他以死相拚。因知布魯音加非同小可，不敢大意，才用禪功變化，化成一團紅光飛將出去。

布魯音加一見梵拿加音二不敢用真身出現，也知他臨陣怯敵；又見只他一人上場，料知室中眾人未必有多大本領。他還不知梵拿加音二得過祭煉真傳，在青螺前面正子午方位上煉有天魔解體大法，關係人魔生死存亡。一念輕敵，不肯就下毒手，想將梵拿加音二同室內敵人戲侮個夠，再行生擒，帶回青螺表功。見對面紅光飛來，不慌不忙地將手一指，便有五道黃光將那團紅光敵住。還恐敵人逃走，從袈裟內取出一個網兜，口中念咒，往空中一撒，化成一團妖霧腥風，往空升起，將昭遠寺全部罩住。正在施為，忽見方丈室內飛縱出六個人來，才一照面，內中兩個壯士打扮的先飛起兩道白光直射過來。

布魯音加哪裡放在心上，分出兩道黃光上前敵住。對面又飛過兩道白光，如長虹一般。布魯音加見這兩道光比先前兩道迥乎不同，才知來人中也有能手，暗自驚異。仗著自己魔法厲害，一面分出黃光迎敵，口中罵道：「一群無知孽障，還不束手受擒，竟敢在此賣弄！佛爺祭起羅剎陰風網，將全廟蓋住，如放爾等一人逃走，誓不為人！」

言還未了，忽聽一人在暗中說道：「賊禿驢，不過是偷了鳩盤婆一塊髒布，竟敢口出狂言，真不要臉！你不用橫，少時就要你的好看！」

布魯音加聞言，心中一動。再看對面，六人中雖有四個放出飛劍動手，並未說話。那兩個，一個是本廟二方丈喀音沙布，還有一個猛漢，俱在凝神旁觀，不像個有道行之人，如何會知道羅剎陰風網的根底？好生納悶。猛想：「他們人多，我何不先下手將這兩人除去？」想到這裡，暗誦口訣，將烏鳩刺放起空中，化成一溜綠火，比箭還疾，直朝陸地金龍魏青頭上飛去。

鐵蓑道人最為留心，一見烏鳩刺飛來，忙喊魏青快快躲避。同時將臂一搖，飛起一道青光迎上前，眼看接個正著。就在這一轉瞬之間，那溜綠火似有什麼東西吸引，倏地掉轉頭飛向空中，蹤跡不見。鐵蓑道人適才聽見暗中那人說話，好生耳熟，已猜是來了幫手，烏鳩刺定是被那人破去，便指揮青光上前助戰。

布魯音加一見自己心愛的至寶被敵人收去，又驚又怒。同時他那五道黃光，有兩道迎敵鐵蓑道人與黃玄極的飛劍，本就吃力，這時又加上鐵蓑道人一道青光，青白兩道光華迎著黃光只一絞，便成兩段。

黃玄極見鐵蓑道人得勝，運用元神指揮前面劍光往下一壓，將敵人黃光壓住。正趕上鐵蓑道人青白兩道劍光飛來，三劍夾攻，又是一絞，將黃光絞成數截，似流星一般墜落地上。心源、陶鈞堪堪不支，憑空添了三道生力軍，不由心中大振。就在這一會工夫，布魯音加稍慢一著，五道黃光被敵人像風捲殘雲般破去。

鐵蓑道人等破了布魯音加黃光，正指揮劍光飛上前去，忽見對面起了一大團濃霧，布魯音加蹤跡不見，只見霧陣中有一幢綠火熒熒閃動。眾人飛劍飛到跟前，便好似被什麼東西阻住，不得上前。一會工夫，天旋地轉，四外鬼聲啾啾，腥風刺鼻。陸地金龍魏青和喀音沙布首先先後暈到在地，心源、陶鈞也覺得有些頭腦發暈。鐵蓑道人、黃玄極雖然不怕，也看不出妖僧是鬧什麼玄虛。只得命各人將劍光聯合起來，護著周身，再觀動靜。

正在驚疑，忽見霧陣中冒起百十道金花，布魯音加在霧裡發話道：「我已撒下天羅地網，爾等插翅難飛，再不束手就擒，我將九九八十一把修羅刀祭起，爾等頃刻之間便成肉泥了。」

原來布魯音加被眾人劍光絆住，不能施展法寶，烏鴆刺又無端失蹤，暗中咬牙切齒。知道敵人俱非善者，再拖延下去決難討好，只得狠狠心，拚著將五把戒刀煉成的黃光被敵人破去，也不想再生擒敵人，一面迎敵，暗施魔法，祭起濃霧。正待將自己元神會合九九八十一把修羅飛刀祭起，言還未了，忽聽面前有人冷笑。從霧陣中往外一看，面前敵人仍是適才那幾個，好生奇怪。猛一抬頭，見上面星光閃耀，陰風網又被敵人破去，大吃一驚。不敢怠慢，忙將九九八十一把飛刀飛將出去。

鐵蓑道人見霧陣中金花像流星一般飛來，知道厲害，忙喊眾人收劍，準備用自己劍光單獨上前抵擋。忽聽面前有人說道：「鐵牛鼻子休要莽撞，留神污了你的飛劍。等我以毒攻毒吧！」

眾人俱都聽見，只不見人。就在這一轉瞬間，眼看一幢綠火帶著百十道金花，快要飛到臨頭，倏地面前起了一陣腥風，一團濃霧擁著一塊陰雲，直朝對面綠火金花包圍上去。接著便見天昏地暗，鬼聲啾啾，那幢綠火連同百十道金花，在陰雲濃霧中亂飛亂竄。

一會工夫，猛聽有人喝道：「妖僧飛刀厲害，鐵牛鼻子還不領了眾人快退！」言還未了，只聽聲如裂帛，一陣爆音，綠火金花從濃霧陰雲中飛舞而出。同時面前一閃，現出一個矮瘦老頭，手揚處，飛起一道匹練般的金光，正往那幢綠火金花橫圈上去。忽然眼前一亮，又是一道金光長虹吸水般從天而下，金光中現出一隻丈許方圓的大手。矮叟朱梅一見，收回金光，將身一扭，便沒了蹤跡。

那隻大手手指上變出五道彩煙，在院中只一撈，一聲慘叫過處，所有妖僧的綠火金花連同陰雲濃霧，俱都火滅煙消，一掃而盡。金光中大手也如電閃般消失。銀河耿耿，明星在天，一絲跡兆俱無。再看地下布魯音加，竟然腰斬為兩截，屍橫血地。梵拿加音二才放了寬心。鐵蓑道人由身畔取出化骨丹，放了兩粒在布魯音加的腹腔子裡，不消片刻，便化成了一灘黃水。

眾人等了一陣，矮叟朱梅並未回來，也不知金光中那隻大手是什麼來歷。大家一同進了方丈室內，梵拿加音二謝過眾人相助之德。恐青螺方面再有人來，另尋了兩間密室安頓眾人。囑咐闔廟僧徒，如青螺方面派人前來，只推說布魯音加並未來此，千萬不可走漏消息。

等了數日，八魔正忙著請人布置，見布魯音加一去不返，以為他必有要事他往，也未派人到昭遠寺來。鐵蓑道人等見無甚動靜，因為凌渾早有囑咐，無須到青螺探視，到時凌渾自有安排，便都在昭遠寺密室中靜養，暗中留神梵拿加音二等動靜。

鐵蓑道人還跟他到青螺前面峰頂去過兩次，只知他祭煉魔法，與八魔拚命，卻不知峰頂上打坐煉法的就是俞允中。又加兩位番僧報仇心切，俱都暫時屏絕聲色，看不出他們有什麼惡跡，彼此倒也相安。

第十四章　獨戰八魔

這日梵拿加音二要往青螺行法，端陽期近，特備酒筵款待眾人。飯後梵拿加音二告辭走去。眾人因見連日安靜，便留在方丈室內閒談。到了夜深，鄭八姑與劉泉從青螺飛來，將鐵蓑道人引出，說起玄冰谷內還到了幾個幫手。鐵蓑道人回去背著喀音沙布說與眾人。

第二日晚間，金蟬奉了怪叫化窮神之命，借了秦紫玲的彌塵旛，飛身到了昭遠寺，因為尋不著密室，落到院中，正遇喀音沙布。金蟬開口便問可有趙心源在此。喀音沙布不肯明言，反問金蟬來歷，二人言語不合，爭鬥起來。喀音沙布如何是金蟬敵手，才一照面，便被金蟬鴛鴦霹靂劍削了紅蓮，不是見機早，險些送了性命。

梵拿加音二得信，一面著人到密室去請鐵蓑道人等出來，說是青螺來了敵人；一面自己趕到前面，見來人是一個小孩，劍光卻非常厲害，口口聲聲只叫領他去見趙心源，不敢怠慢，仍用元神變化成一團紅光上前迎敵。金蟬見這和尚才一照面，便化成一團紅光滾來，知是妖僧邪法，哪裡放在心上。二人正在相持，鐵蓑道人已從密室趕到，看來人劍光是峨嵋門下，忙喊住手，一面指揮劍光上前攔住，招呼梵拿加音二先退。心源也隨後趕到，高呼：「趙心源在此，來人尋我則甚？」

金蟬也看出鐵蓑道人劍光不是異派中人，聞言收了劍光，問清眾人姓名，上前相見，對心源說了來意，一同到方丈室內落座。

梵拿加音二見金蟬小小年紀，竟有這樣本領，暗中好生佩服，不由對峨嵋更起了嚮往之心。到了午夜，白水真人劉泉同了他一個好友也來到廟中。

他本來是約同金蟬一路動身，剛剛離了玄冰谷，忽聽破空之聲，定睛一看，前面有七朵火星在空中移動，由西南向東飛行，知是自己生平第一好友七星真人趙光斗，業已多年未見。便請金蟬先到昭遠寺相候，自己駕劍光追上前去一看，果然是他。舊友相逢，好生高興，彼此各說別後之事，才知趙光斗是往大雪山採千年烏參去的。

劉泉對他說了青螺之事，並說自己已然拜在怪叫化窮神凌渾門下，明日便是端陽，凌真人領峨嵋門下許多後輩同破青螺。何不暫留一日，一則助自己一臂之力，二則還可結識幾個能人，豈不是好？

趙光斗與劉泉當初原是同門生死之交，煉有一柄烏靈劍，每逢駕劍光遊行，劍光上必然發出七點火星。仗著本領高強，從不隱諱蹤跡，並未遇見過敵手，也不輕易樹敵。故此他同門中如摩伽仙子玉清大師、女殃神鄭八姑、白水真人劉泉、醜魔王邢餛、惡啞巴元達、滌塵老尼等，不是被正教中人點化棄邪歸正，便都不免身遭慘戮，只他一人安然隱居貴州黔靈山，雖然是異派中人，倒也逍遙自在，無人與他為難。

他因聽人說起玉清大師自拜神尼為師後，已然歷盡五難三劫，不久便參正果，久想遇見良機，歸入正教。一聽劉泉拜在怪叫化凌渾門下，非常欲羨。又問女殃神鄭八姑，才知道八姑住在玄冰谷內走火入魔，業已多年，現在和許多正教中人為友，不久也可脫劫，歸到峨嵋門下，愈加心喜。便答應劉泉，等破了青螺再去採藥，先想請劉泉引他去見八姑一次。劉泉說自己尚須赴昭遠寺一行，見八姑不必忙在一時，請他同往昭遠寺，交代完了凌真人的吩咐，隨同大眾明早破了青螺再說。

劉、趙二人到了昭遠寺，見著眾人，傳了凌渾之命，請鐵蓑道人、黃玄極、陶鈞三人，等心源、金蟬走後再行動身。又留下凌渾的一封柬帖，吩咐到了青螺再行打開，按柬帖行事。自己同了趙光斗，帶著陸地金龍魏青，另照凌渾分派去做。大家議定之後，談說到了丑正。心源、金蟬見到了時候，便與眾人作別起身，往青螺進發。劍光迅速，不一會到了青螺峪谷口，星光底下，望見谷內靜盪盪地毫沒有一些聲息。

金蟬的一雙神目自被芝仙舐洗之後，無論什麼妖法深霧俱能透視。日前明明鄭八姑說過青螺請來不少妖僧妖道，用魔陣將全谷封鎖。就是他因想誘敵，將死門放開，也不能一些跡兆都沒有，便猜是怪叫化凌渾已將魔陣破去。且不管他，向心源要了名帖，飛身進了谷內，大聲喝道：「我奉師父煙中神鶚趙心源之命，應八位魔主之約，前來拜山投帖，如無人接待，恕我師徒擅入寶山了。」

言還未了，便聽一聲金鐘響處，從谷旁岩石後面閃出兩個面貌凶惡，一臉邪氣的道人，飛身過來，攔住去路，問道：「拜山就你二人麼？是否還有別位？」

心源答道：「想昔日在西川路上，無心中得罪了八魔主，此乃趙某一人之事，今日單身到此領罪。縱有別位，各有因果，與趙某無干。二位在此把守谷口，想必是八位魔主門人後輩，就煩通報八位魔主，說趙某求見便了。」

這兩個道人一名秦冷，名號桃花道人；一名古明道，外號天耗子。俱都是雲南竹山教的有名妖人，應了俞德之請而來。

毒龍尊者因師文恭已死，魔陣無人主持，本想不用。後來五鬼天王說：「既然怪叫化凌渾出面與青螺為難，敵人方面雖不見有峨嵋主腦人物，但是來的這一群後生小輩，照連日情形看來，俱非弱者。莫如仍照師文恭的前法，暗中安排準備，即使不能全勝這些小孽障，多除掉一個是一個，以免養成異日之害。」

毒龍尊者聞言稱善，因恐敵人覺察防備，事前並不施為，從請來的能人當中請出七八位傳了陣法，等敵人全數入了谷口，再由五鬼天王指揮發動，以免敵人漏網。又請秦、古二妖道把守谷口，尋僻靜處隱住身形，等敵人進來，以金鐘為號，八魔便迎接出去。

秦、古二人等敵人都進了魔宮，暗中將毒龍尊者萬魔軟紅砂放起，同時魔陣中埋伏的七個妖僧妖道也都照樣施為，展開魔陣。那時地面上全是烈焰洪水，上面又有五鬼天王尚和陽撒下的七情網，滿天都是蠍子、蜈蚣、毒蛇、壁虎、七修、蜘蛛、金蠶等毒物飛舞，遮蔽天日，敵人休想脫逃一個。

秦、古二人先以為今日不定要來多少厲害敵人，從子正守到寅初，才見來人僅只一個趙心源，帶著一個隨侍小童。看上去那小童倒是一身仙骨，道根甚厚，姓趙的並看不出有什麼了不得處。來的又只他師徒二人，不知毒龍尊者為何要這樣勞師動眾，小題大做，不禁又好氣，又好笑。再一聽心源語言譏刺，透出小看他二人神氣，若依二人脾氣，幾乎當時就要下手。因見大家俱如此持重，決非無謂，來人所說也不可靠。反正他既來，決難生還，不必忙在一時。當下強忍怒氣，冷笑一聲，答道：「我二人並非八位魔主門人後輩，乃是他請來的好友。你連我二人俱不認得，還在此逞什麼能？八位魔主現在前面等候，此谷彎路甚多，你帶著小孩子拜山，休要走迷了路。」

心源未及答言，金蟬搶著笑說道：「師父，八魔怕敵我們不過，還請了幾個幫手。」心源假意怒道：「小孩子家懂些什麼！」正要往下說時，忽聽一陣呼呼風聲，一轉瞬間飛到一男一女。

來者正是三魔錢青選，四魔伊紅櫻，問起秦、古二人，答稱來人便是趙心源。上下打量了心源幾眼，才走過來相見道：「原來閣下便是昔日西川路上傷我八弟的趙心源麼？」

心源本認得錢青選，故作不知道：「愚下正是趙某。去年接著徐岳帶來的銀鏢，彼時正值私事未了，無暇前來，才定下端陽到此拜山領教。二位何人？請道其詳。」

錢、伊二魔聞言答道：「我二人錢青選、伊紅櫻便是。你一人竟敢到此拜山？早聞人言，你約了不少峨嵋同黨，現在何處為何不請進谷中一較短長？」

心源道：「趙某能力有限，從不會倚眾逞強，今日特為了那西川路上一段公案。後面雖然還遇見過幾位峨嵋道友，他們到此另有一場因果，與趙某無干。」

伊、錢二人見只有心源一人拜山，自己卻這般大舉準備，真是笑話。明知心源之言決不可靠，正要用言語試探，錢青選猛覺心源越看越面熟。猛想起去年長沙岳麓山巧遇追雲叟雪夜挨打之事，不禁怒從心上起，對心源獰笑道：「我當趙心源是誰，原來就是追雲叟老賊的孽徒！去年岳麓山老賊倚仗妖法，無端欺人太甚。正要尋你師徒算帳，你今日又為我八弟之事尋上門來，少時教你難逃公道！」說罷，朝伊紅櫻使眼色，便想乘機下手。

金蟬看出錢、伊二魔不懷好意，知道心源本領有限，一來魔宮立即遭敗太沒臉面，便搶著說道：「我師徒好意拜山，乃是客體，就說要報當年之仇，分個高下，也應該請到裡面，好生款待之後，動手不晚。為何出口不遜？這兩個主人對客太無禮貌，師父不值得和他們多講，且尋那為首之人理論去。」說罷，不俟答言，暗取彌塵旛只一晃，與心源雙雙飛起，化成一幢彩雲，往谷內岩宮中飛去。

錢青選、伊紅櫻見那幢彩雲晃眼不見，不知金蟬暗地施為，以為心源果然真有本領，暗幸適才不曾輕舉妄動。忙托秦、古二人仍在原處留神防守，便即隨後追去。及至趕到魔宮，心源和那帶來的小童已和六、八兩魔動起手來。

原來金蟬帶了心源往前飛行，忽見谷中腰下面有一座宮殿，知是魔宮，一同落下身來。金蟬仍舊持著心源名帖拜山，正面正遇六魔厲吼、八魔邱舲，欺金蟬是個小孩，不知他的厲害，開口便罵：「小畜生，快叫你師父趙心源上前納命！」

金蟬聞言罵道：「原來你們這群魔崽子都是一個窰裡變出來的，專一蠻不講理，出口傷人。要見我師父不難，先讓你嘗嘗我的厲害。」

言還未了，邱舲已一眼看見心源站在前面，仇人相見，分外眼紅，手揚處，一道黃光朝心源飛去。

六魔厲吼見金蟬口出狂言罵人，心中大怒，也將劍光飛起。金蟬喊一聲：「來得好！」兩肩搖處，鴛鴦霹靂劍光發出殷殷雷聲，像神龍一般飛起，與二魔劍光鬥將起來；一面將身退到心源面前，準備見機行事。

兩魔劍光本不是金蟬對手，正在吃緊的當兒，錢青選、伊紅櫻雙雙飛到。伊紅櫻見八魔邱舲正在危急，首先嬌叱一聲，飛起一道黃光，上前助戰。

三魔錢青選自從在岳麓山被追雲叟破去飛劍，回到青螺同厲吼二人尋到兩口好劍，加意祭煉，雖然將劍煉成，因為日淺，較諸昔日大有遜色。這時見金蟬紅紫兩道劍光雷鳴電掣般滿空飛舞，情知自己加入，工夫長了也不是敵人對手。正要暗用法術取勝，魔宮中大魔黃驌、二魔薛萍、五魔公孫武、七魔許人龍已得信趕到。

原來大魔黃驌先以為敵人決不止一人前來，又加事前連出了許多事故，格外小心準備，請毒龍尊者、尚和陽二人擺下魔陣，將所有請來的能人分成七處埋伏，留下獨角靈官樂三官在空中傳遞暗號。先按江湖上規矩，聽谷口金鐘一響，便由三魔錢青選、四魔伊紅櫻飛往谷口去引敵人進來。六魔厲吼、八魔邱舲在魔宮外瞭望，等敵人快到，再進來同了大魔黃驌等，按江湖上規矩先禮後兵，將敵人接進，雙方交代了過節，再行動手。並不在乎取勝，迎敵片刻，即假裝敗逃，引敵人到死地上去。樂三官飛身空中，等雙方動手，便用妖法發出一道黑煙，上沖霄漢。這時青螺上峰頂主持的五鬼天王尚和陽，便指揮眾人催動妖法，撒下七情網、軟紅砂，現出魔陣，四方八面往中央魔宮圈來，以免敵人逃走。

誰知錢、伊二魔聽見谷口鐘響，飛身前去一看，敵人只是單身帶著一名道童。再一細看，竟是在岳麓山仗追雲叟之勢將自己嚇退的那人，勾起舊仇，剛想當時動手，敵人業已往魔宮飛去。

錢、伊二魔追趕不上，不及往魔宮去同大魔等送信。金蟬彌塵旛迅速，已然先到，動起手來。八魔邱舲同了六魔厲吼在魔宮外往谷口眺望，忽見一幢彩雲一晃，現出二人，一個正是自己仇人趙心源，還帶了一名道童。才一落地，那道童首先上前持帖拜山，神態非常傲慢。又見心源單身到此，並未約了多人，分明意存輕視。同時六魔厲吼也看出心源是岳麓山雪夜相遇追雲叟吃過大虧的仇人。

厲、邱二魔俱是性如烈火，不由氣往上撞，不問青紅皂白，就上前動手。旁立魔侍見二魔不能取勝，便往魔宮報信。

大魔黃驌聽說敵人從空飛降，並未經谷口由錢、伊二魔引進，暗中埋怨厲、邱二魔不遵囑咐，冒昧與敵人動手。因聽說敵人厲害，厲、邱二魔抵敵不住，恐怕吃虧，急忙招呼二魔薛萍、五魔公孫武、七魔許人龍一同飛身出來一看，敵人只是一個中年漢子同了一個道童，正和四魔伊紅櫻、六魔厲吼、八魔邱舲三人六道劍光鬥在一起。錢青選見大魔等出來，暫不使用法術，急忙過來說明究竟。

黃一聽敵人只來了二人，大出意料之外，好生奇怪，猜不透敵人是鬧什麼玄虛。猛一抬頭，見兩個敵人中，那敵人主體趙心源的劍光並不精奇，倒是他帶來那個小道童的兩道劍光，竟將伊、厲、邱三魔的劍光壓得光芒消散。喊聲：「不好！」招呼一聲，連同薛萍、公孫武、許人龍剛把劍光飛上前去，八魔邱舲的劍光已被那道童的一道紫光絞斷。

伊紅櫻看邱舲危急，想指揮飛劍上前攔阻時，金蟬那道紅光哪裡肯放，比電還疾地追將過來，只一壓，伊紅櫻的黃光光芒頓減。金蟬更不怠慢，大喝一聲，朝著那道紅光一口真氣噴將過去，伊紅櫻收劍不及，被金蟬劍光一絞，化成輕煙四散。

六魔厲吼劍光稍弱，這時已和邱舲對換，迎敵心源，眼看那道童破了伊紅櫻、邱舲的飛劍，紅紫兩道光華正朝二人頭上飛去，不由大吃一驚。連忙捨了心源，指揮飛劍上前攔阻，想將伊、邱二魔救下時，恰好黃驌、薛萍、公孫武、許人龍業已各將黃光祭起，敵住紫紅兩道光華，伊、邱二人才得保住性命。

心源見六魔厲吼倏地將黃光收回去敵金蟬，便指揮劍光追過去。厲吼未及回劍迎敵，早有許人龍飛劍上前敵住。

錢青選最為乖猾，自知新煉成的劍光太弱，又在岳麓吃過苦頭，以為心源既是追雲叟門人，本領決非平常，始終未曾上前。見伊、邱二人失了飛劍，滿臉懊喪退了下來，便迎上前去說道：「我看敵人既敢單身同了一個小童到此，定有驚人本領。大哥等雖然上前，也未能夠取勝。莫如通知樂仙長發出暗號，引他們到死路上去，豈不是好？」

伊紅櫻道：「三哥只知其一，不知其二。教祖同尚天王擺下大陣，原想藉此時將許多敵人引來一網打盡。如今仇敵只有師徒兩個，我們兄弟八人都抵敵不過，反去勞師動眾，未免臉上無光。不如暫由大哥同眾弟兄上前支持些時，如果敵人真無同黨同來，拚著我們煉的法寶不要，一齊祭起，再不能夠取勝，然後驚動教祖、天王不晚。」

正說之間，黃驌見金蟬劍光厲害，怕弟兄們又蹈伊、邱二人前轍，與薛萍、公孫武、厲吼、許人龍四魔打一聲暗號，首先退了下來。

四魔知道黃驌要叫眾人用法寶取勝，一面指揮劍光迎敵，各人從身畔取出一面小旛；錢、伊、邱三人，也各將身畔小旛取出。各按方位站好，等候大魔黃驌一聲令下，便即施為。金蟬見敵人忽然分散開去，便知要使妖法，急忙招呼心源留神，不要大意。言還未了，猛見那赤面長鬚豹眼鷹鼻的一個敵人首腦站在巽位上，手持一柄小旛，口中唸唸有詞。其餘七魔也都隨著念咒，倏地將劍光同時收轉，展動手中小旛。

金蟬、心源正指揮劍光追去，就這一轉眼間，立刻陰風四起，鬼聲啾啾。心源已看不見八魔去向，只見天昏地暗，濃煙撲鼻，八面都是毒蛇怪獸、凶神惡鬼從綠火黃塵中擁將過來。

金蟬一雙慧眼，早看出八魔各在綠火黃塵掩映下往前圍攻，明知妖法厲害，還不想走。忙請心源收回飛劍，紅紫兩道光華將二人身體護了個風雨不透，一面持定彌塵旛，等到不敵，再行遁走。

那綠火黃塵中的八魔擁到二人跟前，想是知道金蟬劍光厲害，俱不再進。兩下相持約有一盞茶時，金蟬見八魔欲進又退，時時交頭接耳，恐他另有暗算，故意將劍光一指，露出空隙。

起初因大魔持重，摸不清敵人紅紫兩道劍光來路，萬一不慎，自己法寶又要被毀，約束眾人見機而作。偏偏金蟬近來因增加了閱歷，深恐保不住心源被人恥笑，先存了但求無過，不求有功之想，只用劍光護住身體，並不冒昧上前。

八魔正等得有些不耐，忽見金蟬劍光遲慢，三魔錢青選首先看出破綻，仗著陰風八卦旛護住身形，飛上前去將旛一擺，旛頭飛起八把三尖兩刃飛刀，夾著一道綠煙，直朝金蟬、心源二人飛去。沒料到金蟬是一雙慧眼，早看清了他的動作，眼看敵人快到身前，倏地運用真氣朝紫紅兩道劍光指了兩指。先是一道紅光像火龍一般飛將上去，將錢青選連刀帶人一齊圍住。那道紫光卻圍護著心源、金蟬二人，上下盤旋飛舞，敵人休想近前一步。

大魔黃驌、二魔薛萍見三魔錢青選中了誘敵之計，反被敵人劍光圍住，情勢危急，正要上前相助，忽聽谷口金鐘連響，知道又有敵人前來。正在驚疑之際，忽聽空中一聲大喝道：「爾等速退，待我取這兩個孽障性命！」

金蟬聞言，往前一看，從空中飛下一個紅衣赤腳的童子，看年紀不過十二三歲，頸上掛著兩串紙錢同一串骷髏念珠，兩條手臂比他身子還長，一手執著一面金幢，一手執著一柄由五個骷髏攢在一起做成的五老鎚，滿身俱是紅雲煙霧圍繞。才一落地，除錢青選被金蟬紅光圍住，還在那裡死命支持外，餘下諸魔俱都收了妖術法寶，紛紛後退。

金蟬雖未見過，因聽鄭八姑說過來人打扮，知道是五鬼天王尚和陽，乃這次青螺延請來的最厲害的人物。金蟬若是帶了心源遁走，什麼事也沒有，無端貪功心切，心想：「好歹我且弄死一個。」正想將那道紫光也指揮上去，先將錢青選斬了再作計較。就在這一剎那的當兒，尚和陽已將魔火金幢展動，立刻便有一團紅雲彩煙直朝金蟬那道紅光飛去，才一接觸，光焰便減了一些。金蟬知道寶劍業已受傷，幸是紫光還未飛出，連忙將手一招。剛將那道紅光收回。

尚和陽又將白骨鎖心鎚祭起，一團綠火紅雲中，現出栲栳大五個惡鬼腦袋，張著血盆大口，電轉星馳般直朝金蟬、心源二人飛到。金蟬知道單是那團紅雲已難抵敵，何況又加上這一柄妖鎚，不敢戀戰，一手拉定心源，將彌塵旛展開，喊一聲：「起！」化成一幢彩雲而去。

尚和陽救了錢青選，眼看白骨鎖心鎚飛到敵人面前，心想：「你有多大道行，多厲害的飛劍，只要被那五個魔鬼頭咬住，決無倖理。」忽見敵人取了一面小旛，身子一閃，化成一幢彩雲，只一晃便失了蹤影。認得是寶相夫人的彌塵旛，不知怎地會到那道童手內。只得將法寶取回。正在沉吟之際，忽聽四方八面金鐘齊鳴，接著一道黑煙從空中掛了下來。

尚和陽才知敵人來了不少，心中大怒，忙從身上取出數十面小旗分與八魔，命八魔駕劍光飛起空中，按八卦方位站定，一會自己便將七情網放起。如遇逃走的敵人從網中落下，即便上前將這泥犁旗與他插上，敵人便失了知覺，可將他生擒回來，聽候處治。八魔接過尚和陽的泥犁旗，領命自去。

尚和陽將魔火金幢與白骨鎖心鎚插在腰間，披散頭髮，雙手合攏搓了幾搓，對四面八方發了出去，便聽雷聲殷殷。尚和陽發動了魔陣，仔細往四面一聽，那雷聲四面都有響應，只正面谷口死門上沒有回響，大為驚異。連忙取出了七情網想往空中撒去，先罩住了上面，然後親身到死門上再觀察動靜。正在捏訣念咒，倏地手中一動，被人劈手一把將七情網搶去。

尚和陽大吃一驚，也未看清來人，將口一張，噴出數十丈魔火，直朝對面飛去。只見一個穿著破爛的化子在魔火紅雲中一晃，往空中飛去。認得那化子正是那日晶球上所見的怪叫化凌渾。他失了七情網怎肯干休，將牙一錯，一朵紅雲升空便追。看看追到谷口，那化子忽從空中落下，尚和陽跟蹤飛下一看，已不知去向。

再看死門上橫著兩具屍身，正是天耗子秦冷和桃花道人古明道，死門已被敵人破去。正在又驚又怒，忽聽四面波濤洶湧，火聲熊熊，風聲大作，知道各處地水火風業已發動。恐怕有失，連忙飛身回到主峰。

這時毒龍尊者和俞德接著樂三官暗號，只聽四面雷聲，便在主峰上行法幫助尚和陽。見魔陣發動不多一會，魔陣各門上都起了地水火風。毒龍尊者正喜敵人已入羅網，猛一抬頭，各處都是水火烈風響成一片，惟獨死門那一面依舊清明。

正在驚疑，忽見尚和陽飛來大叫道：「我的七情網被那賊叫化搶去，死門失守，竹山教秦、古二位道友被殺。所幸七面陣勢只破了一面，還可施為，特地飛來，與敵人決一死戰。如今只剩下生門是全陣命脈，那裡守陣之人雖多，恐怕敵那賊叫化不過，意欲親身前去鎮守。現在敵人破了死門，以為有了退路，必定深入。死門上無人，可著一人拿我的白骨鎖心鎚同你的軟紅砂前去防守，還可反敗為勝。」正說之間，獨角靈官樂三官從空飛到，口稱自己願去把守死門。

這時八魔請來的妖僧妖道除分守各門外，全部聚集在生門，主峰上只有毒龍尊者和俞德同十二個侍者，並無他人。

尚和陽報仇心切，一些也未打算，輕易將白骨鎖心鎚交與樂三官，匆匆傳了用法，囑咐小心在意。樂三官滿面含笑接過來，口稱遵命。又向毒龍尊者要了兩把軟紅砂，也傳了用法口訣，便往死門上飛去。尚和陽等樂三官走後，將腳一頓，一朵紅雲，直往生門上飛去。這且不提。

話說鐵蓑道人、黃玄極、陶鈞、魏青與白水真人劉泉、七星真人趙光斗，等心源、金蟬走後片刻，也就動身，飛到青螺峪谷中僻靜處落了下來。打開怪叫化凌渾的柬帖一看，上面說：尚和陽與毒龍尊者所設的魔陣，共分生、死、陷、溺、墮、滅、怖七個門戶。

生、死兩門是全陣的命脈。死門又當青螺入門，那裡防守的人是雲南竹山教中兩個最厲害的妖道：一個叫天耗子秦冷，一個叫桃花道人古明道。這兩個妖道煉成許多邪法異寶，各人都帶著有毒龍尊者的軟紅砂。叫眾人到了谷口，可由黃玄極、陶鈞二人前去誘敵，等他們現身出來，將他們引出三十丈以外。

先由劉泉乘他們措手不及，從側面飛到秦、古妖道現身出來之所，將兩妖道插在地上的隱形旛拔走。然後大家合力將他們除去。斬了兩個妖道後，那時節魔陣上地水火風必然發動，千萬不可深入。只留下魏青一人另有妙用。其餘五人可由高空折向東北，飛往生門，與心源、金蟬以及玄冰谷峨嵋諸弟子會合。

主持生門的是萬妙仙姑許飛娘。眾人到齊不久，尚和陽、毒龍尊者必將魔陣催動，將陣勢縮小。各門鎮守的妖人俱各按方位往生門聚集。天空上的七情網雖預先收去，但是生門上盡是些厲害妖人，眾人不可輕敵，只可用朱文寶鏡同彌塵旛護體。支持到午正，梵拿加音二煉的天魔解體大法也發動了地水火風，眾人可在事前留神。但等凌渾二次出面，留下劉泉一人協助凌渾消滅餘氛，餘人可隨秦紫玲遁回玄冰谷去。除峨嵋諸位弟子仍返凝碧崖外，餘人可在谷中等候劉泉回來，另有吩咐……等語。

眾人看完了凌渾柬帖，便依言行動。先由黃玄極、陶鈞二人飛身進了谷口，只見谷中靜盪盪地並沒一個人影。二人還待深入，忽聽一聲金鐘響處，崖前閃出兩個惡道，攔住去路，問道：「爾等進山何事？是否與先前那姓趙的一黨？通上名來，好引你們進去。」

陶鈞道：「我奉了師命來此除害擒魔，不同什麼姓趙的姓李的。你可叫那八魔出來納命，免你二人一死。」

秦、古二人見來人口發狂言，不由心中大怒，罵道：「無知孽障！我二人好心好意按客禮相待，引你二人入內送死，竟敢出言無狀。本當放你過去，情理難容！」說罷，秦、古二人同時將手一拍劍穴，飛起兩道半青半白的劍光，直朝陶鈞飛去。

黃玄極見敵人雖是邪教，劍光委實不弱，忙朝陶鈞使了個眼色，各用劍光敵住秦、古二人。鬥了不多一會，黃、陶二人裝作不敵，倏地收回劍光與身合一，往谷外飛逃。

秦、古二人哪肯放敵人逃走，也將身縱起，隨後追趕。剛追出去有數十丈遠近，忽從對面飛來七點火星，放過黃、陶二人，接著現出一個面容清秀的道人，指揮紅星，迎著秦、古二人劍光鬥在一起。秦、古二人定睛一看，認得來人正是七星真人趙光斗，知道他的厲害，便喝問道：「趙道友，峨嵋是我等公敵，你我井水不犯河水，趁早收劍回去，免得傷了和氣。」

趙光斗笑罵道：「你們竹山教這群妖道，專一採生宰割，殺戮姦淫，無惡不做，早就想代天行罰，今日竟敢在此助魔為虐。休得多言，快快上前納命！」

秦冷怒罵道：「大膽孽障！竟敢認仇為父，出口傷人，叫你知道二位真人的厲害。」說罷，從身旁取出一個葫蘆，口中唸唸有詞，正要施展妖法。偏趕上黃玄極、陶鈞飛身回來，兩道劍光如電閃一般，直朝秦冷飛去。

趙光斗知道秦冷葫蘆中有煉就的黃蜂刺，怎肯容他放出，忙用手朝著空中紅星指了兩指，內中分出兩點紅星，如飛星墜月一般直朝秦冷飛去。兩下裡夾攻，把秦冷鬧了個手忙腳亂。還未及使法寶抵禦，從斜刺裡又像長虹般飛過一道劍光。秦冷喊聲：「不好！」欲待遁走，已是不及，劍光過處，屍橫就地。

這裡古明道見秦冷雙拳難敵四手，危急萬分，正從懷中取出一支飛箭，想發出去幫助時，還未脫手，秦冷業已身死。同時敵人飛劍、火星像流星趕月般紛紛飛來。知道眾寡不敵，忙收回空中劍光，想遁回原處，隱住身形，等眾人追入陣門，暗將毒龍尊者的軟紅砂飛起，先困住了眾人，等少刻魔陣發動，再替秦冷報仇。

誰知逃到原處一看，地上兩面隱形保身旗業已不見，不由大吃一驚。回望敵人已從後追來，把心一橫，二次返身迎敵。沒有隱形旗護身，放不得軟紅砂，只得將二支飛箭祭起，連同飛劍，迎著眾人劍光鬥在一起。

正在拚命支持，忽聽身後大喝一聲道：「妖道還不納命，等待何時！」言還未了，猛聽雷火之聲，回頭一看，天上一溜火光夾著雷電之聲，如飛而至。古明道一時不及避讓，被那雷火打中左肩燃燒起來。古明道見勢不佳，要想收劍逃走。白水真人劉泉從他身後現出身來，手一起，一道青光飛來。古明道喊聲：「不好！」拚著飛箭、飛劍不要，將腳一頓，口誦避火咒，駕遁光往空便起。離地還不到十丈，被鐵蓑道人劍光直飛過來，將古明道雙足刖斷，往下墜落。

古明道連受兩次重傷，情知性命難保，咬牙切齒，口誦毒龍尊者傳的魔咒，從懷中取出軟紅砂，準備放將出去，與眾人同歸於盡。偏偏那三支飛箭、一道劍光本來就敵眾人劍光不過，一旦失了統馭，光芒大減。

七星真人趙光斗看出便宜，將腳一頓，起在空中，與那七點紅星合成一體，往古明道的飛箭劍光叢中只一捲，全都收了過來。猛見古明道被鐵蓑道人將兩腳刖斷往下墜落，更不怠慢，把劍光緊得一緊，七點紅星飛將過去，圍住古明道只一繞，古明道還未及施為，生生斬成幾截，落下地來。趙光斗跟蹤下去，先從他懷中小葫蘆內取了軟紅砂，又將他身上法寶一齊收去。眾人也都過來商議了幾句，乃照凌渾之言，逕從高空往生門上飛去。

眾人到了生門上空往下一看，下面一個高坡上坐定一班妖僧妖道，正中間站著一個道姑，手持蠅拂。正商議要往下降落，忽聽各處金鐘響動，心源、金蟬雙雙飛來。

金蟬對眾人道：「剛才我一人同八魔相鬥，正要取勝，被那尚和陽救去。我二人自知不敵，用彌塵旛遁走。剛剛升起，便遇凌真人，叫我二人用彌塵旛繞往各門轉上一轉，引敵人發動魔陣，再往生門來與諸位會合。下面那個道姑便是萬妙仙姑許飛娘，最為厲害。諸位可同我在一起，到危急時便好同仗彌塵旛護體，不可大意。」正說之間，忽然一道青光從下面直向眾人飛來。

金蟬喊一聲：「來得好！」左臂搖處，飛起那道紫光迎敵。那青光一見紫光，倏地往下便落。眾人知是誘敵之計，便跟著金蟬一起降落。

第十五章　巧施詐術

許飛娘首先迎上前來，見著金蟬說道：「你這小孩子太不曉事，你才出世幾年，有多大本領，也隨著這些無知之輩來此胡鬧？此地有毒龍尊者與五鬼天王擺下的魔陣，設下天羅地網，少時發動地水火風，無論多大本領的人，入陣便成碎粉。我看在你母親分上，又見你年紀雖幼，資質不差，急速聽我良言，回轉峨嵋，閉門學道，免得玉石俱焚，悔之晚矣！」

金蟬也不著惱，笑嘻嘻地說道：「好一個不識羞的道婆！我在九華常聽你對我母親同餐霞師叔說，你自混元賊道死後，看破塵緣，決意閉門修參正果，永不參與外事。誰知你口是心非，前次慈雲寺代法元約請了許多妖僧妖道，自己卻不敢露面，枉害了許多狐群狗黨受傷死亡，把你賊徒薛蟒也鬧成了一個獨眼賊。還不覺悟，又到此和一群魔崽子興風作浪，大言欺人。我母親說你劫數未盡，三次峨嵋鬥劍，管教你死無葬身之地。小爺念你修行不易，又看在你同我母親認識，平素雖然暗中興妖作怪，表面上尚是一味恭順，故此網開一面，放你逃生，急速遁回黃山，免與魔崽子同歸於盡！」

許飛娘適才一番話，固然語帶譏刺，其實也真是愛惜金蟬，一半含有好意。不想被金蟬這一頓數罵，不由怒往上升，罵道：「你們與青螺為仇，倚強欺人，原不與我相干。怎奈你們峨嵋素來號稱教規最嚴，為何勾引我的孽徒司徒平叛教背師？我到此專為清理門戶，懲治叛徒，扶弱鋤強。小孽障竟敢不聽良言，侮慢尊長，本當用飛劍將你斬首，念你年幼無知，我也不屑於與你這乳臭未乾的小兒動手。急速下去，喚你們一個主腦人上前與我答話。」

金蟬笑罵道：「不識羞的潑賤！你配做誰的尊長？與我同來的諸位前輩、同門道友，俱都本領高強，不值得與你這潑賤動手。你不用賣乖討好，我倒偏要領教領教。」說罷，左肩一搖，一道紫光直向許飛娘飛去。

許飛娘一聽金蟬張口謾罵，早已怒不可遏。見金蟬劍光飛來，認得是妙一夫人的鴛鴦霹靂劍，知道此劍厲害非常，忙將手一指，指尖上發出一道青光，迎著金蟬紫光，口中罵道：「原來你母親治家不嚴，妄將寶劍傳你，縱容你這小孽障如此猖狂。今日管教你難逃活命！」說罷，手指前面青光，道一聲：「疾！」那道青光竟如出海青龍一般，與金蟬的紫光糾結一起。

白水真人劉泉正要上前，對面山坡上閃出一僧一道，一個飛起一根禪杖，一個飛起一道黃光，直朝眾人飛來。劉泉認識那道人也是雲南竹山教中的妖道蔡野湖，便飛起劍光敵住。黃玄極也將劍光放起，迎著那僧人禪杖化成的黃光，喝問道：「妖僧留名！」那僧人罵道：「你家佛爺聖手雷音落楠伽便是。」

黃、劉二人正與妖僧妖道相鬥，鐵蓑道人見金蟬劍光有點鬥許飛娘不下，又見敵人方面還有十來個奇形怪狀不僧不道之人站在山坡上一面旗下觀陣，尚未動手。知道那些妖人俱都非同小可，又恐金蟬有失，便飛身上前高叫道：「金蟬且退，待貧道與許仙姑分個高下。」

許飛娘本是故意拿劍光絆住金蟬作耍，靜等魔陣發動，將眾人生擒，再將金蟬擒送到妙一夫人那裡，掃掃峨嵋臉皮。一見鐵蓑道人飛來，一面迎敵金蟬，一面對鐵蓑道人道：「鐵蓑道友，你無宗派門戶之見，乃是散仙一流，何苦也來參與劫數？聽我良言，此時回山尚是不晚，少時魔陣發動，悔之晚矣！」

鐵蓑道人道：「鏟邪除魔乃修道人本分，道友無須多言，讓金蟬下去，待貧道領教道友的劍法吧！」

許飛娘冷笑道：「道友既然執迷不悟，少不得一同被擒。小孽障口發狂言，決難放他逃生。道友有本領，只管上前就是。」言還未了，手指處又飛起一道青光，直取鐵蓑道人。

鐵蓑道人不敢怠慢，忙將劍光飛出迎敵。正鬥之間，忽聽四外隱隱雷聲，山坡上面又飛下三個僧人，高聲罵道：「峨嵋孽障休要倚仗人多，現有白象山金光寺三位羅漢來也！」說罷，各取一把戒刀拋向空中，化成三道白光飛來。

心源、陶鈞與七星真人趙光斗剛用飛劍上前迎住，倏地一朵紅雲從空而降，現出一個紅臉幼童。金蟬、鐵蓑道人俱認得來人是五鬼天王尚和陽，忙招呼眾人俱向一處移攏，以防萬一。

尚和陽才一落地，首先飛到坡上，拔起那面大旗，口誦魔咒，往空晃了幾下，立刻慘霧瀰漫，陰風四起，紅焰閃閃，雷聲大作，山坡上一干妖僧妖道俱都沒有蹤影。同時手中魔火金幢正待念咒祭起，倏地從空中照下一道百十丈五色霞光，光到處先後兩三聲慘呼過去，霧散風消，雷火無功。接著飛下五個妙齡女子，來者正是靈雲、輕雲、朱文、紫玲姊妹。

這時眾人見尚和陽將旗一揮，煙雷四起，敵人除尚和陽一人外俱都不見蹤跡，大吃一驚，各用劍光護住周身，不敢迎敵。

金蟬一雙慧眼，看見霧影中一干妖僧妖道一同飛起十來道雜色飛劍飛刀，分頭向各人飛去。金蟬喊聲：「不好！」正要取出彌塵旛展開時，恰好靈雲等趕到。就中女神童朱文見下面山坡上有一童子手執大旗一揮，立刻霧雷齊起，知是敵人妖法，先將寶鏡往下一照。

靈雲、輕雲見光影裡兩三個同道正在危急，忙將劍光往下飛去。下面這一些妖僧妖道仗著尚和陽的妖法護身，各將飛刀飛劍放起去殺敵人，絲毫沒有防到上面。就中有八魔請來的神馬谷巴巴廟的兩個番僧，一名宗圓，一名小雷音，見金光寺三羅漢迎敵心源、陶鈞、趙光斗，心源、陶鈞雖然力弱，仗著趙光斗七點紅星還能兼顧，並沒有分出什麼高下。知道心源、陶鈞劍術平常，容易下手，便在霧影裡飛起兩把飛刀，直取心源、陶鈞。

金蟬雖然看見，因為事在緊急，無法救援。心源、陶鈞又不知霧影裡有人暗算，等到朱文寶鏡照散了煙霧雷火，敵人飛刀業已臨頭。就在這千鈞一髮之際，被靈雲、輕雲兩道劍光飛來，迎著敵人兩把飛刀只一絞，便即化為頑鐵墜地。宗圓、小雷音見飛刀被敵人破去，正想使用妖法逃走，被靈雲、輕雲的劍光電閃星馳般追將過來，圍住二妖僧攔腰一繞，腰斬成四截。靈雲、輕雲、朱文、紫玲姊妹也都飛身下來，聯合下面鐵蓑道人等，各用劍光飛上前去。

五鬼天王尚和陽見敵人又添幫手，才一照面便破了煙霧雷火，還傷了兩個同黨，心中大怒，一擺魔火金幢，正待上前。萬妙仙姑許飛娘一眼看見朱文手中持著一面寶鏡，知道尋常魔火法術奈何他們不得，忙喊：「天王且慢動手，只管去將陣勢發動，待貧道上去迎敵。」一面說著，早將手一指，發出五道青光，迎著靈雲等劍光鬥將起來。其餘妖僧妖道也各將飛刀飛劍上前助戰。

當下靈雲、輕雲雙戰許飛娘，七星真人趙光斗、白水真人劉泉與金蟬迎敵白象山金光寺三羅漢朗珠、慧珠、玄珠，鐵蓑道人迎敵聖手雷音落楠伽，黃玄極迎敵竹山教妖道蔡野湖，女神童朱文迎敵巫山牛肝峽穿心洞主吳性，陶鈞、心源雙戰吳性的門徒瘟篁童子金鐸，秦紫玲姊妹合鬥神羊山蝸牛洞「獨腳夜叉」何明、「雙頭夜叉」何新、「粉面夜叉」何載弟兄三人。

敵人方面只有五鬼天王尚和陽不曾動手，他在山坡上將兩手據地，圍著那面大旗倒行急轉，口中唸唸有詞，周身俱有雲霧籠罩。眾人知尚和陽在那裡施展妖法，但是俱有敵人迎著動手，不得上前。

紫玲姊妹迎敵蝸牛洞三夜叉，寒萼與獨角夜叉一照面，差點笑出聲來。原來三夜叉中，以何明生得最為醜惡，頭如麥斗，凹臉凸鼻，獠牙外露，臉上紅一塊紫一塊，身子卻又細又長，又是天生一隻獨腳，長身細頸托著一個大腦袋，搖搖晃晃，形狀極其難看。寒萼又好氣，又好笑。心想：「八魔等人不知從哪裡去尋來這些山精水怪，也敢到人前賣弄。不如早些打發他回去，省得叫他留在世上現眼。」心中正這麼想，偏那何明形象雖然不濟，發出來的那一把飛叉竟是非常厲害。

寒萼因守紫玲之戒，不便再將寶相夫人的金丹祭起。及至見鬥了一會不能取勝，山坡上面五鬼天王尚和陽又念咒倒轉越疾，隱隱還聽得水火風雷之聲在地下發動，知道再有一會，魔陣中地水火風便要發動；同時見那獨腳醜道士猛地將身一搖，又陸續飛出六把飛叉，叉頭上夾著綠火烈焰，直朝自己飛來。

寒萼生來好勝，不問青紅皂白，將寶相夫人金丹放出。偏巧紫玲雙戰何新、何載，一道劍光敵住兩把飛叉，百忙中回望靈雲、輕雲敵許飛娘不下，急於前去救援，手指處兩根白眉針飛將出去。何新、何載不及避讓，打個正著，覺得胸前一麻，知道不好，大吼一聲，收叉逃走，未及回到坡上，雙雙倒地而死。

紫玲除了何新、何載，一眼瞥見寒萼又用母親的金丹去破敵人飛叉，知道今天對陣上能人甚多，恐怕失閃，急忙把劍光一指飛將過去。何明不及躲讓，被紫玲劍光將那隻獨腳削斷，大吼一聲，遁回神羊山去了。

紫玲斬斷何明獨腳，急忙吩咐寒萼收回紅光，不准妄用。再一看靈雲、輕雲的劍光已被許飛娘壓得光芒大減，不敢怠慢，忙同寒萼雙雙飛上前去。

寒萼首先上前，手起處一道青光先朝許飛娘飛去。許飛娘剛將左手一揚，飛起一道青光敵住寒萼，紫玲劍光又到。許飛娘見來的這兩個女子俱未在黃山見過，發出來的劍光又非峨嵋傳授，便疑是勾引司徒平的兩個陰人。一面分出劍光敵住，口中喝問道：「來的兩個女子急速通名受死！」

寒萼答道：「我姊妹乃寶相夫人二女，黃山紫玲谷秦紫玲、寒萼是也！你莫非就是那賊道姑許飛娘麼？」

許飛娘一聽來人果然是勾引司徒平的秦氏二女，知道這兩個女子得了寶相夫人傳授，師文恭便死在她們白眉針下，不由又驚又怒，口中罵道：「賤婢好不識羞！勾引我叛徒司徒平，姦淫叛教，還敢在仙姑面前猖狂。今日定叫你這兩個賤婢死無葬身之地！」說罷，手指處劍光緊得一緊。

紫玲、寒萼見許飛娘一人敵住四人，發出來的劍光如同青龍鬧海一般，知道不敵，正要取出法寶施放。許飛娘早已防到這一著，不俟紫玲姊妹動手，先下手為強，從懷中取出十八粒飛星彈，一出手便是十八顆銀星，夾著一團煙火，朝靈雲、輕雲、紫玲姊妹四人頭上飛去。

四人一見不好，劍光又被許飛娘劍光絞住，不及撤回救護。正在心驚，倏地空中一聲長嘯，飛上一人，高聲說道：「妖陣業已發動，爾等快快收回劍光，照我所言行事。」說罷，將破袍袖往空一揚，許飛娘十八粒飛星彈如同石沉大海，落在那人袖中。四人定睛一看，來人正是怪叫化凌渾。

這時女神童朱文，已將巫山牛肝峽穿心洞主吳性的瘟篁釘，用天遁鏡破去，又用飛劍斷了他一雙臂膀。黃玄極迎敵竹山教妖道蔡野湖，被蔡野湖擺動姹女旗，正覺有點頭暈眼花。恰好朱文逼走吳性，追將過來，用寶鏡一照，先破了蔡野湖的姹女旗，同了黃玄極雙雙飛劍過去，將蔡野湖斬首。瘟篁童子金鐸雙戰陶鈞、心源，正在難分高下，忽見師父被一個女子用寶鏡破了妖法逃走，那女子手中一面寶鏡放出百丈五彩金光，所到之處，如入無人之境，知再延下去決難討好，連忙抽空收回劍光逃走。

眾人正殺得起勁，忽見凌渾現身出來收了許飛娘法寶，說了那一番話，便即隱形而去。同時地下風雷水火之聲越來越急，頭上黃霧紅雲如奔馬一般，往中心簇擁，知道魔陣業已發動。大家一面迎敵，各往朱文、金蟬二人跟前移近，準備萬一。

許飛娘見凌渾一照面，便破了她多年辛苦煉就的飛星彈，心中大怒。正要使用法寶，忽見尚和陽在山坡上手持那面大旗一揮，立刻便有一團十餘畝方圓的紅雲往敵人劍光叢中飛去，知道魔陣立刻發動，只得停手收了劍光。餘下妖僧妖道也各將法寶收回，隨定許飛娘回到各人方位，從懷中取出一面旛，靜候尚和陽號令施行。

靈雲這一面，見山坡上飛起一團紅雲，敵人將劍光紛紛收回，不敢怠慢，恐怕劍光被紅雲損污，也都各人收了飛劍。朱文早有準備，站在眾人面前，將寶鏡照將過去，鏡上面發出五色金光，將那團紅雲擋住。

尚和陽一見紅雲無功，用手往四外指了幾指，接著便是幾聲雷響。毒龍尊者同各門上妖僧妖道知道敵人俱已在生門困住，便將陣勢在生門上縮攏。

靈雲等在朱文寶鏡金光籠罩之下，只聽金光外面震天價大霹靂與地下洪濤烈火罡風之聲響成一片。一會工夫，毒龍尊者趕到，口中唸唸有詞，號令一聲，各門上妖僧妖道將小旛一展，紛紛將軟紅砂祭起，數十團綠火黃塵紅霧飛起在上空，遮得滿天暗赤，往靈雲等頭上罩將下來。同時地面忽然震動，眼看崩塌。

朱文一面寶鏡只能攔住那團紅雲，正愁不能兼顧。紫玲見勢危急，忙從金蟬手中取回彌塵旛，口誦真言，接連招展，化成一幢彩雲，剛剛升起。忽然山崩地塌一聲大震過處，眾人適才立身之處陷了無數大小深坑，由坑中先冒出黃綠紅三樣濃煙，一出地面，便化成烈火、狂風、洪水，朝眾人直捲過來。紫玲、朱文不敢怠慢，一個用彌塵旛，一個用天遁鏡，護著眾人，不讓妖法侵犯。似這樣支持了兩個時辰。

五鬼天王尚和陽滿以為地水火風一齊發動，又有毒龍尊者軟紅砂，敵人決難逃生。誰知敵人先用一面鏡子攔住了他的魔火紅雲，接著又化成一幢彩雲，在水火烈風中滾來滾去，雖然將敵人困住，竟不能損傷分毫。正在心焦，偶一回顧各門上妖僧妖道，除已在剛才傷亡逃走者外，個個都在，只死門上獨角靈官樂三官沒有到來，空著一門。只要被敵人看出破綻，仍可用那幢彩雲從死門逃走，不由又驚又怒。

他還不知樂三官居心不良，想誑他白骨鎖心鎚逃出山去。想起那鎚乃是自己多年心血煉就的至寶，恐怕樂三官有什麼差錯，忙對毒龍尊者與許飛娘道：「二位道友且在此主持，待我去死門上觀察一番就來。」說罷，一朵紅雲便往死門上飛去。到了青螺谷口一看，日光已快交正午，四外靜悄悄的，通沒有一些動靜。再尋樂三官，已不知去向，好生驚異。

猛一尋思，不由頓足大怒道：「我受了賊道的騙了！這鎚被他騙去，又誤傳了他的用法。除非得到雪魂珠，才能收回此寶，報仇雪恨。」

他剛在自言自語，咬牙痛恨，忽聽遠處地底起了一陣響動，聽去聲音不似發自生門陣上，仔細一聽，好生驚異。忙將身縱起空中，往四外察看蹤跡，猛見對準生門子午正位上，有一座山峰，好像已往生門那邊移動，峰上面起了千百道濃煙，看去好像就要拔地飛起神氣。適才地底的聲音，便是從山峰那面發出。看出是有人用地水火風天魔解體大法，來破自己的魔陣。借著正子午方位，正子午時辰，發出天火地雷，不但魔陣頃刻瓦解，陣中諸人道行稍差的絕難活命，連敵人也要玉石俱焚。

就在這轉眼之間，那座小峰果然漸漸離開了地面，往魔陣生門飛去。一看日光，收陣已來不及。猛想起：「鄭八姑得了雪魂珠，如今又與峨嵋一黨，她走火入魔，身子不能轉動，今日未來，必然還在玄冰谷內。敵人傾巢來此，谷中只剩她一人，何不趁此時機飛到玄冰谷，奪了她的雪魂珠？再去尋樂三官，奪回白骨鎖心鎚。豈不是兩全其美？」想到這裡，自以為得計，也不顧魔陣諸人死活，逕自喊一聲：「疾！」駕紅雲往玄冰谷而去。

他走不多一會，下面岩石後面轉出一個大漢，一個化子。那大漢手中提著一個綁著的道士，對化子說道：「師父把這牛鼻子弄死了多乾淨，還留著他則甚？」

那化子答道：「你知這些什麼？」說罷，往空中一看，也不說話，劈手從大漢手中搶過那道士，背在身上，往谷外便跑。那大漢忙喊：「師父帶我一同去。」那化子眨眨眼已跑得沒了蹤影。這兩人正是怪叫化窮神凌渾與陸地金龍魏青。

原來魏青本想隨了眾人同走，一來自己不會劍術，師父雖傳了一條鞭，因不知用法，始終沒有用過，二來又有凌渾吩咐，只得留了下來。他獨自一人坐在山石上面，眼望眾人去處，遠遠光華亂閃，知道已同敵人交手。心想：「自己又不會劍術飛行，這裡正是青螺入口處，要是遇見妖人走來，豈不是白吃虧？」想到這裡，便想去尋一個僻靜所在藏身，等候凌渾到來再說。他因凌渾在戴家場說過，將來到了青螺，即可收他為徒，所以這次執意隨定心源等同來。今日聽劉泉說，果然有用他之處，甚是高興。又恐凌渾走來尋不見自己，豈不將機會錯過？不時從藏身的岩石後面往外探頭探腦。

正在獨個兒搗鬼，忽見谷外一個紅臉道人，穿著一件水火道袍，額上生著一個大肉包，身背葫蘆、寶劍，手裡拿著一件骷髏骨做成的兵器，四面俱是煙霧圍繞，直著兩眼跑來。魏青見那道人一身邪氣，連忙縮腳，隱身岩後躲避。只見那道人越跑越近，暗喊不好，正待準備廝殺。誰知那道人好似未見魏青，竟從身旁跑過。

魏青正在暗幸，不多一會，那道人又飛也似地跑了回來，這次與魏青相隔更近。魏青一面暗中提防，細看那道人已跑得氣喘吁吁，頭上黃豆大的汗珠子直流，兩眼發呆，看準前面，腳不沾塵，拚命飛跑。似這樣從魏青身旁跑過來跑過去，有好幾十次。

魏青見那道人好似中邪一般，慌慌張張，始終沒有看見自己。起初因見那道人形狀異樣，手中兵器又有煙霧圍繞，情知不是對手，所以不敢上前。後來見那道人累得上氣不接下氣，步法漸漸遲緩。同時又聽得遠處地底水火風雷之聲混成一片，拿不定眾人吉凶。凌渾又不見到來，自己藏的地方甚為隱祕，被這道人在身前跑來跑去，師父來了又看不見自己，不由煩躁起來。心想：「這妖道定是中了什麼邪術，失去知覺。我何不等他過來，掩在他身後給他一刀，也省得在此呆等。」想到這裡，手中拿刀，靜等道人跑來，好躥將出去下手。

剛打好了主意，恰好那道人踉踉蹌蹌跑了回來。魏青剛要下手，猛一抬頭，見對面山崖上坐著一個化子，拿手指定那道人，那道人便隨著他手指處往前飛跑，像有什麼東西牽引似的。定睛一看，那化子正是怪叫化凌渾，心中大喜，不由失口高叫了一聲師父。那道人猛被魏青這一喊，好似有點覺察，稍微遲疑了一下，仍是往來跑著。

魏青看見凌渾，顧不得再砍道人，逕往對面崖上跑去。眼看跑到凌渾跟前，忽見凌渾站起身來，只一晃便不知去向。魏青好生著急，喊了幾聲師父，不見答應，四外觀察，也看不見凌渾蹤跡。才知那道人跑這半天，是受了師父愚弄。暗恨自己不留神對面，錯過機會，心中又悔又恨。魏青再看那道人，也不見回轉。往他去路一看，相離里許多地的一塊山石上，好似臥著一人，疑心師父未走，連忙下崖，跑了過去。漸漸跑近一看，原來還是那道人，兩眼發直，口吐白沫，手中拿著那個骷髏做成的一柄大鎚，爬伏在山石上面，鎚上煙霧已無，不由喊了一聲：「晦氣！」

魏青正要回轉，猛一想：「這道人雖會妖法，現在已經失了知覺。他拿的那怪鎚定是個厲害法寶，還有他背上那口寶劍也定比我這把刀好。本想乘他不覺將他殺死，一則不知他那怪鎚的用法，二則又恐道人會金鐘罩等功夫，一刀砍不死，反倒打草驚蛇。莫如先將他的怪鎚、寶劍盜來，再想法將他綑上，用他的兵器逼問他怪鎚的用法，豈不是好？」魏青心性粗魯，想到就做，從不計什麼利害。他起初怕打草驚蛇，以為這樣計出萬全。殊不知如非凌渾故意成全他兩樣法寶，用法術將獨角靈官樂三官制住，樂三官神志一清，飛劍便要了魏青的性命了。這且不言。

魏青打點好了主意，將身蹲下，蛇伏鶴行走近前去，見那道人絲毫沒有覺察。便從那塊山石下面掩到道人身後，輕腳輕手爬到石上。用手捏著道人背上劍柄，才輕輕往外一抽，鏘的一聲，一道青光，那劍業已出匣。把魏青嚇了一大跳，忙接連幾縱，縱出去有二十多丈，見石上道人並未轉動，才得放心。一見手中這口寶劍，如一泓秋水，青光耀眼，冷氣森森，劍柄上盤有一條小青蛇，還有朱文篆字。

魏青又驚又喜，不及細看，先拋去了手中刀，決計再去盜那柄怪鎚，仍照將才掩身過去。這回是在道人前面，格外加了小心。及至近前，見那道人身子趴在那塊山石上面，左手持鎚，往下懸著，鎚頭是五個骷髏攢成的梅花瓣式，白牙森森，口都向外。魏青輕悄悄掩到道人睡的山石下面，恰好石下有凹處可容一人。魏青先掩身山石凹處，略微定了定神，聽了聽上面沒有響動，探頭往上一看，道人仍是昏迷不醒。

魏青見那鎚古怪，不敢用手挨近鎚頭。想了一想，乍著膽子往前一探身，捏住鎚柄，從道人手中一奪，容容易易奪了過來。

魏青膽子越來越大，又繞回山石後面，摘去道人劍匣，將劍插入，佩在身上。將鎚藏過一旁。逕去解下道人身上絲條，將道人四馬攢蹄綑了起來。那道人一任魏青擺佈，竟和死了一般。魏青將道人綑好，再回身去拿那怪鎚來逼問用法時，那鎚已不知去向。正在驚疑，忽聽道人呻吟了一聲，手腳動了兩動。魏青大吃一驚，顧不得再尋那怪鎚。正要撲上前去，那道人業已醒轉，睜眼一看，覺得身上疼痛，手足被綑，大吼一聲，便要掙起身來。

魏青知他會使妖法，哪裡容他掙斷綁索起身，早一個虎撲撲上前去，兩手掐緊道人喉嚨不放。魏青雖然是天生神力，那道人也非弱者，怎奈他拚命奔走了半日，本已累得力盡精疲，加上他身上這根絲條乃蛟筋擰結而成，不過用彩絲在兩頭打了幾根穗子，魏青綑得又非常結實，急切間掙斷不開。咽喉又被魏青用力扣緊，連氣都透不出，只得暗運元功和魏青掙命，在山石上打滾。

原來樂三官將五鬼天王尚和陽的五鬼白骨鎖心鎚騙到手中，又傳了用法，心中大喜，仍恐尚和陽看破，不敢現於詞色。及至辭別尚和陽與毒龍尊者，向谷口生門飛去，心想：

「這白骨鎖心鎚乃是尚和陽在雪山用數十年苦功，按五行生剋，尋到五個六陽魁首，還糟踐了四十九個有根基人的生魂才煉成此寶，準備二次出山尋峨嵋派的晦氣，得來煞非容易。看連日形勢，就只一個怪叫化凌渾，已是破青螺而有餘，何況聽說峨嵋方面還來了不少的能人。師文恭何等厲害，尚且身遭慘死，這就是頂好的前車之鑑。我留在此地，雖不一定玉石俱焚，也決難討好。我雖與尚和陽初交，他竟肯將這種至寶借我，還傳了用法，真是千載良機。不如帶了此寶，尋一個無人注目的深山岩穴之中隱藏起來。尚和陽立志和峨嵋尋仇，早晚必死在敵人手內，那時我再出山不晚。」

想到這裡，非常高興。轉眼到了死門，並不往下降落。正待往東方飛去，猛覺腳底被一種力量吸住，往下降落。低頭一看，下面正是青螺谷口外面，有一人朝上面招手，自己便身不由主地往下降落，知道遇見能手。先還仗著白骨鎖心鎚在手，倘若那人為難，還可借他試試鎚的厲害。及至落地一看，那人正是日前晶球上現身的那個怪叫化凌渾，不由大吃一驚。才一見面，那化子齜牙一笑，說道：「今天青螺峪這麼熱鬧，道爺往哪裡去？為何不與我這化子談談，解個悶兒？」

樂三官知道厲害，一面暗中準備，假裝歡容，躬身答道：「貧道本是應青螺友人之招，來此閒遊，誰知兩派又自殘殺，實非修道人本分，不願參加這場死劫，告辭回山，打此經過。道友相招，不知有何見教？」

凌渾聞言，笑道：「我招道爺下來不為別的，俗語說得好：『強賊遇見乖賊，見一面分一半。』可惜道爺只得了鬼娃娃一件死人骨頭，不好平分，就這樣送我，我又於心難安。這麼辦吧，我如今正想趕走青螺這一群魔崽子，道爺反正暫時拿它無用，不如借我用上幾天，再行奉還如何？」

樂三官知他說的是白骨鎖心鎚，既敢明言強要，一定來者不善，心下雖然著忙，仍假裝敷衍道：「道友敢是要借這柄白骨鎚麼？貧道將此鎚借給道友，原本無關緊要，怎奈此寶乃尚天王之物，貧道向他借來，原另有用處。如今雙方正在尋仇，貧道豈能將朋友之寶借與他的敵人？久聞道友神通廣大，要此寶何用？休得取笑，告辭了。」

樂三官原知這個怪叫化難惹，自己騙寶逃走未免情虛，所以強忍怒氣，只圖敷衍脫身了事。誰知言還未了，被凌渾劈面啐了一口，口中罵道：「賊妖道，給臉不要臉！你還打量我不知道你是從鬼娃娃手上騙來的嗎？」說罷，伸手就是個大嘴巴。樂三官驟不及防，被凌渾一下打得半邊臉腫起，太陽穴直冒金星。心中大怒，將手一拍腰間，先飛起一道青光，直取凌渾。

凌渾哈哈大笑道：「我徒弟在山頂上受了多少天寒風冷雪之苦，我正愁少時沒有酬勞，竟有送上門的買賣。」說罷，手伸處將那道青光接住，在手上只一搓，成了一團，放在口邊一吸，便吸入腹內。張開兩手說道：「你還有什麼玩意，快都使出來吧。」

樂三官本煉有兩口飛劍，一名霜角，一名青冥。只青冥能與身合一。霜角新得不久，尚未煉成，便是魏青所得的一口。青冥劍經他多年苦修，差不多飛劍均非敵手，一看被凌渾伸手接去，又急又怕。口中唸唸有詞，將白骨鎖心鎚一擺，立刻鎚上起了紅雲綠火，腥風中五個骷髏張開大口獠牙，直朝凌渾飛去。凌渾隨口喊：「妖法厲害！」回身往谷內就跑。

樂三官不捨那口飛劍，一手掐訣指揮白骨鎚，隨後便追，口中高叫道：「賊叫化子，你快將飛劍還我，我便饒你不死！」剛剛追進谷口，忽見前面凌渾跑沒了影子。正在用目往四外觀察蹤跡，暗中頭上被人打了一掌，立時心中一陣迷糊，耳中只聽尚和陽的聲音罵道：「大膽妖道，竟敢將我的法寶騙走，今日不要你的狗命，我尚和陽誓不為人！」

樂三官回頭一看，尚和陽手中執定魔火金幢，發出百丈紅雲，從後追來。嚇得心驚膽裂，幾次想借遁駕風逃去，不知怎地法術竟失了靈驗。知道尚和陽意狠心毒，被他追上，便死無葬身之地，只得亡命一般往前飛跑。跑出去約有十餘里地，聽得追聲漸遠，正在慶幸，猛聽前面又是一聲斷喝。抬頭一看，尚和陽又在前面現身追來。樂三官嚇了一大跳，慌不迭地往回路就跑。剛剛跑到谷口，尚和陽又現身出來攔住。似這樣來回來去，跑了有幾十次。

末後一次，看見前面岩上有一個大洞。回看後面，尚和陽沒有追來。這時他已力盡精疲，再也支持不住，提起精神，用盡平生之力，想從下面縱進洞去躲避。身才縱起，便見凌渾站在那塊山石上面，自己想退回已收不住腳，恰巧鑽在他的胯下，被他騎住。

樂三官還想掙扎時，被凌渾兩腿一夾，眼前一黑，便暈死過去。醒來又被人綑住，扣緊咽喉。飛劍業已失去，枉自會一身妖法，也是無法施展。只能暗中提神運氣，苟延殘喘。一面運用元功，想去掙斷身上的綑綁。似這樣支持了好一會。魏青用兩手掐緊樂三官咽喉，眼看將敵人弄得兩眼珠努出，紅得似要冒火，頭上青筋直迸，只是弄不死他，又不敢鬆手。更恐怕遇見敵人同黨走來碰見，便不好辦。心中一著急，奮起神威大吼一聲，正打算運用鷹爪功重手法，將全身之力聚在十個手指頭上，將敵人活活握死。忽然眼前一晃，凌渾現身出來。

魏青一高興，口中忙喊師父，微一分神，手中稍微鬆了一鬆。樂三官正等這種機會，更不怠慢，雙腳在山石上用力一墊，一個魚躍龍門式，掙脫了魏青雙手，從山石上面倒著身挺縱下去。心中還想用法術報仇，身子立定，一眼看見站在魏青一起的正是那怪叫化凌渾，手上拿著自己從尚和陽手中騙來的白骨鎖心鎚。他並不知適才尚和陽追他是凌渾的法術，一見尚和陽不在，那鎚卻到了怪叫化手中。揣想尚和陽不是被凌渾趕跑，便是遭了毒手，自己如何能行，嚇得回身就想遁去。

魏青見道人逃走，一把未抓住，唯恐凌渾又隱形遁去，顧不得再追道人，連忙過去跪在地下行禮，兩手緊抓住凌渾衣服不放。

凌渾道：「你捉的人呢？」

魏青道：「跑了。」

凌渾道：「沒出息的東西！牛鼻子跑了，你還不去追！」

魏青道：「我去追時，你老人家又要跑了。我不去。」

凌渾道：「凡是我收的徒弟，都得給我立點功勞。你不將牛鼻子捉住，我也不能收你。」

魏青道：「他會妖法，適才是趁他睡著才下的手。如今他又跑遠了，叫我如何追法？」

凌渾道：「牛鼻子叫樂三官，我捉到他還有用處。我既看中了他，決跑不了，你看牛鼻子不是又回來了嗎？」

魏青回頭一看，忽然那道人又如飛地跑了回來，神情十分狼狽，好似有人在後面追他一樣。魏青仍不放開凌渾，還是緊抓凌渾衣服不肯上前。

凌渾道：「你再不去將他捉來，我叫鬼骨頭咬你。」說罷，將手中白骨鎚朝魏青一晃，鎚上那五個骷髏頭便都離鎚飛起，張開大口，伸出獠牙要咬。

魏青忙說：「師父休要著惱，我自去捉那道人去。」

這時樂三官已從魏青身旁跑過，魏青只得從後追上。那樂三官原本是駕風遁去，身子起在半空，便覺有重力牽引，墜了下來。知道不好，正要覓路逃出山去，忽然胸中一陣迷糊，抬頭一看，五鬼天王尚和陽又在前面追來。嚇得樂三官慌不迭地回身就跑，耳聽後面追趕甚急，連頭也不敢回，一味亡命般往前逃走。樂三官逃了一陣，猛想起：「鎚被凌渾奪去，已不在我手中。尚和陽苦苦追趕，早晚被他追上，難保活命。何不索性回身，對他實話實說？他知此寶被凌渾奪去，必不肯善自干休，也許捨棄自己，去尋凌渾算帳，豈非死中還可求活？」

想到這裡，便停下步來。聽得後面追聲已近，正要回身喊：「天王息怒，容我一言。」誰知回頭一看，後面追來的哪裡是什麼五鬼天王尚和陽，卻是適才用手差點將自己掐死的那個黑大漢。再一看大漢後面，凌渾並沒有跟來，略微放心。心想：「我今日如何這樣晦氣顛倒？將盜來的寶貝失去不算，還饒上一口飛劍，適才差點死在黑漢手內，他還苦苦追逼。莫如趁賊叫化未跟來，將他殺死報仇，稍出胸中惡氣。」

想到這裡，伸手去拔身後寶劍時，寶劍業已失落。再一看那大漢，業已追到面前，手中拿的一口寶劍正是自己之物，不由又驚又怒。因聽魏青適才叫凌渾師父，摸不清他的深淺，不敢造次，先讓過魏青手中劍，暗運真氣朝著對面一吸。

那口劍原經樂三官煉過，雖不能飛行自如，卻已身劍相應，被樂三官運用五行真氣一吸，果然脫手飛回。樂三官連忙伸手接住，知道敵人並無多大本領。越想越有氣，一面舉劍便刺，左手掐訣，口中念咒，滿想用法術制魏青的死命。

魏青見寶劍忽然脫手，飛向道人手內，便知不妙。又見道人口中唸唸有詞，頃刻之間狂風大作，飛砂揚塵，升斗大小的石塊滿空飛舞，劈面打來。自知不敵，連忙回身就跑，口中直喊：「師父，你老人家快來！我將牛鼻子引回來了。」

樂三官在後面追趕，聽大漢又在口喊師父，恐凌渾埋伏在旁，先還不敢窮追。及至立定腳往前看了看，大漢喊了幾聲，凌渾並未出來，不由又動了報仇之心，試探著仍往前留神追趕。

魏青一面跑，一面喊，見凌渾不露面，猜他又隱形遁去。眼看跑到適才凌渾現身之所，仍不見凌渾影子。後面敵人卻越追越近，身上已被石頭打了好幾下。正在心中著急埋怨，忽見石凹中露出一隻泥腳。低頭一看，正是凌渾抱著那柄鎖心鎚，睡得甚是香甜，鼾聲大作。鎚上面五個骷髏看見魏青，又都在那裡張嘴伸牙，像要咬他的神氣。

魏青顧不得害怕，喊了兩聲，不見凌渾醒來，道人業已追近。一著急，抓住凌渾兩條瘦若枯骨的泥腿往外一拉，將凌渾拖了出來，見凌渾仍是不醒。正要使勁推揉，那鎚上五個骷髏忽然憑空離鎚飛起，嚇得魏青連忙躲避時，那五個骷髏在綠火紅光圍繞之中上下翻滾，直朝樂三官飛去。

這時樂三官追離魏青不過丈許遠近，忽見魏青一低身，從山石底下將凌渾拉出，正在驚疑，忽見白骨鎖心鎚上五鬼飛來。他哪知其中厲害，不但不逃，還妄想用尚和陽所傳收鎚口訣將鎚收回，和寶劍一樣失而復得。誰知口訣還未念完，那五個骷髏業已飛到，樂三官只聞見一陣血腥味，立刻頭腦昏眩，暈倒在地。

第十六章　大敗群魔

魏青眼看那五個骷髏飛近樂三官身旁，正要張口去咬，猛聽身後凌渾大喝道：「王長子快些領了夥伴回來！這牛鼻子我還留他有用處呢！」說罷，那五個骷髏一齊飛回。

凌渾已從地上站起，迎上前去，將身上破衣服脫下，露出一身白肉。那五個骷髏竟上前圍住凌渾，張開大口咬住凌渾不放。魏青一見不好，也不暇計及危險，縱身上前，想伸手去將咬住凌渾前胸的一個骷髏抓下。還未等手近前，鼻中忽然聞見血腥，一陣頭暈，倒在地下。猛聽近身處隱隱一陣雷聲過處，耳聽凌渾喝道：「王長子，你遭劫三十六年，平白代人作惡。現在我來救你，還不及早醒悟回頭麼？」說罷，便聽得一種嗚咽之聲。魏青醒來一看，凌渾坐在身旁山石上面，兩手捧定一個骷髏，業已煙消火滅，隱隱聽得那骷髏口中發出嗚咽之聲，魏青好生不解。再看樂三官，卻倒臥在前面地上。

魏青想起那口寶劍，連忙過去從樂三官手中取來。因那根蛟筋絲條已被樂三官逃走時震斷，恐怕自己身上腰帶綑他不住，少時醒來又要被他逃走，正想用劍將他殺死。忽見凌渾將手一揚，像長蛇般飛過一條彩索，落到身旁。一看，正是適才綑樂三官的那根蛟筋絲條，仍是好好地並沒有斷。接著便聽凌渾吩咐，將樂三官綑上背起。魏青只得將劍入匣，將樂三官拗頸折足，餛飩般綑了個結實，背到凌渾面前，問：「師父如何處置妖道？」

凌渾也不去理會魏青，只顧朝手上捧定的一個骷髏口中喃喃不絕。末後從身上取了一粒丸藥，塞在那骷髏口中，說道：「王長子，你總算同我有緣，該你絕處逢生。現在我已給你解了魔法禁制，服了靈丹。少時我便帶你到軀殼前去。快照我的話先去辦吧。」說罷，將手中骷髏往空中一拋，喊一聲：「起！」手揚處一道金光，擁著那骷髏直升高空，往前面飛去，轉眼沒入雲中不見。

魏青背著樂三官站在凌渾旁邊，正看得出神，忽見凌渾站起身來，往空中望了一望，說道：「魔崽子來了，我還有用他之處，此時無須見他，姑且容他多活幾年。」說罷，口誦真言，將手往四外畫了幾畫。魏青不知他鬧的是什麼玄虛，張口要問時，猛見一朵紅雲，疾如奔馬從前面飛來，到了二人立處不遠降下。一落地，便現出一個紅臉幼童，頸下掛著一串骷髏念珠同兩掛紙錢，手中持定一個金幢，周身俱有煙火紅雲圍繞，東張西望，好似要尋找什麼似的。

凌渾離那幼童甚近，也好似不曾看見。魏青幾次想問，都被凌渾阻住。那紅臉幼童到處尋找了一陣，忽見暴怒起來，將腳一頓，長嘯一聲，化成一朵紅雲，破空便起，如火箭一般直往東南方飛去。接著便聽遠處又起了一種轟轟隆隆之聲，從地底下隱隱傳來。魏青仍以為是魔陣上發動的聲音，沒有在意，便請凌渾將樂三官殺死。忽聽凌渾說一聲：「時候晚了，你到魔崽子巢裡去等我吧。」說罷，從魏青背上搶過樂三官，背著就往前跑。

魏青忙喊：「師父，帶我一同去！」凌渾已跑得沒有一點影兒。魏青無法，停了腳步，跑到高處一看，除了谷口這一面清靜，餘下那三方面都是紅煙綠霧，一片瀰漫，昏暗暗地看不出什麼景象。這時地底下傳出來的風雷水火之聲一陣比一陣緊急。魏青又不知魔宮在什麼所在，只得順著入谷大道，施展輕身功夫往前走去。走了不多一會，猛聽一個大霹靂過處，天崩地裂一聲大震，水火風雷全都停息，遠遠聽得山石爆裂的炸音混成一片，有好幾道黃光綠光從空中飛過。心中正在著急，忽然一陣風響，一道白光墜地，現出一人，披散著頭髮，亂蓬蓬地好似多日不曾梳理，身上穿的衣服也是破舊不堪。

魏青連忙停步按劍，那人已首先發言道：「你是陸地金龍魏兄麼？小弟俞允中，奉了師父凌真人之命，拿了師父柬帖符籙，來此會合魏兄，在此等候一人。事完之後同去魔窟，等師父駕到，再作計較。」魏青一聽來人是俞允中，心中大喜，連忙上前相見。

原來俞允中自從被番僧梵拿加音二強逼軟騙，到青螺前面一座小峰上面代番僧作替身，煉那天魔解體大法。雪峰高寒，幸有番僧給的自信還陽丹服在肚內，倒還能夠支持。打坐到第七天上，便在允中面前發現許多幻景。頭一次發現的是些毒蛇猛獸，允中起初也有些害怕，只是除兩手外，身子已被番僧禁法制住，不能轉動，枉自乾著急。及至見那些毒蛇猛獸咆哮攪擾了一陣，忽然不見，想起來時番僧所說，才知這些就是幻象，便把心放定。

允中根基本厚，又加上求道心切，索性把死生付之命定，凝神靜心，靜待將法煉成，好請番僧助他盜取六魔厲吼的首級，見師覆命。坐的日子一多，漸漸由暗生明，雖無師父，已有神悟。那些幻象也越來越厲害，越恐怖，允中通沒放在心上。過了二七，凌渾忽然出現。允中見是戴家場見過的那個怪叫化，知他神通廣大，連佟元奇、玉清大師都非常敬畏，心中大喜，忙喊：「弟子被法術禁住，轉動不得，望師父救我。」

凌渾道：「我因見你求道心誠，白矮子又絕人太甚，賭氣收你為徒。因你出身膏粱富貴之家，怕你異日道心不淨，違我教規，這才故意拿難題你做，命你盜取六魔厲吼首級。番僧梵拿加音二見你根基還厚，又是童身，才利用你作替身，來煉這天魔解體之法。你道術毫無，此法煉成必難脫身，勢必隨之同盡。我因峨嵋收徒選擇甚苛，根行稍差一點便不肯收錄，我看不下去，特意取了青螺作根基，專一收峨嵋不要的有志之士，修來與他們看看。

「連日暗中看你心志堅定，頗有悟性，大出我預計之外。那番僧所煉丹藥內有信石，其熱無比，多服傷人，雖然保得暫時不受寒侵，終為隱患，不可再服。可將餘下的交我，以備別人之用。我再另給你幾粒丹藥服用，不但能夠禦寒保身，還可助你明心見性。

「你在此受苦，此時將你救走本極容易。一則青螺近日所擺魔陣能發地水火風，要破此陣，須要損壞我兩樣法寶。番僧所煉天魔解體大法也能發出地水火風，因此峰係青螺子午正位，又加上是佛教嫡傳大法，比青螺魔陣還要厲害，樂得由他們鷸蚌相爭，省卻我費許多的事。同時借他們兩面的地水火風激動天雷地火，將青螺峪谷變遷，好重修仙府。再則藉此磨礪你一番，將來成道更速。不過此法總須犧牲一條生命，你到時不能脫身，我自會代你尋來替身，助你脫難。到了端陽前數日最為要緊，那時你面前現出來的，不一定便是幻象。到時番僧也要來此，助你鎮懾，我也隱身暗中相助，自不妨事。」

說罷，拿出七粒丹藥，命允中服下。將番僧給允中留下的自信還陽丹要來，隱身而去。凌渾走後，允中又喜又驚，便照凌渾所說，安心靜坐。

過不多日，果然梵拿加音二來到，見允中絲毫沒有誤事，口中不住誇讚。由此每隔三日便來一次，有兩次竟發現了許多惡鬼夜叉，俱被梵拿加音二用法術驅走。

端陽頭一天晚上，梵拿加音二又對允中道：「明日便大功告成，我清晨要在廟中行法，到午時用金剛移山和八魔拚命。到時，這座小峰如果移動，你千萬不可害怕，只在峰上執定這面小旛，到了青螺，連展四十九次，自有妙用。事完之後，我自會助你成道，以報你連日辛苦。」說罷，教了允中梵咒，取出一面小旛交與允中，再三叮嚀而去。

番僧走後，允中細看旛上面，有許多符咒和四十九個赤身倒立的骷髏。正在展玩，忽見凌渾飛來，允中便對他說了番僧之言，並問自己何時出險？

凌渾見了那旛，笑道：「妖僧還想愚弄死人，真是可惡！他既知明日魔陣中也有地水火風是他勁敵，才將他歷代教祖傳家至寶交你。明日此峰飛到了魔陣，如聽妖僧之言，在峰頭將旛如法招展四十九下，固然魔陣中諸人除了毒龍尊者和兩三個道行稍高的，一個也逃走不脫，可是你也會被天雷化成灰燼。你且不去管他，到時我自有道理。」說罷，便從身上取出一柄小劍交與允中道：

「此劍名為玉龍，乃當年我修道煉魔之物，煉成以來從未遇見敵手。我自得天書後，已用飛劍不著。明日便是端陽，不及傳你道法。此劍與我心靈相通，不似別的劍要經自己修煉才能應用。憐你修道心誠，暫時借你應用，等你異日自己將劍煉成，再行還我。如能努力潛修，此劍也未始不能賜你，不過此時還談不到。另外，再給你三張符籙，一封柬帖。我還收了一個徒弟，名喚魏青。雖然你不曾見過，你二人彼此早已相知。明日我當在此峰離地飛起時，用吹雲法送你到魔窟去，路上遇見魏青，再照我柬帖行事便了。」

允中聞言，連忙點頭稱謝。凌渾傳了用劍之法，便即走去。允中見那口劍長才三寸六分，寒光射目。拿在手上，躍躍欲動，彷彿要脫手飛去的神氣。知是一件至寶，非常心喜，持在手上愛不忍釋。

轉眼便是天明，忽然覺得身體活動，能夠起立，猜是番僧相信自己，業已撤了禁制。

心想：「雖然少時師父會來搭救，我何不自己先尋一條脫身之路，以備萬一？」便試探著尋找下峰之路。誰知足跡所到，只能在三丈方圓以內，過此便如生根一般，拔不起腳來。才知番僧雖然撤去近身禁制，四外仍有法術封鎖，不能越出雷池一步，只索作罷。坐了多日，且活動活動腿腳，靜等師父到來，再作脫身之計。

時光易過，不覺到了辰巳之交。遠望前面山谷中，隱隱看見許多道光華掣動，知道兩下業已交手。一會工夫，隱隱聽得風雷水火之聲從遠處傳來。天光交到午初，忽見峰上峰下起了一陣火光，同時滿峰濃霧大作，蓬蓬勃勃如開了鍋的蒸籠一般。霧影裡，漸漸覺得山峰搖動，似要往上升起。地底下先起了一陣大風，風過處又是一陣水響，澎湃呼號，與先前風聲響成一片，更覺聲勢驚人。接著從昭遠寺那一方隱隱傳來了一陣雷聲，到了峰腳，便起了一陣炸音。炸音響過，水火風雷之聲一齊發動，那峰也逐漸往上升起。

允中在濃霧中已看不見上面日光，不知天已交了正午沒有，只覺得峰越升越高。時機業已緊急萬分，凌渾還不見到來。正在懷疑著急，猛覺那峰在空中旋轉起來。一會工夫，越轉越疾，水火風雷之聲越來越緊，也不知轉了多少轉。忽然山崩地裂，一聲大震過去，那峰倏地撥轉頭直朝前面飛去。

允中被這幾樣巨聲震得頭暈目眩，一手拿著番僧給的那面小旛，一手緊持著玉龍劍。正在惶恐萬狀，猛然面前一閃，一道金光過處，迷惘中只覺手上小旛被人奪去，自己好似懸身空中。耳邊聽到凌渾的聲音說道：「我已代你尋到替身，用吹雲法送你到魔窟去。路上看見魏青，可下去，同他照我柬帖行事。」聽罷，便覺神志一清。睜開二目一看，果然已不在小峰上面，身子似有什麼東西托在空中飛行。再偏頭一看，那座小峰業已懸空百十丈，峰前面平地湧起百十丈洪濤烈火，夾著風聲雷聲，好似一條銀龍、一條火龍一般，直往谷中飛去。

允中恐怕失腳，略微看了看，便凝神看著下面飛行。不一會飛進青螺谷口，走了不遠，便見下面有一大漢行走如飛，不知是否那人就是魏青。心才動念，忽然落地，近前一問，果是魏青。

二人尋了一個僻靜之所，將凌渾給的柬帖打開一看，上面寫著：「現在魔陣已被番僧梵拿加音二煉的天魔解體大法所破，妖僧妖道死了不少。魔窟的大殿寶座下通著地穴，裡面有神手比邱魏楓娘藏的天書、丹藥。八魔見勢不佳，一定逃回魔窟去取天書。命允中將那三道靈符先用傳的口訣祭起一道，又分一道給魏青，然後趕至魔窟。地穴有妖法封鎖，不可擅入，須等八魔中有人回來撤去地穴封鎖時，才可入內。

「那天書供在與地穴相通的石洞以內，有玉匣裝著，入洞時可搶在魔崽子前面，將書取到。你與魏青小心捧著，因有靈符護身，敵人不能看見，只管大膽行事。出地穴時，如遇見一個矮小道人，此人乃是青海柴達木河畔的藏靈子，隱身法須瞞他不過，千萬不可和他動手，只由魏青捧定玉匣不放手，他便不會來奪。萬一見了什麼異狀，魏青可說奉了祖母賽飛瓊遺命來此盜書，請他高抬貴手，他便自會走去。你二人得了天書，便在魔窟內等我到來，另有分派。」

允中、魏青看完柬帖，便依言行事。再看那三道靈符，頭一張和另外兩張有些不同，上面儘是朱文符籙，閃閃生光。允中取了第一張，舉在手中默誦口訣，忽然面前一道金光一閃，二人便覺身子離地飛起。不一會降下地來一看，已落在一所宮殿中，殿內外站有十來個裝束異樣的僧道，俱都在那裡交頭接耳，紛紛議論，好似並沒有看見允中、魏青落將下來。

允中、魏青知道靈符法力，因不知這些人哪人是八魔，正要湊近前去聽他們說話。忽然有破空的聲音，院中一道黃光過處，現出兩個相貌凶惡，裝束奇異的道士，慌慌張張往殿中走來。先前十來個人俱都紛紛上前迎接行禮。內中有人問道：「適才聽得山崩地裂的聲音，二位魔主回宮，想必大獲全勝了？」那兩個道士也不還言，上殿之後，便吩咐眾人到門前等候，如遇敵人前來，急速上前敵住，休要放他進來。眾人領命，哄地應了一聲，便都往外走去。

這兩個道士一高一矮，高的正是大魔黃驌，矮的正是六魔厲吼。他二人等手下人走後，黃驌對厲吼道：「六兄弟，想不到今日如此慘敗。二弟、八弟站離魔陣最近，業被雷火震成飛灰。五弟、七弟受了重傷逃走，此時不見回宮，存亡莫卜。三弟也不知逃走何方。虧我見機，你又離得遠，沒有受傷。如今大勢已去，不知祖師爺同許仙姑有無別的妙法挽救殘局。如果他二人不能支持，敵人追來，此地基業必不能守。是我想起石洞中藏的那部天書。據師父當年在時曾說，此書共分上中下三函，另外還有一冊副卷。除副卷普通修道之人俱能看懂外，只上函有蝌蚪文註釋。

「師父有的乃是下函和那一本副卷，中函被嵩山二老得了去，上函至今不知落在何人之手。嵩山二老所得的中函因為沒有上函，本難通曉，多虧峨嵋鼻祖長眉真人指點，傳說也只會了一半。師父只精通那本副卷，業已半世無敵。她因天書長發寶光，不好攜帶，把它藏在通寶座底下的一個石洞之內，外面用副捲上符咒封鎖，多大道術的人也難打開。只有一晚在高興時，傳了我一人開法。師父還說，慢說能將三部天書全得到手，只要把這下函精通，便可超凡入聖，深參造化。怎奈不知上函蹤跡，無法修煉。

「此次我們拜在毒龍尊者門下，我本想將它獻出，因見俞師兄處處妄自尊大，略微存了一點預防之心，恐獻出只便宜了別人。我等弟兄八人，我最愛你為人粗直，不似三弟、七弟胸藏機心。唯恐此宮被敵人奪去，他們雖不能取出此書，我等異日來取必非容易。又因開那石穴須得一人幫忙，才悄悄約你同來。請四妹在外面瞭望，如見前面凶多吉少，速來報信。我便同你下手將天書取出，逃往深山，尋一古洞，尋訪那上函天書的蹤跡，找通曉天書的高人，拜在他的門下煉成法術，再作報仇之計，豈不是好！」

言還未了，忽然一道黃光飛進殿來，繞了一繞，仍往外面飛去。黃驌面帶驚慌道：「四妹用劍光示驚，一定大事不好！」說罷，急匆匆同厲吼將殿中心寶座搭開，傳了咒語，二人俱把周身脫得赤條條精光，兩手著地倒行起來。轉了九次，忽聽地底起了一陣響動，一道青煙衝起，立刻現出一個地穴。允中、魏青暗中相互拉了一下，緊隨黃、厲二魔往地穴中走去。

入內數十丈，果然現出一個石門，上面繪有符籙。黃驌走離洞門兩丈，忙叫厲吼止步，仍用前法著地倒行，口中唸咒不絕。咒才念完，石門上冒了一陣火花，呀的一聲，石門自然開放。允中見厲、黃二魔還在那裡倒轉，更不怠慢，拉了魏青，從斜刺裡搶先入內一看，滿洞俱是金光，洞當中石案上供著一個七八寸長、三寸來寬、寸許來高的玉匣。魏青連忙搶來抱在懷中，同允中往外便跑。洞門狹小，恰遇黃、厲二魔走進，撞了一個滿懷。

首先是厲吼正往石洞走進，猛覺身上被人撞了一下，卻看不見一絲跡兆，剛喊出：「洞內有了奸細，大哥留神！」允中已經與厲吼擦肩而過。被他一喊，允中猛想起：「適才那身量高的喚他六弟，莫非他便是六魔厲吼？前者師父曾命我盜他首級，害我吃了許多苦楚，如今相遇，正好下手。」想到這裡，用手中玉龍劍一指，一道白光過去，厲吼人頭落地。

大魔黃驌剛聽到六魔厲吼喊聲，便見一道白光擦肩而過，忽聽厲吼一聲慘呼，只喊出了半截，隨即血光湧起，人頭落地。知道不好，忙將飛劍祭起護住身體，口誦護身神咒。跑到洞中一看，石案上寶光消滅，玉匣天書蹤跡不見。恐防有人暗算，連忙縱身出來。

魏青兩手緊抱天書，見允中取了厲吼的首級，也想趁空下手，不料敵人機警，竟然逃脫，只得同了允中走出石洞。剛到大殿，便見一個矮小道人站在那裡。大魔黃驌卻站在道人身後，如泥塑木雕一般。這兩人一高一矮，那道人身量長僅三尺，只齊黃驌的腹際，相形之下，愈加顯得猥瑣。

允中見那道人雖然形體矮小，卻是神采照人，相貌清奇，胸前長髯飄拂，背插一柄長劍，身著一件杏黃色的道袍，赤足芒鞋，正擋著自己的去路。猛想起凌師父柬帖上吩咐，知道這道人便是藏靈子。正要悄拉魏青止步，從旁邊繞走過去，偏偏魏青立功心盛，以為有凌渾的靈符隱身，早忘柬帖上言語，一手緊抱玉匣，一手拔出適才從樂三官手裡得來的那柄寶劍，往前便刺。

允中一把未拉住，忙喊：「魏兄休忘卻令祖母臨終遺命！」魏青聞言，才想起師父柬帖上所言，想要將劍收回時已來不及，被那道人將手一指，魏青便覺手上被重的東西打了一下，鏘的一聲，寶劍脫手，墜於地下。再看手上，虎口業已震開，鮮血直流。越發知道道人厲害，果然隱身符瞞不了他。只好負痛將兩手緊抱玉匣，連寶劍也顧不得去拾，想從道人側面繞走出去。誰知才一舉步，那道人將手搓了兩搓，朝著允中、魏青一揚，立刻大殿上下四面許多奇形怪狀惡鬼攔住去路，烈火熊熊，朝二人燒來。

魏青急切間，又忘了柬帖上言語，當著道人，允中又不便明說。正在著急，倏地一道青光，如長虹般穿進殿來，落地現出一個頭挽雙髻，身材高大的道童，見了這人，躬身施禮道：「弟子奉命，將毒龍尊者用師父紅慾袋送回柴達木河監禁，靜候師父回去處治，特來覆命。」

說罷，那道人也不還言，只出手朝著魏青一指。那道童便即轉身，朝著魏青大喝道：「你這蠢漢，快將玉匣天書獻上！我師父為人慈悲，決不傷你二人性命。如不聽良言，休怪俺熊血兒要下毒手了。」

魏青的祖母娘家姓熊，原與藏靈子有一段很深長的因果，凌渾不命別人，單命魏青來取天書，也是為此。此節後文另有交代，暫且不提。

這時火已燒到允中、魏青跟前，將衣服燒著。正在驚恐，魏青聽那道童自稱熊血兒，一句話將魏青提醒，重想起柬帖上言語。烈火燒身，事在危急，連忙躬身朝著道人施禮道：「我魏青奉我祖母賽飛瓊遺命，來此取還天書。望乞道爺看我去世祖母面上，高抬貴手，放我過去。」那道人聞言，面帶驚訝之色，把手一招，立時烈火飛回，頃刻煙消火滅。

那道人仍未發言，把眼朝那道童望了望。那道童便走過來問魏青道：「我師父問你，你祖母業已死去多年，看你年紀還不太大，你祖母死時遺命如何還能記得？」允中聽道童盤問，正愁師父沒有說得詳細，替魏青著急。

魏青忽然福至心靈，答道：「我祖母當年在鼎湖峰和人比劍，中了仇人的暗器，逃回家去，雖然成了廢人，因為有人送了幾粒仙丹，當時並不曾死，又活了有幾十年才行坐化。當時我才四歲，已經知道一些人事。我祖母留有遺命，命我父親來此盜取天書；如果不能到手，命我長大成人，投了名師，再去盜取。我七歲上，父親又被另一仇人害死，天書並未盜成。我當時年幼，訪了多少年，也不知那仇人姓名。今日趁魔崽子和別人鬥法之時，抽空來此，想先將天書盜走，煉成之後，再去尋那兩代仇人報仇。你們硬要恃強奪去，我便枉費心血了。」

藏靈子聞言，又對那道童將嘴皮動了幾動。那道童又對魏青道：「我師父向不喜欺軟怕硬，知道你是那怪叫化凌渾的徒弟，你說的這一番話也非虛言。那害死你祖母賽飛瓊的仇人，便是這裡八魔的師父神手比邱魏楓娘。我師父幾次三番要替你祖母報仇。一則他老人家業已五十餘年未開殺戒，不便親自下手除她。那淫婦又十分乖猾，始終遇不著機會，也是她的氣數未盡。前些年在成都害人子弟，被峨嵋派掌教夫人妙一夫人用飛劍將她腰斬，此仇業已替你報去，可不必報了。

「害死你父親的，乃是華山派烈火祖師。將來你煉好天書，再去尋他算帳吧。我師父看在你祖母分上，天書由你拿去。此書沒有上函，僅學副卷中妖法，適以殺身。好在你師父怪叫化他已將上函得到，裡面有中下兩函的蝌蚪註釋。師父命你努力修煉，將來他還有助你之處。我師兄師文恭被天狐二女用白眉針所傷，本不致命，又被毒龍惡友綠袍賊所害，身遭慘劫。我隨師父回山，便要去尋他們報仇。轉告你師父，異日我師徒尋天狐二女報仇時，他休得再管閒事，以免彼此不便。」

說罷，將手一揮，殿上神鬼盡退，滿殿起了一陣青光，藏靈子師徒連大魔黃驌俱都蹤跡不見。

原來魏青本是蜀南俠盜魏達之孫，仙人掌魏荃之子。魏達的妻子賽飛瓊熊曼娘，乃是明末有名的女俠岷山三女之一。曼娘在岷山三女中班行第二，那兩個一個是衡山金姥姥羅紫煙，還有一個是步虛仙子蕭十九妹。那時三人約定誓不嫁人，一同拜在岷山玄女廟住持七指龍母因空師太門下學習劍術。

因空師太教規，所收弟子不滿十年，不能分髮受戒。三人修行不到四年，剛將劍術練得有些門徑，因空師太忽然靜中悟透天機，定期圓寂，將三人叫來面前，給羅紫煙、蕭十九妹每人一種道書。羅紫煙所得的是《越女經》，蕭十九妹得的是一部《三元祕笈》，只曼娘沒有傳授什麼。此時曼娘用功最為勤苦，資質也最好，見師父臨去，別人都有傳授，獨她一無所有，慢說曼娘怨望，連羅、蕭二人也覺師父對曼娘太薄。她三人本來情逾骨肉，羅、蕭二人便幫她跪求。因空師太正在打坐，靜等吉時到來飛昇，連理也不理。三人跪求了半天，眼看時辰快到，曼娘已哭得和淚人一般。

因空師太忽然嘆了一口氣，說道：「你到我門中，平素極知自愛，並無失德，何以我此番臨別對你一人獨薄？此中實有許多的因果在內。逆數而行，愛你者適足以害你。你師姊妹三人，目前雖然曼娘較為精進，獨她緣孽未斷。我此時不肯另傳道術，她此後下山遇見機緣，成就良姻，雖難參修正果，還可夫妻同享修齡，白頭偕老。否則中途冤孽相纏，決無好果，所以不肯傳授。現在你三人既苦苦相求，再要固拒，倒顯得我真有偏心。

「如今聚首已無多時，我給曼娘留下八句偈語，兩封柬帖，外面標明開視年月，到日先看第一封。不到時拆看，上面字跡便不能顯出，休來怨我。如果第一封柬帖上所說冤孽你能避開，便照第二封柬帖行事，將來成就還在羅、蕭二弟子之上。如其不能避開那場冤孽，執意還要照第二封柬帖行事，必有性命之憂。」

說罷，便命曼娘取來紙筆，先封了兩封柬帖裝在錦囊以內，命曼娘收好。又留下八句偈語。三人未及同觀，因空師太鼻端業已垂下兩行玉筯，安然坐化。三人自是十分哀痛，合同將因空師太後事辦完，仍在廟中居住。

曼娘見那偈語上寫道：「遇魏同歸，逢洞莫入。鼎湖龍去，石室天宗。丹楓照眼，魔釘切骨。戒之戒之，謹防失足。」曼娘看罷，同羅、蕭二人參詳了一陣，先機難測，只得熟記在心。三人又在廟中住了兩年。

曼娘見羅、蕭二人各按因空師太傳授的道書用功，一天比一天精進。再看柬帖上日期，還有三年才到開視日期。因師父囑咐，不到日期開視，便顯不出字來，雖然心急，不敢冒昧開視。又加上羅、蕭二人用功益勤，自己不便老尋二人作長談，閒中無聊，未免靜極思動，便想下山遊玩一番。偏趕上羅、蕭二人功候將成，俱都入定。曼娘也未通知二人，逕自一人留了封書，獨自離了玄女廟，下了岷山，到處遊覽山水，偶然也管幾件不平之事。

有一次由四川到雲貴去，在昆明湖邊遇見一個多年不見的女友，談起浙江縉雲縣仙都山旁的鼎湖峰新近出了一個妖龍，甚是猖獗。曼娘久聞鼎湖峰介於仙都、步虛兩山中間，筆立千尋，四無攀援，除了有道之人，凡人休想上去。峰頂有一湖，名叫鼎湖，乃是當年黃帝飛昇之所，鼎湖峰之名，便由此而得。心想：「我左右無事，何不去看一看這黃帝升仙的聖跡？就便能將妖龍除去，也是一件功德。」想到這裡，便別了那個女友，轉道往浙江進發。

這日行至閩浙交界的仙霞嶺，那峰橫亙閩浙交界，與江西相連，岡嶺起伏，其長不下千里。山有五分之四屬於浙境，五分之一為福建所轄。山中巖谷幽奇，不少仙靈窟宅。曼娘行過仙霞關，正值秋深日暮，滿山楓林映紫，與餘霞爭輝。空山寂寂，四無人聲，時聞泉響，與歸林倦鳥互相酬唱，越顯得秋高氣爽，風物幽麗。

曼娘忽然想取些泉水來飲，偏偏只聽泉聲，不見水源，便循聲往前行走。轉過兩個巖角，還未看見溪澗，又往前走了一段，忽聽路旁荒草堆中寨餌作響。曼娘好奇，恐有什麼野獸潛伏草內，便取出寶劍，撥開那叢荒草一看，原來裡面有一條長蛇和一隻大龜正在交合。此時曼娘劍術雖未練到身與劍合，飛行絕跡，可是那柄寶劍已能發能收，取人首級於十里之外。這還未煉成氣候的龜、蛇如何禁受得起，被曼娘無心中這一撥，竟將龜、蛇的頭雙雙削落在地。

曼娘因那蛇是一條赤紅有角的毒蛇，樂得替人除害，並未在意，仍去尋那泉源。走不幾步，猛覺身上有些睏倦，神思昏昏，心中很不寧靜，恨不能尋一個僻靜處睡上一覺才好。正在尋思，忽見前面樹林中有青光在那裡閃動。悄悄近前一看，那青光如龍蛇一般，正蜿蜒著從林中退去。

曼娘不捨，跟蹤追過樹林，便見迎面有一個崖洞。那道青光一落地，便現出一個七八寸高的赤身小人，往洞中跑了進去。曼娘猜是深山中得道精靈所煉的金丹，如何肯輕易放過。恐把那東西驚動逃走，屏氣凝神，輕腳輕手掩到洞旁。往裡面一看，那崖洞只有丈許方圓深廣，並沒有退路。洞當中盤石上面，坐定一個五柳長髯、眉清目秀的矮小道人，身高不滿三尺。這時那青光中的小人已經飛上道人頭頂，眼看道人命門上倏地冒起一股白煙，滋溜溜將那小人吸收到命門內去了。

曼娘見那道人雖然長得與人一般無二，可是身材瘦小得出奇，又加上所見小人的情形均和普通修道人修煉元神不一樣，定是什麼得道精靈。可惜自己來遲了一步，被那小人逃回了巢穴。再一看道人，仍然入定未醒，不由又起了希冀之想。打算掩到道人打坐的盤石後面潛伏，等他的元神二次出現，便將他軀殼搬開，使小人迷了歸路，回不得軀殼，再用寶劍嚇他，盤問他的根抵，以定去取。

主意打定，便趁道人閉目凝神之際，輕輕掩到他的身後，且喜道人絲毫沒有覺察。在石後埋伏了一會，身上越覺軟綿綿的，心內發燒，不大好受。正有些不耐煩，猛聽道人頭上響了一聲，冒出一股白煙。先前那個小人，從道人命門內二次現身出來，化道青光，仍往外面飛去。

曼娘算計小人去遠，便起身走到前面，越看那道人形狀，越覺可疑。曼娘藝高人膽大，也未暇計及利害，一面拔出手中劍以防萬一，伸出左手，想將道人身軀夾起，藏到別處去。先以為那道人矮小身輕，還不一夾便起，並沒有怎麼用力。及至夾了一下，未將道人夾起，才覺有點驚異。單臂用力再夾，道人仍是坐在那裡，絲毫未動。惹得曼娘性起，不但不知難而退，反將劍還匣，將兩手插入道人脅下，用盡平生之力往上一提，仍是如蜻蜓撼石柱一般。正打算用力再提，忽見腦後青光一閃，連忙回身一看，適才飛出去的那道青光業已飛回。

曼娘猛地心中一動，急忙捨了道人，拔出匣中寶劍迎上前去，想將那小人擒住。那小人見曼娘舉劍迎來，並不避讓，反帶著那道青光迎上前來，飛離曼娘丈許以外，便覺寒氣逼人。曼娘才知不好，忙運一口真氣，將手一揚，手中劍化成一道白光飛將出去。只見自己飛劍和那青光才絞得一絞，猛覺神思一陣昏迷，迷惘中好似被人攔腰抱住，頃刻間身子一陣酸軟，從腳底直麻遍了全身，便失去了知覺。等到醒來，覺著渾身舒服，頭腦有些軟暈暈的，如醉了酒一般。那個矮小道人卻愁眉苦臉地站在旁邊，呆望著自己。洞外滿山秋陽，業已是次日清晨。

曼娘猛一尋思夢中境況，知道中了妖人暗算，又羞又怒，也不發言，飛起手中劍，便和道人拚命。那道人將手一招，便將曼娘飛劍收去。曼娘自知不敵，唯恐二次又受污辱，不敢上前，眼含痛淚，往岩石上便撞，打算尋一自盡。誰知身子竟如有人在後拉著似的，用盡平生之力，休想掙脫。又想逃走，依然是一樣寸步難移。

曼娘見求生不得，求死不能，越發痛恨冤苦，指著道人破口大罵。那道人也不還言，等到曼娘咒罵得力竭聲嘶，才走近前來，對曼娘說道：「熊姑娘休得氣苦。你打開你師父的柬帖，便知此中因果了。」

曼娘聞言大驚道：「賊妖怪，你還敢偷看我師父的柬帖麼？」

那道人道：「我先前要早看見你師父的柬帖，還不致害了人又害自己，鑄這千載一時的大錯呢。我因適才做了錯事之後，非常後悔，想知你的名姓來歷，以為異日贖罪之地，用透視法看了柬帖上的言語罷了。」

曼娘知道著急也無用，連忙取出柬帖。先看第一封柬帖上所寫的開視年月，屈指一算，正是本日。只因這兩年在外閒遊，不知不覺把光陰混過，前幾日自己還算過日期快到，不知怎地會忘了就在眼前，所幸還沒有錯過日期。不由又喜又憂，兩手戰戰兢兢打開來細看。上面寫道：

「汝今世孽緣未盡，難修正果，姑念誠求，為此人定勝天打算，預留偈語，以做將來。此束髮時，汝當在仙霞關前，誤遇青海柴達木河畔修士藏靈子，了卻五十年前一段公案。如能避過此劫，明年重陽日再開視第二柬帖，當示汝以曠世仙緣。否則，當遇一熊姓少年，同完宿姻，夫妻同享修齡。欲歸正果，須隔世矣。汝失元陰，實因宿孽。藏靈子成道多年，久絕塵念，彼此均為數弄。汝非藏靈子，前生乃一柴達木河畔洗衣番女耳，今生尚不能到，何況來世。從此努力為善，他生可卜，勿以無妄之孽，遽萌短見也。某年月日，留示弟子熊曼娘。師因空。」

曼娘讀罷柬帖，猛想起師父偈語上曾有「逢洞莫入」之言，痛恨自己不該大意多事，鬧得敗道辱身，不由又放聲大哭起來。

藏靈子嘆息道：「曼娘休得悲傷，且請坐下，容我說你前生的因果，便知因空師太柬帖上所說的孽緣了。我的母親本是甘肅一家富戶之女，因隨父母入滇朝佛，被我父親搶往藏靈山內強逼成親。我外祖父母武功很好，一見女兒被人搶去，約請了許多能人，將我父親打死，將我母親救回。我母親和我父親雖然成婚只得幾天，卻已有了身孕。回家以後，因為已經失身，立志不再嫁人。外祖父頗以為然。偏偏外祖母不久死去，我外祖父原有一個側室，便扶了正。我母親受不了她的苦楚，先還想生下一兒半女，可以有個指望。誰知這身孕懷了一年零六個月才得分娩。

「我下地時節，周身長著很長的白毛，從頭到腳長才五六寸，簡直不像人形。我母親一見，當時氣暈過去，又加產後失調，當時雖然醒轉，第三天便即身死。外祖父和他的側室，口口聲聲說我是妖怪骨血，我母親一死，便命人將我抱出去活埋。我被埋在土內過了七天，因為生具我父親遺傳的異稟，不但不曾死，第七天上反從土裡鑽了出來。

「也是仙緣湊巧，恰好我恩師青海派鼻祖姜真人走過，聽見墳堆裡小兒啼聲，將我救往柴達木河畔。我恩師因飛昇在即，門下弟子雖多，無一人夠得上承繼道統。見我根基骨格不似尋常，非常高興，特為我耽誤二十年飛昇，傳我衣缽。及至二十年期滿，他老人家飛昇之時，將我一人召至面前，說我根基稟賦雖好，可惜受我父遺傳性，孽根未斷，早晚因此敗道，囑咐我把穩小心，又傳我許多道法，才行圓寂。

「我因記著師父言語，從來處處留神，對於門下教規也甚嚴。又過三十年，有一天走在柴達木河畔閒遊，看見一個窮人家內，有一個小女孩子才三四歲，長得十分秀美可愛。我不時給她家錢米食物，只不過素性喜愛小孩子，並無別意。那女孩極願意要我抱著她引逗玩耍。

「一晃眼，過了十幾年，偏那女孩又與我長得一般高矮。那一帶地方的人，都奉我猶如神明。那裡佛道兩教中，均不禁娶妻。她父母受我恩惠，幾次想將這女孩嫁我，這女孩心中也極願意。我當然執意不肯，不和那女孩見面了。那女孩由此竟得了相思之症而死。她死後第三天，忽然有一個十八九歲的幼年牧童自刎在她的墓前。彼時我因恐那女孩向我糾纏，正在外雲遊，回來問起此事，才知那女孩戀著我，那牧童卻戀著她，兩人同是片面相思，為情而死。可惜我回去晚了兩月，兩人屍骨已朽，無法返魂回生了。

「這件事我藏在胸中已有多年。因為聽說仙霞嶺新近出了許多成形靈藥，前來採取。怎奈這些靈藥已然通靈，非常機警，得之不易。我在此等了多日，每日用元神出遊前去尋找，不想你會跟蹤到此。起初我見你跑來，本不願多事。偏你不解事，竟存心想不利於我。我見你枉自學會劍術，連如今最負盛名的三仙二老、一子七真的形狀都不打聽打聽。別人還可，惟獨我藏靈子的形貌最是異樣，天下找不出有第二個似我矮瘦的人，你竟會不知道。

「起初原是好意，想藉此警戒警戒你。沒料到你在前面誤斬龜、蛇，劍上沾了天地交泰的淫氣，我用元神奪你的飛劍，連我也受了沾染。兩人都一時把握不住，才鑄成這番大錯。如今事已至此，你徒死無益。依我之見，你不如照因空師太柬帖上所言行事，如有用我之處，我必盡力相助。」

曼娘被藏靈子再三苦勸，雖然打消了死意，一想到自己業已失身，藏靈子又是一個道行高深的人，莫如將錯就錯嫁給了他，倒省得被人輕視恥笑。想到這裡，不禁臉紅起來，不好意思當面開口。正在為難，藏靈子業已看出她的心意，深恐她在此糾纏，只得想了一個脫身之計，騙曼娘服了一粒坐忘丹，暗中唸咒施法，等曼娘昏迷在地，逕自去了。

曼娘服了坐忘丹以後，覺得兩眼昏昏欲睡，一會工夫便在石上睡著。等到醒來，見自己身臥崖下石洞之內，手中拿著師父一封柬帖，甚為詫異。

這時曼娘中了藏靈子法術，把適才之事一齊忘卻，只記得自己斬罷龜、蛇，便覺身軟欲睡，什麼時候跑到這崖洞裡來睡著，一些也想不起來，身上也不覺著異樣。一看柬帖上言語，當日正是開視日期，上面所說的一絲也解不開。又想：「這藏靈子是誰？照柬帖上所說，我與他尚有孽緣，如何在開視柬帖以前並未遇見？莫非我已躲過此劫，只須再躲過那個姓熊的，便可得道了？」想到這裡，反倒高興起來，卻不知業已中了人家的道兒，起來整整衣服，便出洞尋路，往鼎湖峰走去。

走出前面那片樹林，便離適才誤斬龜、蛇之處不遠，猛見那叢荒草又在那裡晃動。心想：「莫非又有什麼怪東西在這裡潛藏？」剛往前走了十幾步，忽聽荒草叢裡噗哧噗哧響了兩聲，倏地跳出一個渾身漆黑、高才尺許的小人，肩頭上背著兩片碧綠的翠葉，見了曼娘，飛一般往前逃走。

曼娘見了，正覺稀奇，一聽荒草裡又在響動，探頭一看，正是適才誤斬的那隻大龜居然活了轉來。那條死蛇業已不知去向，只泥裡現出一線蛇印非常明顯。

曼娘因那龜並不傷人，正待尋找毒蛇蹤跡，猛想起：「以前聽師父說過，深山之中常有肉芝、何首烏一類的仙草，日久年深，煉成人形出遊，如能得到，便可長生。適才見那小人，莫非便是成形肉芝之類？這龜、蛇是沾了它的靈氣，所以能起死回生？」想到這裡，顧不得再看龜、蛇死活，忙往那黑小人逃走的方向看去。且喜那小人雖然行動甚快，無奈腿短，還沒有跑出多遠，便捨了龜、蛇，往前追趕。追越過了兩個山坡，兩下裡已相隔不遠。那小人回頭一看，見曼娘追來，口中發出吱吱的叫聲，益發往前飛跑。跑來跑去，又跑過一個山坡，那小人忽然往一叢深草裡鑽了進去，便即不見。

曼娘縱進草叢中一看，別處的草都已枯黃，惟獨這裡的叢草卻是青青綠綠得非常肥茂。越猜想是靈藥生長之地，便揣測著小人跳落之所，往前尋找。找到亂草中心，忽見草地中有三尺見圓一塊空地，寸草不生，當中卻生著一棵形如靈芝的黑草，亮晶晶直髮烏光。

曼娘不由高興得脫口驚呼道：「在這裡了！」言還未了，黑芝旁邊一棵碧油油的翠草，忽然往地下鑽去。曼娘心中著急，探身往前一把未抓住，只隨手撕下半片翠葉來。眼看那一棵翠草沒入土中，轉眼消逝。再看手上這半片翠葉，形如蓮瓣，上頭大，底下小，真是綠得可愛。雖然不知名字，既能變化，定是仙草無疑。悔不該出聲驚動，被它遁去。且喜那一棵靈芝仍在那裡未動，唯恐又像那棵翠草遁走，悄悄移步近前，將半片翠葉先收藏懷中。一手先抓緊了近根處不放，一手解下寶劍，恐劍傷了它，只用劍匣去掘那周圍的泥土。

掘下去有三四尺光景，漸漸露出一個小人頭，越發加了小心。一會工夫現出全身，果然那黑芝的根上附著一個小人，耳鼻口眼一切與人一般無二，只顏色卻是綠的，並不似先前小人那般烏黑。曼娘以為是適才自己眼花看錯，未暇尋思，靈藥到手，歡喜得要命。這一棵黑芝通體長有五尺，下黑上綠，長得非常好看。曼娘正拿在手上高興，猛聽身後呼呼風響。回頭一看，身後深草起伏如波浪一般，有一道紅線，紅線頭上騎著一個黑東西，像箭一般從草皮上躥了過來。

第十七章　鴛鴦同命

曼娘定睛一看，喊聲：「不好！」幸喜寶劍在手，連忙甩脫了劍鞘。說時遲，那時快，劍剛出匣，那東西已往曼娘頭上躥了過來。曼娘更不怠慢，將腳一墊，縱身往橫裡斜躥出去。就勢起手中劍往上一撩，一道白光過處，往那東西的七寸子上繞了一繞，飯碗大一顆蛇頭直飛起有十幾丈高下。那一段蛇身帶著一陣腥風，赤鱗耀目，映著日光，像一條火鏈般，從曼娘頭上飛躥出去有數十丈遠近，才行落地。

曼娘起初聞風回視，見那蛇頭上騎著一個黑東西，好像適才見的黑小人。斬蛇之後再去尋找，已不知去向了。細看那條大蛇，與前一次誤斬龜、蛇所見的那一條一般無二，七寸子下面還有接續的創痕。知道這種紅蛇其毒無比，恐牠復活害人，不管牠是先前那條蛇不是，揮動寶劍，先將牠連頭帶身切成四截，重又一截一截地斫成無數小段，才行住手。覺得手上有些濕糊糊的，低頭一看，手上的黑芝根上的成形小人，不知怎地被曼娘無心中碰斷了一條臂膀，流出帶淺碧色的白漿來。

曼娘以為靈藥可惜，便就著小人的斷臂處去吮吸，入口甘甜，一股奇香刺腦欲醉。喜得曼娘還要口中用力去吸時，忽然覺得一陣頭暈眼花，心中作惡，兩太陽穴直冒金星，一個支持不住，倒在就地，不省人事。

及至醒來一看，自己身子睡在一個崖洞窩鋪之內，旁邊坐著一老一少兩個獵人。老的一個正坐在一個土灶旁邊，口中吸著一根五六尺長的旱煙袋，不時用手取些枯枝往灶裡頭添火。長著一臉鬍鬚，目光炯炯，看上去身材非常高大，神態也極硬朗。年青的一個生得虎臂熊腰，英姿勃勃，身上還穿的是獵人打扮。坐在老獵人側面，面前堆著十幾個黃精和芋頭，手中拿著一把小刀，正在那裡削個不停。四周壁上，滿張著虎豹豺狼野獸的皮，同各種兵器弓弩之類。曼娘不知怎地會得到此，心中驚異。正待從臥處起來，猛覺周身一陣奇痛，四肢無力，慢說下床，連起身也不能夠。

那兩個獵人聞得曼娘在床上轉動，年青的一個便喊了一聲爹爹，朝鋪上努了努嘴。老年獵人便走了過來，對曼娘道：「姑娘休要轉動，你中毒了。所幸你內功甚好，又得著了半片王母草，巧遇見我兒子打獵經過，將你背回，我就用你得來的那半片王母草將你救了轉來。如今你元氣大虧，至少還得將養三四個月才能下地。要想身體還原，非半年以上不可。我已叫我老伴給你去尋藥去了，如能再得兩片王母草，你痊癒還要快些。你現時勞不得神，先靜養些時，有話過些日子再說吧。」

那少年獵人也走過來插口道：「爹爹如此說法，叫姑娘怎得明白？我們原是四川人，因為有一點事，將我父母同我逼到外鄉來。我父親會配許多草藥，知道仙霞嶺靈藥甚多，特意來此尋採。我最喜歡打獵，昨天到前嶺去打獵回來，忽見草地裡有一顆斷了的大蛇頭，心中奇怪。暗想：『這種大毒蛇，能將牠除掉，必是個大有本領之人無疑。』正想著往前走，又看見無數斷碎蛇身，我便跟蹤尋找。見姑娘倒在地上，業已死去，手中拿著一株仙人廑和半片王母草。

「我原認不得這些靈藥。因見姑娘那柄寶劍非常人之物，那蛇定是被姑娘所斬，以為姑娘斬蛇後中了蛇毒。我佩服姑娘有這麼大本領和勇氣替世人除害，見姑娘胸前還有熱氣，我爹爹所配靈藥能起死回生，才將你背了回來救治。我爹爹說你所中並非蛇毒，乃是把仙人廑這種毒藥，錯當作了靈芝服了下去。所幸你內功根抵很深，當時並未身死；又加上你得的那半片王母草，乃是千年難逢的靈藥，能夠起死回生。我爹爹先用王母草給你服下，又用家藏的靈藥與你救治。因為缺少一樣藥草作引子，我母親到後嶺尋找去了，還未回來。

「我父子雖是採藥的獵人，並不是下流之輩。姑娘如家鄉甚近，等母親回來，服完了二次藥，給你收拾出地方住上幾天，等醫得有些樣子，我們才敢送你回家去。如果離家甚遠，只好等在我家養痊癒了再走。我知姑娘事起倉猝，又和我們素昧平生，必定急於知道我父子的來歷，所以才冒昧對你說明。爹爹說姑娘不能勞神，最好照我的話，無須回答。這是性命攸關，請你不要大意，越謹慎小心越痊癒得快。」

曼娘聞言，才明白了一個大概。心中最惦記的是自己的一口寶劍，見掛在鋪旁，沒有失落，才放了心。因神弱力乏，略一尋思，心內便覺發慌，太陽穴直冒金星，頭痛欲裂。又見這兩個獵人言語誠摯，行止端正，事已至此，只得接受人家好意，由他醫治。心中還想說幾句感恩道謝的話，誰知氣如游絲，只在喉中打轉，一句也張不開口來。才知人家所說不假，只得將頭衝著這兩個獵人微點了點，算是道謝，便即將雙眼閉上養神。

不多一會，又昏迷過去。過了一陣，覺著有人在扶掖自己，睜眼一看，業已天黑。那少年獵人手中拿著一把火炬，一手捧著一個瓦罐，站在鋪前。一個白鬟如銀的年老婆子，一手扶著自己的頭，用一個木瓢去盛那瓦罐裡的藥，一口一口正給自己餵灌呢。

那老婆子見曼娘醒來，笑說道：「姑娘為世人除害，倒受了大傷了。」說罷，伸手到曼娘被內摸了摸肚皮，說道：「姑娘快行動了。」那少年獵人聞言，便將火炬插在山石縫中，捧過來一大盆熱水，又取了一個瓦缽放在當地，隨即退身出去。

少年獵人走後，曼娘也覺著肚內一陣作痛，腸子有東西絞住一般，知要行動，便想揭被下地。偏偏身子軟得不能動轉，手足重有千斤，抬不起來。

那老婆子道：「姑娘不要著急，都有老身呢。」說罷，先將風門關好，回轉身揭開曼娘蓋被，先代曼娘褪了中小衣，一手插入曼娘頸後，一手捧著曼娘兩條腿彎。曼娘正愁她上了年歲抱不起來，誰知那老婆子力氣頗大，竟和抱小貓一般將曼娘捧起。剛捧到瓦鉢上面，曼娘已忍耐不住，撲嘟連聲，尿屎齊來，撒了一大瓦鉢，奇臭無比。頓時身上如釋重負，心裡輕鬆了許多。

那老婆子給曼娘拭了污穢，將曼娘捧到床上，也不給她衣服，用被蓋好，然後端了瓦鉢出去。一會工夫，聽得老婆子在外面屋內說話，隱約聽得那少年獵人說：「媽，你不要管我，少時我打地鋪就是。救人一命，勝造七級浮屠呢。」

那老婆子道：「平時我吃素，你還勸我，每日專去打獵殺生，這會又慈悲起來了。她又是個女的，毒中得那麼深，有的地方，你和你爹爹又不能近前給我幫忙。偏你這孝順兒子，會想法磨我老婆子一人。」

那少年獵人又說了幾句，並未聽真。又聽得那老婆子道：「媽逗你玩的。我天天想行善修修來世，如今天賜給我做好事的機會，還偷懶嗎？她如今剛行動完了，藥湯也太熱，略讓她緩緩氣，再給她洗吧。只是你爹爹說，由此每日早晚給她服藥、洗澡、行動得好幾天，要過十幾天，毒才能去盡呢。」

那少年獵人道：「諸事全仗媽救她，少時給她洗澡以後，我到底是個男子，雖說行好救人，恐防人家多心，我就不進去了。」

那老婆子又道：「我說你這孩子，虎頭蛇尾，做事不揩屁股不是？你怎麼給我抱回來的？這會又避起嫌疑來了，只要心裡頭乾淨，我們問心無愧，怕些什麼？女人家長長短短，當然不能叫你在旁邊。她這十幾天服藥之後，身子一天比一天軟，白天不說，晚上扶她起來用藥，我一個人怎忙得過來？」那少年獵人聞言，沒有言語。那老婆子隨即走了進來，先摸了摸當地的木盆。又待了片刻，才走過來，將曼娘仍又捧起，放到木盆裡面。

曼娘聞得一陣藥香，知道木盆中是煮好了的藥湯。那老婆子先取盆內藥渣給曼娘周身揉搓，末了又用盆中藥湯沖洗周身。曼娘渾身少氣無力，全憑老婆子扶掖搓洗了個夠，用盆旁乾淨粗布擦乾，捧上床去。那婆子又取過一套中小衣，對曼娘道：「姑娘衣服不能穿了，這是老身兩件粗衣服，委屈點將就穿吧。」

曼娘見那老婆子生得慈眉善目，偌大年紀，竟這樣不惜污穢，慇勤服侍自己。想起自己幼遭孤零，從未得過親人疼愛，縱橫了半生，卻來在這荒山僻地死裡逃生，受人家憐惜，覺著一陣心酸，只流不出眼淚來。暗想：「獵家父母兒子三人，俱都有如此好心，見義勇為。將來好了，必定要肝腦塗地，報答人家才好。」又想起適才聽得他母子在外屋的對答，難得那少年獵人也這樣行止光明。又見他家陳設簡陋，並住在崖洞窩鋪之中，必是個窮苦獵人，讓人如此費神勞頓，越想越過意不去。最難受的是，心中有一萬句感恩的話，一句也說不出來。

正在胡思亂想，那老婆子已是覺察，便用手撫摸曼娘道：「姑娘休要難受，你想心思，我知姑娘有話說不出來，但是不要緊的，我們都猜得到。有什麼話，身體好了說不一樣嗎？別看我們窮，不瞞姑娘說，如今我們並不愁穿吃，只為避人耳目，外面現些窮相罷了。」言還未了，便聽外屋有人說話道：「姑娘受毒甚重，勞不得神，你少說幾句吧。」那老婆子聞言，當即住了口，只勸曼娘不要過意不去，安心調養。

曼娘一聽外面是那老獵人口音，語氣好似警戒老婆子不要多口。明白他是怕老婆子說溜了口，露出行藏。猜這一家定非平常之輩，苦於開不得口，沒法問人家姓名，只得全忍在心裡。一會工夫，少年獵人從外面捧了一碗東西進來，站在床前。那老婆子道：「別的東西姑娘吃不得，這是煮爛了的黃精，姑娘吃一點吧。」說罷，仍由老婆子扶起曼娘的頭，從少年獵人手中一勺一勺地餵給曼娘吃。曼娘舌端發木，也吃不出什麼滋味來。那老婆子也不給曼娘多吃，吃了五六勺，便命端走。

到了半夜，曼娘又行動了幾次，俱都是老婆子親身扶持洗擦。曼娘雖然心中不忍，卻也無奈。照這樣過了有七八天，俱是如此。只瀉得曼娘精力疲憊，氣如游絲。幸而老獵人一面用瀉藥下毒，一面還用補藥提氣。不然的話，任曼娘內功多好，也難以支持。直到第九天晚間才住了瀉。那老獵人進屋對曼娘道：「恭喜姑娘，今天才算是脫了大難了！」

曼娘因遵那獵人一家吩咐，自從中毒以來，一句話也未說過，想說也提不上氣來。這幾日服藥大瀉之後，雖然身子一天比一天軟弱，心裡卻一天比一天舒服，不似前些日那樣時時都覺如同蟲咬火燒了。當晚又喝了一碗黃精和稻米煮的稀飯，由此便一天比一天見好。又過了五六天，才能張口說話。見這一家子對她如此恩義，尤其是那少年獵人對她更是體貼小心，無微不至，把曼娘感激得連道謝的話都說不出口。

誰知曼娘病才好了不到兩月，剛能下地走動，那老婆子忽然有一晚到外面去拾枯枝，從山崖上失足跌了下來。等到她兒子到城鎮上去買米鹽回來救轉，業已震傷心肺，流血太多，眼看是無救的了。不但老獵人父子十分悲慟焦急，就是曼娘受人家救命之恩，偌大年紀那般不避污穢，晝夜勤勞，自己剛得起死回生，還未及圖報大恩，眼睜睜看她就要死去，也是傷心到了極處。偏偏福無雙至，禍不單行。那老婆子命在垂危之際，那老獵人夫妻情長，還想作萬一打算，吩咐兒子在家服侍，自己帶了兵刃出去，希冀也能尋著一點起死回生的靈藥，救老伴的性命。

老獵人走後，那少年獵人也和曼娘都守在老婆子鋪前盡心服侍，希望老獵人出去能將靈藥仙草尋了回來。曼娘更是急得跪在地下叩禱神佛默佑善人，不住口許願。

那老婆子看曼娘情急神氣，不由得現出了一臉笑容，將曼娘喚到面前，說道：「姑娘你太好了！我要是有你這麼一個……」說到這句，忽然停了口，望了那少年獵人一眼，又深深地嘆了一口氣。曼娘心中正在煩愁，當時並未覺出那老婆子言中深意。直到天黑，還不見老獵人回轉，那少年獵人與那老婆子都著急起來，老婆子不住口地催少年獵人去看，少年獵人又不放心走，好生為難。

老婆子見少年獵人不去，便罵道：「不孝畜生！你還是只知孝母，不知孝父嗎？再不走，我便一頭碰死！」曼娘見老婆子生氣，便勸少年獵人道：「恩兄只管前去，你娘便是我娘，我自會盡心服侍的。」

那少年獵人又再三悄悄叮囑曼娘，除了在旁伺候外，第一是不能離開此屋一步。說罷，眼含痛淚，連說幾聲：「媽媽好生保重，兒找爹爹去，就回來。」才拿了兵刃走去。

曼娘所說原是一句無心之言，少年獵人才走，那老婆子便把曼娘喊至床前，說道：「好兒，你將才對我兒說的話，是真的願喊我做娘嗎？」曼娘聞言，不由心中一動，猛想起老婆子適才之言大有深意，自己受人深恩，人家又在病中，匆促之間，不知如何答對才好。剛一沉吟，那老婆子已明白曼娘心中不甚願意，便把臉色一變，嘆了口氣，低頭不語。曼娘半晌才答道：「女兒願拜在恩公恩母膝下，作為螟蛉之女。」

這時老婆子越發氣喘腹痛，面白如紙，聞得曼娘之言，只把頭搖了搖，顫聲對曼娘道：「你去與我汲一點新泉來。」

曼娘連日也常在門前閒眺，知道洞前就有流泉，取了水瓢就往門外走去。才一出門，好似聽見老婆子在床上輾側聲響，曼娘怕她要下床走動，連忙退步回身一看，那老婆子果然下地，用手摘下牆上一把獵刀正要自刎。曼娘大吃一驚，一時著急，顧不得病後虛弱，一個箭步躥上前去，抓住老婆子臂膀，將刀奪了下來，強掖著扶上床去。

這時老婆子頸間已被刀鋒劃了一下，鮮血直往下流，累得曼娘氣喘吁吁，心頭直跳。那老婆子更是氣息僅存，睜著兩隻暗淡的眼睛，望著曼娘不發一言。曼娘略定了定神，不住口地勸慰，問老婆子何故如此，老婆子只不說話。

曼娘正在焦急，忽聽門一響處，那少年獵人周身是血，背著老年獵人半死的身軀跑了進來。那老婆子見老年獵人頭上身上被暗器兵刃傷了好幾處，好似早已料到有這場事似的，對少年獵人道：「他也快死了吧？」少年獵人眼含痛淚，微點了點頭。

老婆子微笑道：「這倒也好，還落個乾淨，只苦於他不知道我的心。」曼娘正忙著先給老年獵人裹紮傷處，老婆子顫聲道：「那牆上小洞裡有我們配的傷藥，先給我兒子敷上傷處吧。他同我都是活不成的了。」

曼娘見那婆子同少年獵人對那老年獵人都很淡漠，那老年獵人周身受了重傷，躺在鋪上，連一句話都不說，好生奇怪。三個恩人，除了身帶重傷，便是命在旦夕，也不知忙哪一頭是好，聽老婆子一說，只得先去給那少年獵人治傷。

這時少年獵人業已捨了老年獵人，跪伏在老婆子面前，見曼娘過來給他敷藥，便用手攔阻，請曼娘還是去給老年獵人敷治。言還未了，老婆子忽然厲聲道：「忤逆兒！你知道這人已活不成了嗎？做這些閒事幹什麼？我還要你裹好傷，去將他尋來與我見上一面呢。」說時，用力太過。

少年獵人一眼看見老婆子頸間傷痕，忙道：「媽又著急了嗎？孩兒準去就是。適才也請過，無奈他不肯來，願意死在前面坡上。爹又在重傷，只得先背了回來。」說罷，便任曼娘給他裹好了傷處，咬牙忍痛，往外走去。去了不多時，又背進一個道裝打扮老年人來，額上中了支鏢，雖然未死，也只剩下奄奄一息了。

那老道先好似怒氣沖沖不願進來似的，及至一見老婆子同老年獵人都是命在旦夕的神氣，忽然臉色一變，睜著一雙精光照人的眸子，長嘯一聲道：「我錯了！」說罷，掙脫少年獵人的手，撲到床前，一手拉著老婆子，一手拉著老年獵人，說道：「都是我不好，害了你們二人。現在業已至此，無法挽救，你們兩人寬恕我吧。」

那老婆子道：「仲漁，這事原是弄假成真。你報仇，恨我們二人，原本不怪你，只是你不該對你兒子也下毒手。他實在是你的親生骨肉，我跟老大不過是數十年的假夫妻。我臨死還騙你嗎？你去看他的胸前跟你一樣不是？」

那道人一聞此言，狂吼一聲，也不知從哪裡來的神力，虎也似地撲到少年獵人身旁，伸手往那少年獵人胸前一扯，撕下一大片來，又把自己胸前衣服撕破一看，兩人胸前俱有一個肉珠，頂當中一粒血也似的紅點。那道人眼中流淚，從身上取了一包藥末，遞與少年獵人，指著曼娘道：「快叫你妻子給你取水調服。幸而我還留了一手，不然你更活不成了。」說罷，轉身厲聲問老婆子：「何不早說？」

那老婆子道：「那時你性如烈火，哪肯容我分辯？舉刀就斫。我又有孕在身，如不逃走，豈不母子性命一齊斷送？我離了你之後，受盡千辛萬苦，眼看就要臨盆分娩，我又在病中，無可奈何，只得與老大約法三章，成了名義上的夫妻。三十年來，並未同過衾枕。老大因聽人說你拜在歐陽祖師門下，煉下許多毒藥餵製的兵刃暗器，要取我全家的性命，我們只好躲開。誰知你事隔三十年，仍然仇恨未消。

「今早我在前山崖上看見一個道人，認出是你，心中一驚，失足跌了下來。偏老大見我傷重，趁我昏暈之際，想出去採來仙草，救我殘生。等我醒來，想起你二人相遇，必定兩敗俱傷，知道追老大回來也來不及。又恐你連我兒子也下毒手，所以不叫達兒前去探望。後來實實忍耐不住，才叫達兒前去尋找你二人的屍首。不想你畢竟還是對他下了毒手。想起我三人當初曾有『不能同生，但願同死』之言，今日果然應驗了。」

說罷，又喊曼娘近前道：「我知姑娘看不中我的兒子，不過他現中腐骨毒刀，雖然他父親醒悟過來，給了解藥，沒有三月五月，不能將養痊癒。請姑娘念我母子救你一場，好歹休避嫌疑，等我三人死後，將屍骨掩埋起來，照料我兒好了再走。我死在九泉，也感激你的恩義。」

曼娘正要答言，那老婆子已氣喘汗流，支持不住，猛地往後一仰，心脈震斷，死在床上。接著便聽老年獵人同那道人不約而同地齊聲說道：「淑妹慢走，我來也！」言還未了，那道人拔出額上中的一支鐵鏢，倒向咽喉一刺。那老年獵人一見，猛地大叫一聲，雙雙死於非命。那少年獵人見他母親身死，還未及趕奔過去，一見這兩人也同時身死，當時痛暈過去。

曼娘著了一會急，也是無法，只得先救活人要緊。當下先從少年獵人手上取了解藥，給他用水灌服之後，先扶上床去。再一搜道人身畔，還有不少藥包，外面俱標有用法，便放過一旁藏好。因那老婆子對她獨厚，想趁少年獵人未甦醒前，給她沐浴更衣，明早再和少年獵人商議掩埋之計。

走到她身前一看，那老婆子雖然業已嚥氣好一會，一雙眼睛卻仍未閉，眼眶還含著一包眼淚。曼娘用手順眼皮理了理，仍是合不上去。知她恐自己丟下少年獵人一走，所以不肯瞑目，便輕輕默祝道：「難女受恩父恩母救命之恩，無論如何為難，也得將恩兄病體服侍好了，才能分手；不然，還能算人嗎？」誰知祝告了一陣，那老婆子還是不肯閉眼。曼娘無法，只得先給她洗了身子，換過衣服，再打主意。正在動手操作，忽聽床上少年獵人大喊一聲道：「我魏達真好傷心也！」說罷，哇的一聲大哭起來。

曼娘心中一動，連忙過去看時，那少年獵人雖然醒轉，卻是周身火熱，口中直發譫語。知他身受重傷，一日之間連遭大故，病上加病，暫時絕難痊癒。安葬三人之事，再過幾日，說不得只好自己獨自辦理了。便隨手取了兩床被，為少年獵人蓋上。回身又來料理老婆子身後之事。見她目猶未瞑，暗想：「自己初被難時，因口中不能說話，沒有問過他們姓名。後來自己身子逐漸痊可，一向稱他們恩父、恩母、恩兄，雖然幾次問他們，俱不肯實說，只含糊答應。今日聽那少年獵人夢中之言，才知他家姓魏。師父柬帖上說，我和姓魏的本有前緣，偏偏我又受過人家深恩。如今老兩口全都死去，只剩他一人帶有重傷，還染病在床，棄他而去，他必無生理；如留在此地，他又非一時半時可以痊癒。孤男寡女常住一起，終是不便。

「自己一向感激他的情義，凡事當退一步想。我如不遇他救到此地，早已葬身虎狼之口，還向哪裡去求正果？如今恩母死不瞑目，定是為她兒子牽腸掛肚。何不拚卻一身答應婚事，即使死者瞑目，也省得日後有男女之嫌？雖然妨礙修道，師父遺言與柬帖上早已給自己注定，自己天生苦命，何必再做忘恩負義之人？」

想到這裡，不由一陣心酸，含淚對老婆子默祝道：「你老人家休要死不瞑目，你生前所說的話，我答應就是。」說罷，那老婆子果然臉上微露出一絲笑容，將眼閉上。

這時曼娘心亂如麻。既已默許人家，便也不再顧忌。替老婆子更衣之後，又將老年獵人同道人屍身順好。先將自己每日應服的藥吃了下去，又燒起一鍋水來。重新打開那些藥包，果然還有治毒刀傷外用之藥，便取了些，為少年獵人傷口敷上。

那少年獵人時而哭醒，時而昏迷過去。幸喜時屆殘冬，山嶺高寒，不愁屍身腐爛。直到第三天上，少年獵人神志才得略微清楚。重傷之後，悲慟過甚，又是幾次哭暈過去。經曼娘再三勸解，曉以停屍未葬，應當勉節哀思，舉辦葬事。那少年獵人才想起，這幾天如非曼娘給自己服藥調治，也許自己業已身為異物。又見她身子尚未全好，這樣不顧嫌疑，勞苦操作，頭上還纏著一塊白布，越想越過意不去，當時便要起身叩謝。

曼娘連忙用手將他按住道：「當初你救我，幾曾見我謝來？如今還不是彼此一樣，你勞頓不得，我已痊癒，你不要傷心，靜養你的，凡事均由我去辦，我就高興了。我衣包中還有幾十兩銀子，現在父母屍骨急於安葬，只須說出辦法，我便可以代你去辦。」

少年獵人也覺自己真是不能轉動，又傷心又感激，只得說道：「由南面下山三十餘里，走出山口，便見村鎮。銀子不必愁，後面鋪下還有不少。就煩恩妹拿去，叫鎮上送三口上等棺木來，先將三老入殮。等愚兄稍好，再行扶柩回川便了。」曼娘又問少年獵人可是姓魏。少年獵人聞言，甚是驚異。曼娘又把他夢中譫語說出。

少年獵人才道：「我正是魏達。我生父魏仲漁便是那位道爺。我義父也姓魏，名叫魏大鯤，便是給你治傷的老年獵人。此中因果，只再說一個大概。當初我母親和我生父、義父全是鐵手老尼門人。我生父是鐵手老尼的親姪子。我義父雖然姓魏，卻是同姓不同宗。我母親原和義父感情最好，怎奈鐵手老尼定要我母親嫁給我的生父，我母親遵於師命，只得嫁了過去。兩三年後，便有了身孕。我父親素性多疑，見我母親嫁後仍和義父來往，老是有氣，因為是同門至好，不便公開反目，含恨已非一日。我母親也不知為了此事受過多少氣。偏我義父感情太重，見我母親未嫁給他，立誓終身不娶，又時常到我家去看望。

「這日正遇上我父親奉師命出了遠門，那晚又降下了多少年沒有下過的大雪，所居又在深山之中，除了飛行絕跡的劍仙萬難飛渡。我母親和我義父無法，只得以圍棋消遣，坐以待旦。第二日天才一亮，義父便要回去，偏我母親要留他吃了點心再走，這一吃耽誤了半個多時辰。出門時正趕上我父親冒著大雪回來，到家看見我母親正送義父出來，因在原路上並沒見雪中有來的足印，知我義父定是昨夜未走，起了猜疑。當時不問青紅皂白，拔出兵刃就下毒手。我母親同義父知道事有湊巧，跳在黃河也洗不清，只得暫顧目前，避開當時的凶險，日後等我父親明白過來，再和他說理，於是二人合力和我父親交手。

「要論當時三人本領，只我母親已足夠我父親應付，何況還有我義父相助。不過二位老人家並不願傷我父親，好留將來破鏡重圓地步，只圖逃走了事。偏我父親苦苦追趕，拚死不放，口裡頭又辱罵得不堪入耳。眼見追到離師祖住的廟中不遠，恐怕驚動師祖出來祖護，雖然心中無病，形跡卻似真贓實犯，分訴不清，師祖性如烈火，絕難活命。我母親只圖避讓，不肯還手，一個不留神，被我父親用手法打倒。義父急於救我母親，趁空用暗器也將我父親打倒，將我母親救走。

「我母親當時並未見我父親中了義父的暗器，只以為他是被雪滑倒。逃出來了才得知道，大大埋怨我義父一頓，說是他不該打這一鏢，將來夫妻更難和好。絮聒了半天，末了並未和我義父同走，自己逃往一個山洞裡面住下，一面託人求師祖給她向父親解說。誰知師祖本來就疑心我母親嫁人不是心甘情願，又加上有我父親先入之言，不但不肯分解，反將我義父同母親逐出門牆。我父親吃了義父的虧，立志煉毒藥暗器，非報仇不可。幸而他打算先取了義父的首級與我母親看過，再殺我的母親，所以我母親一人住在山洞之中，未曾遭他毒手。

「過了幾個月，忽然產前身染重病。起初怕我父親疑上加疑，想將孩子生出後再行乞憐，求他重收覆水，所以並不許我義父前去看望。一切同門也都因師祖同我父親說壞話，全無一人顧恤。只我義父一人知我母親冤苦，雖因我母親再三說不准他前去相見，他怕父親暗下毒手，擇了附近偏僻之處暗中保護。每日一清早，便將應用的東西飲食給送到洞門外邊，卻不與母親見面。

「母親先還以為是同門好友背了師祖所為。後來實在病得人事不知，我義父又送東西去，連送兩日，見我母親不出洞來取，怕出了什麼變故，進洞一看，我母親業已病倒床上，人事不知了。義父知她夫妻決難重圓，救人要緊，索性不避嫌疑，晝夜辛勤服侍。他本從師祖學醫，能識百草，知道藥性，醫治了一月，母親居然在病中臨產，生下我來。在半個月上，神志略清，起初看見我義父還是又驚又怒。後來問起以前每日送東西食物同病中情形，未免感我義父恩義，事已至此，只得從權。等到產後病癒，一見我是個男孩，胸前肉包紅痣和我父親身上一樣，甚為歡喜。將養好後，二人商量了一陣，仍由義父抱著我送母親回去見父親說明經過。

「才一見面，我父親不由分說，便將弩箭、飛刀、金錢鏢一手三暗器劈面打來，若非義父早有防備，連我也遭了毒手。當時他見手中暗器俱被義父接去，知道雙拳難敵四手，便說：『無論你們說上天，奪妻之仇與一鏢之恨，也是非報不可。除非你二人將我打死。』要我們三年後再行相見。義父、母親無奈，只得又逃了回來。母親一則恨我父親太實薄情，二則知道義父愛她甚深，又沒有絲毫邪心，自己已是無家可歸；後來又聽得師祖就在當年坐化，我父親拜在一位姓歐陽的道爺門下，煉就許多毒藥暗器，拚命尋他二人報仇：一賭氣，便再嫁給我義父。

「他二人雖然同居了三十年，只不過是個名頭上的夫妻，彼此互相尊重，從未同衾共枕過。以前的事也從未瞞過我。我也曾三番兩次去尋我父親解說，每次都差一點遭了毒手。

「後來我父親本領越發驚人，義父知道萬難抵敵，狹路相逢決難活命，只得攜了全家，由四川逃避此地。因我父親毒藥暗器厲害，好容易將解藥祕方覓到，想配好以作預防。還未採辦齊全，我父親竟然跟蹤到此，三位老人家同歸於盡。

「今早我聽母親說，她受傷是因為看見我父親出現，嚇了一跳，失足墜下崖來，便知不好。可惜她說得晚了一會，我義父業已走了。後來久等不回，越猜凶多吉少。等我趕去一看，果然他二位一個中了毒刀，一個中了毒藥暗器，俱在那裡扭作一團掙命呢。我當時心痛欲裂，不知先救誰好。及至上前將他二人拉開時，被我父親拾起地上毒刀，就斫了我兩下。我沒法子，只得先將義父背回。後來母親叫我再掙扎去背我父親時，我已半身麻木了。我到了那裡，我父親已奄奄待斃，見我去還想動手。被我搶過他的兵刃暗器，強將他背來。原是怕母親生氣，以為必無好果，誰知三人在臨死以前見面，倒將仇恨消了。

「我父親要早明白半天，何致有這種慘禍呢？我父親所用毒刀，還可用他解藥救治。惟獨他那回身甩手毒藥箭，連他自己也沒有解藥，我義父連中他三箭，如何能活？他也中我義父兩支毒藥鏢。一支打在前胸，業已拔出，雖然見血三四個時辰準死，也還可以解救。但是前額中的一支毒鏢，業已深入頭腦，焉能活命？我母親又因失足墜崖時，被地下石筍震傷心臟，換了旁人，早已當時腹破腸流了。我以前還夢想將來用誠心感動三老團圓，如今全都完了！」說罷，痛哭不止。

曼娘勸慰他道：「如今三老均死在異鄉，你又無有兄弟姊妹，責任重大。徒自傷感，壞了身體，於事無補，反做不孝之子。你如聽我勸，好好地在家保重，我也好放心出門，代你去置辦三老的衣裳棺槨。否則這裡離鎮上不近，抬棺費時，豈不教我心懸兩地嗎？」曼娘原是怕他一人在家越想越傷心，也尋了短見，才這般說法。

請續看《蜀山劍俠傳》五　萬里孤征

風雲武俠經典

蜀山劍俠傳【第一部】4 神鵰救主

作者：還珠樓主
發行人：陳曉林
出版所：風雲時代出版股份有限公司
地址：10576台北市民生東路五段178號7樓之3
電話：(02) 2756-0949
傳真：(02) 2765-3799
執行主編：劉宇青
美術設計：吳宗潔
業務總監：張瑋鳳

出版日期：2025年7月
ISBN：978-626-7510-75-9
風雲書網：http://www.eastbooks.com.tw
官方部落格：http://eastbooks.pixnet.net/blog
Facebook：http://www.facebook.com/h7560949
E-mail：h7560949@ms15.hinet.net
劃撥帳號：12043291
戶名：風雲時代出版股份有限公司

風雲發行所：33373桃園市龜山區公西村2鄰復興街304巷96號
電話：(03) 318-1378
傳真：(03) 318-1378
法律顧問：永然法律事務所 李永然律師
北辰著作權事務所 蕭雄淋律師

行政院新聞局局版台業字第3595號 營利事業統一編號22759935

定價：340元

國家圖書館出版品預行編目資料

蜀山劍俠傳. 第一部 / 還珠樓主作. -- 臺北市：風雲時代出版股份有限公司, 2025.05
冊； 公分

ISBN 978-626-7510-75-9 (第4冊：平裝). --

857.9 114002681